BRODYR A CHWIORYDD

GERAINT LEWIS

Argraffiad cyntaf: 2013
© Hawlfraint Geraint Lewis a'r Lolfa Cyf., 2013

Cynllun y clawr: Tanwen Haf

Rhif Llyfr Rhyngwladol: 978 1 84771 750 4

Dymuna'r cyhoeddwyr gydnabod cymorth ariannol
Cyngor Llyfrau Cymru

Cyhoeddwyd ac argraffwyd yng Nghymru
ar bapur o goedwigoedd cynaladwy gan
Y Lolfa Cyf., Talybont, Ceredigion SY24 5HE
e-bost ylolfa@ylolfa.com
gwefan www.ylolfa.com
ffôn 01970 832 304
ffacs 01970 832 782

Cynnwys

Diolchiadau

DIOLCH I LEFI, Alun, Meleri a Nia o wasg y Lolfa am eu gwaith wrth baratoi'r gyfrol, yn enwedig Alun am ei gefnogaeth yn y dyddiau cynnar.

Mawr yw fy niolch i Tanwen Haf o'r Cyngor Llyfrau am gynllun arbennig y clawr.

Diolch hefyd i feirniaid Cystadleuaeth Stori Fer Cymdeithas Allen Raine 2011 am yr hwb o ddyfarnu 'Amser Maith yn Ôl' yn fuddugol y flwyddyn honno, yn enwedig Emyr Llywelyn am ei eiriau caredig o anogaeth.

Yn olaf, diolch i Lenyddiaeth Cymru am ddyfarnu Ysgoloriaeth i Awduron i mi er mwyn helpu i gwblhau'r gyfrol hon.

Geraint Lewis
Hydref 2013

Brodyr a Chwiorydd

'MAE DEIET MOCHYN daear yn un amrywiol ond mae'n cynnwys hyd at ddau gant o fwydod bob dydd. Mae'r mochyn daear yn perthyn yn agos i'r dwrgi a'r carlwm yn ogystal â'r wenci a'r ffwlbart. O'i holl synhwyrau, arogli yw'r un pwysicaf, gan ei fod yn chwilio am fwyd â'i drwyn, ac yn gwynto'r ddaear o'i flaen trwy'r adeg.'

Dyna a ddarllenodd Henry am foch daear ar y ffordd draw o LA. Meddyliodd am y geiriau hyn wrth iddo fynd i eistedd yn sedd yrru'r Audi, gan geisio peidio slamio'r drws o'i ôl. Ni fyddai hynny'n briodol, nid mewn maes parcio mynwent. Ond nid oedd chwaith wedi teithio hanner ffordd ar draws y byd i gael ei sarhau'n gyhoeddus. Ac mewn angladd hefyd. Doedd y peth ddim yn iawn.

Er ei fod ddwy flynedd yn iau na Henry, roedd Andrew, y gŵr lleol a gladdwyd, yn yr ysgol yr un adeg ag ef. Syrthiodd i'w farwolaeth yn dilyn damwain wrth osod goleuadau ar gyfer cynnal cyngerdd ar fferm. Andrew Shaw oedd ei enw llawn ac er i Henry honni wrth eraill nad oedd e'n ei gofio'n dda, gwyddai'n iawn fod yr enw'n canu cloch. Cloch benodol iawn.

Pan fwciodd Henry i mewn i westy'r Llew Du ar y sgwâr roedd y ddamwain yn bwnc trafod trwy'r pentref.

'Andrew Shaw. Crwt bach byr, gwallt golau, ei glustiau fe'n sticio mas. Byw yn Tŷ Croeso, ar ymyl y gors, tuag at Bont. Ei dad e o'dd y cipar.'

Ceisio tanio cof ei ffrind roedd Gethin, y rheolwr. Trodd Henry ei Jack Daniels yn araf yn ei law, gan syllu ar yr hylif ambr fel pe bai'n esgus chwilio am gliw. Roedd am ddweud bod pobol yn cofio'r hyn roedden nhw'n dymuno'i gofio. Roedd e hefyd moyn atgoffa Gethin taw dim ond am chwe blynedd y bu'n byw yn y pentref, rhwng wyth oed a phedair ar ddeg, yn y saithdegau. Ond yn hytrach na dweud, yfodd weddill ei ddiod yn dawel. Daliodd ei wydryn gwag i fyny, gan fflicio'i ben i gyfeiriad y gwirodydd.

Yn sydyn, hyrddiodd yr efeilliaid Alwyn ac Ifan Richards i mewn i far y lolfa, yr olaf yn gafael yng ngwddwg Henry mewn symudiad reslo tra pinsiodd ei frawd ei drwyn. Hen ddefod wrth gyfarch ydoedd, un na fyddai Henry'n medru ei hanghofio byth, hyd yn oed pe bai'n dymuno.

'Wel, wel, Henry Rees!' meddai Alwyn o'r diwedd, yn synhwyro'r boen ddyfrllyd yn llygaid Henry cyn gollwng gafael yn ei drwyn.

Sylwodd Ifan ar Gethin yn rhoi ei ddiod i Henry. 'Ni 'di cyrraedd jest mewn pryd, Alwyn,' meddai, gan hoelio gwên i gyfeiriad Gethin. 'Dere â pheint yr un,' ychwanegodd. 'Mae'r brych hyn yn gallu'i fforddio fe, yn ôl ei olwg e!'

Yn y cyfamser llyfodd Alwyn ei fysedd a rhwto boch chwith Henry. 'Ti'n iawn, dim lliw haul ffug yw hwnna. Ma fe'n cael grâ'n rhywle 'no.'

'Yng Nghaliffornia,' meddai Gethin, gan ychwanegu bod Henry'n ddinesydd Americanaidd erbyn hyn.

Llygadodd y ddau Henry mewn ffordd fwy dwys â'u llygaid Dydd Mawrth Mart, yn asesu gwerth y creadur wrth y bar.

'O'dd e'n neud synnwyr,' meddai Henry'n hanner ymddiheuro. 'Ma 'ngwraig i a'r merched yn Americaniaid.'

Teimlai Henry ryw boen fach yn ei frest, fel pe bai sôn am ei deulu agos yn codi hiraeth arno i'w gweld.

'Cas gŵr na charo'r wlad a'i maco!' meddai Alwyn.

'Twll tin pob Sais – a phob Americanwr!' meddai Ifan.

Yna gafaelodd y ddau yn eu gwydrau â'u bysedd amaethyddol, yn drwchus fel sosejys, cyn taro gwydr Henry a dymuno 'Iechyd sgwarnogod!' calonnog iddo.

Chymerodd hi fawr o amser i'r sgwrs ddychwelyd at dranc anffodus Andrew. Bu'r ymadawedig yn beintiwr a phapurwr nodedig ac yn un o hoelion wyth y clwb rygbi yn Nhre-gors. Roedd wedi defnyddio ei sgaffaldau symudol ei hun i helpu gosod y goleuadau ar gyfer cyngerdd roc ar fferm Dôl-yr-ebol. Digwyddiad arbennig i ddathlu deugain mlwyddiant y clwb rygbi. Yn ôl y sôn bu'n diwel y glaw yn ddi-baid am sawl diwrnod ar ddechrau'r haf, a hwnnw'n dod i mewn o'r gorllewin. Symudodd y sgaffaldau yn y tir gwlyb a moelyd, ond honnwyd bod moch daear hefyd yn gyfrifol am y symudiad tir disymwth. Roedd Andrew wedi bod yn anlwcus, wedi digwydd gosod ei sgaffaldau ar ben set moch daear, trap tanddaearol mor effeithiol ag unrhyw ffrwydryn. Syrthiodd y truan i'w farwolaeth annhymig yn 46 oed.

'Blydi moch daear! Dyw lladd ein stoc ni â'u TB ddim yn ddigon nawr. Ma nhw'n lladd pobol hefyd!' meddai Alwyn â golwg oeraidd ar ei wyneb.

Holodd y brodyr berfedd Henry, am wybod pam oedd e 'nôl yn y pentref. Ai o achos bod tafarn y Railway yn cael ei rhoi ar ocsiwn? Dyna ran o'r gwir, ie, ond doedd e ddim am rannu hynny â nhw chwaith. Y rheswm swyddogol am ei bresenoldeb oedd ymweld â rhai lleoliadau yn yr ardal i asesu pa mor addas oedden nhw ar gyfer ffilm roedd e'n helpu paratoi i'w saethu ddiwedd yr haf. Perodd hyn gryn gyffro i'r efeilliaid.

'Os deith e i fwcwl, gwna'n siŵr bod Alwyn a fi ynddo fe. Yn y cefndir, ife. Allet ti wneud 'ny?'

Nodiodd Henry'n ddigynnwrf. Fel Rheolwr Lleoliadau, ni fyddai ganddo fawr o ddylanwad ar y mater.

'Achos os na wnei di, wnawn ni dy gloi di mewn sied 'da drewgi sy 'di trigo 'to!' meddai Alwyn, ei ysgwyddau'n ysgwyd cymaint wrth chwerthin nes peri i Henry fecso y byddai ei lygad ffug yn saethu o'i soced.

Wrth archebu rownd arall yn glou fe gofiodd Henry am y profiad o daflu'i berfedd i fyny wrth i wynt y drewgi celain ei daro fel gordd. Cofiodd fod pen yr anifail wedi'i ymestyn yn ddireidus allan o'r sach, fel pe bai'n cysgu'n braf ar glustog. Yn hwyrach, cafodd ei drechu gan ei chwilfrydedd ei hun wrth iddo agor y sach yn iawn a datguddio byddin o gynrhon wedi heidio'n drwch i'r corff. Fe fwldagodd nes i'w glustiau wneud dolur. Chwydodd yn ffyrnig a buodd ei wddwg yn brifo am ddiwrnodau, yn gwmws fel pe bai un o geir tegan ei frawd bach, David, wedi parcio yno ar linell felen ddwbl llawn bustl.

Treuliodd gryn dipyn o'i blentyndod ar fferm Pantglas, yn chwarae gyda'r efeilliaid. Cafodd y Reesiaid i gyd eu hannog yn frwd gan eu tad i chwarae yn yr awyr agored. Ac roedd eu mam hefyd yn falch o'u gweld yn mynd allan o'r tŷ tafarn, a hithau'n anniddig braidd am fagu chwech o blant yn y fath le anystywallt. Cofiai Henry'n llawn balchder am y troeon niferus iddo rwyfo yn y llyn yng nghefn y fferm. Bydden nhw'n anelu gan amlaf at yr ynys fach yn y canol, lle byddai ef a'r efeilliaid yn chwilio am drysor a chymryd tro am yn ail i fod yn Long John Silver.

Gyrrodd i ffwrdd o'r capel cyn gynted ag y gallai. Wedi naws glawstroffobaidd y fynwent roedd yn ysu am ofod, digonedd o ofod. Llywiodd y modur tuag at y mynydd, gan ddefnyddio'r heol B gul i gyfeiriad Abergwesyn. Y math o heol sydd â lei-bei bob hanner milltir fel y gall cerbydau basio. Yn y pen draw aeth oddi ar yr heol honno a dilyn ffordd ddidarmac y Goedwigaeth. Roedd hyd yn oed syspensiwn yr Audi llyfn yn dioddef wrth iddo daro ambell dwll annisgwyl. Stopiodd dan res o binwydd tal gyferbyn â llond dwrn o fyrddau pren, wedi'u gosod yn bwrpasol i greu safle picnic. Doedd neb yno, diolch byth. Eisteddodd am ennyd, gan agor ei ffenest ac anadlu'r pinwydd yn ddwfn i'w ysgyfaint, atgof cryf o win Groegaidd TCPaidd ei ugeiniau cynnar.

Defnyddiodd ei ffôn symudol i ganfod tudalen Facebook ei wraig, Linda. Sylwodd ei bod hi wedi gosod lluniau newydd yno ohoni hi a'u merched ifanc, Alice a Daisy, ar draeth lleol, Yellow Cove. Roedden nhw i gyd yn gwenu ac yn wafio, a Linda yn esgus cnoi ffrisbi fel pe bai'n *pizza*. Gwenodd a gadael neges, gan ddweud ei fod e'n gweld eu heisiau ac yn edrych ymlaen at ddychwelyd adref cyn bo hir.

Wrth iddo deipio'r geiriau taflodd gipolwg ar bamffled yr angladd a orweddai ar sedd y teithiwr. 'Oedfa i ddathlu bywyd Andrew Shaw.' Roedd yna lun o ŵr canol oed ar y clawr, gŵr bach byr, moel, a'i feibion ifanc naill ochr iddo. Ni fyddai Henry wedi medru ymdopi â the'r angladd – bwffe swmpus yn y clwb rygbi yn ôl y sôn. Cadw yn y cefndir fyddai orau, gadael i'r holl beth bylu'n naturiol. Nid bod llawer wedi sylwi ar haerllugrwydd Lisa tuag ato chwaith, ond digon i beri embaras. A byddai embaras o'r math yna'n lledaenu fel tân gwyllt mewn pentref fel Tre-gors.

Y wraig weddw, yn ei holl ogoniant, yn gwrthod ysgwyd ei law.

Yn y gwasanaeth ei hun cafodd sawl gwên o gydnabod wrth iddo ymlwybro i'w sedd yn llofft y capel llawn i'r ymylon. Talwyd teyrngedau a chanwyd emynau'n frwd. Roedd hi'n glir bod Andrew wedi tyfu i fod yn un o bileri'r gymuned – yn is-lywydd ei annwyl glwb rygbi a hefyd yn gynghorydd lleol i Blaid Cymru. Doedd y gwasanaeth ei hun ddim yn rhy ddwys ac yn ôl y gweinidog, gŵr ifanc â bochau lliw betys, dyna'r union gywair y byddai Andrew wedi dymuno ei gael.

Bu Andrew a'i weddw Lisa yn gariadon bore oes. Heblaw am ddal dwylo ei meibion ar y naill ochr iddi hi, ddangosodd hi fawr o emosiwn. O bryd i'w gilydd byddai'n pwyso draw i sychu dagrau'r crwt lleiaf ac yna'n rhoi'r macyn papur iddo i chwythu ei drwyn.

Dywedodd rhywun o'r clwb rygbi, wyneb lled gyfarwydd o'r gorffennol pell, i Andrew fod yn was ffyddlon ar hyd y blynyddoedd, fel chwaraewr ac fel aelod o'r pwyllgor. Roedd hi'n drist ond yn nodweddiadol o'r dyn ei fod wedi marw wrth gyfrannu i'w filltir sgwâr. Talwyd teyrnged iddo gan wraig yn ei chwedegau am ei ddiwydrwydd fel cynghorydd. Daeth gwên i sawl wyneb wrth iddi atgoffa pawb sut y byddai Andrew'n agor pob araith â'r cyfarchiad ffurfiol 'Frodyr a chwiorydd', fel pe bai'n annerch Cyngres yr Undebau Llafur yn eu cyfarfod blynyddol.

Daeth allan o'r modur a'i gloi. Cerddodd i lawr y llwybr cyfarwydd trwy'r goedwig a arweiniai at Lyn Gerwyn. I'r fan hon y deuai ef a'i ddau frawd a'i dair chwaer fel teulu i ganŵio, gyda'u tad, Edward, yn eu harwain. Plygodd i godi carreg lefn ar ochr y llyn a sylwi ar yr haen oren ar wyneb y dŵr, fel olew. Cofiai ddarllen rhyw bwt ar y rhyngrwyd yn gymharol ddiweddar am law asid a chael sioc i weld Llyn Gerwyn yno ar restr llynnoedd mwyaf asidig Ewrop.

Mentrodd daflu'r garreg ac roedd wrth ei fodd i'w gweld hi'n adlamu ar hyd yr wyneb bedair, bump o weithiau cyn diflannu i'r dyfnder tywyll. Roedd y grefft yn dal ganddo.

Teimlai'n dawelach ei feddwl nawr, yn gwylio'r dŵr. Ai peth Cymreig oedd y ddefod o syllu ar ddŵr? Roedd wedi hen ymgartrefu yn Santa Monica, a chanddo olygfa wych o'r Môr Tawel. Ond allai e ddim gwadu y byddai weithiau'n chwilio am gamerâu byw ar y we yng nghanol nos, er mwyn cael ei hudo gan ddŵr tangnefeddus mewn gwledydd pell, gan gynnwys golygfeydd o Dre-gors ar GoogleEarth, wrth gwrs. Chwiliai am y Railway, a fuodd mor bwysig yn ystod ei blentyndod. Hefyd y Reesiaid: llwyth, teulu, chwech o blant â phrin saith mlynedd rhyngddyn nhw. Cymry gwallt du fel y fagddu â llygaid glas fel y môr, Cymry Môr y Canoldir, Cymry alltud bellach, pob un ohonyn nhw, ers degawdau.

Ar ei ffordd 'nôl i'r car tynnodd luniau o rannau o'r goedwig ar ei ffôn symudol. Byddai hynny o leiaf yn ddigon o esgus iddo ennill ei dreuliau, a dangos iddo wneud rhyw ymdrech i asesu pa mor addas fyddai ardal Tre-gors fel un o leoliadau'r ffilm ar gyfer Moniker Films. Creu ffilm arswyd eironig oedd y nod, er mwyn manteisio ar boblogrwydd fampirod ymhlith y to ifanc ar y funud. Ond yn y pen draw, fel gyda phopeth yn ymwneud â ffilmio, diwedd y gân oedd y geiniog. Gwyddai Henry mai dim ond smalio yr oedd yn y bôn, a taw ei wir reswm dros fynd i Dre-gors oedd i gwrdd â'i chwaer, Pat, a'i merch hithau, Nerys, i asesu'r posibilrwydd o brynu'r Railway.

Ond er iddo geisio canolbwyntio ar y ffilm a'i deulu, roedd ei feddwl yn dal i grwydro 'nôl i'r angladd y prynhawn hwnnw. Cofiodd gerdded i fyny at y cerrig beddau dan yr awyr lliw plwm ar ei ben ei hun. Gwrandawodd ar gerddoriaeth Mozart yn taranu o ryw seinyddion a osodwyd yn arbennig at yr achlysur. Roedd yn gyfarwydd â'r alaw, 'Yn Dawel Chwytha'r Awel', trac a ddefnyddiwyd gan un o'i gyfarwyddwyr mewn ffilm am y rhyfel yn Irac. Mae'n debyg bod Andrew yn hoffi chwibanu'r diwn wrth ei waith, wedi iddo glywed y darn yn ddiweddar ar raglen radio *Beti a'i Phobol.*

Darllenodd y gweinidog bochgoch ddarn o'r Ysgrythur ar lan y bedd. Roedd snwffian truenus mab ieuengaf Lisa wedi datblygu'n nadu dolefus erbyn hyn. Yn wir, yr unig ffordd y stopiwyd y sŵn byddarol oedd pan afaelodd gŵr hŷn ynddo, ei dad-cu o bosib, a'i godi ar ei ysgwydd i'w gysuro. Adferwyd ychydig o drefn wrth i'r côr lleol ganu dehongliad urddasol iawn o'r emyn 'Llef'. Yna, wrth i Lisa ffarwelio â'i gŵr am y tro olaf fe daflodd hi gusan i gyfeiriad yr arch a gollwng rhosyn coch arni.

Efallai y dylai Henry fod wedi cerdded bant. Ond nid oedd yn siŵr o'r drefn, y protocol. Sylwodd fod Lisa wedi symud draw i un o lwybrau'r fynwent, gan sefyll gerllaw coeden ywen. Ffurfiodd pobol giw gan fynd lan ati fesul un i ysgwyd ei llaw. Meddyliodd Henry y dylai ymuno â nhw. Mae'n rhaid taw hyn oedd y peth iawn i'w wneud er mwyn talu'r deyrnged olaf.

Yna, pan ddaeth ei dro i gynnig ei law iddi, fe wingodd hi a gwthio ei law i ffwrdd. Syllodd arno â chas perffaith yn ei llygaid milain. Llwyddodd Henry i symud ymlaen, gan geisio cadw ychydig o urddas, a brysio i gyfeiriad y maes parcio.

Ar ymyl y goedwig eisteddodd unwaith eto yn sedd y gyrrwr a thanio'r injan. Wrth iddo lywio'r car allan o'r safle picnic, addawodd Henry na fyddai'r digwyddiad yn difetha ei ymweliad â Thre-gors. Roedd yn benderfynol o'i roi yng nghefn ei feddwl a pheidio crybwyll y peth wedyn – anghofio amdano yn gyfan gwbl, dyna fyddai orau. A phan fyddai Henry'n addo rhywbeth, yn enwedig iddo'i hunan, byddai'n dueddol o gadw ei air.

Cadwodd ei air hefyd o ran cwrdd â'i chwaer hynaf, Pat, i'w chynghori ar y posibilrwydd o brynu'r Railway. Ond pan gerddodd i mewn i far lolfa'r Llew Du canfu fod Pat wedi dod â'u brawd ieuengaf, David, i lawr gyda hi o Lundain yn hytrach na'i merch, Nerys. Wedi iddi hithau glywed y bydden nhw i lawr yno, penderfynodd chwaer arall, Gwen, deithio o Gaeredin i Dre-gors, a chodi'r chwaer ieuengaf, Maggie, yn Stockport ar y ffordd. O'r holl frodyr a chwiorydd, dim ond y brawd hynaf, John, oedd yn byw yn Seland Newydd, oedd ddim yn bresennol. Dyma'r tro cyntaf iddyn nhw ymgynnull ers gwasanaeth partneriaeth sifil David a Simon dros ddwy flynedd 'nôl. Wrth gwrs, byddai pawb yn cadw mewn cysylltiad ar Facebook ac roedd Henry hyd yn oed yn dilyn Gwen yn aml ar Twitter ac yn sgeipio o bryd i'w gilydd. Ond roedd hyn yn wahanol. Gwenodd Henry ac archebu dwy botelaid o Prosecco, i leddfu rhywfaint ar ei nerfusrwydd yn anad dim byd arall.

'Siwrnai ofnadw, Henry. O'n i'n gwybod bod e yn *the back of beyond*, ond o'dd e wastad mor bell? A'r hewlydd, wy'n siŵr bo nhw 'di gwaethygu.'

Sylw nodweddiadol o du Pat. Roedd Henry wedi dysgu dros y blynyddoedd ei bod hi'n anodd dirnad gwir deimladau ei chwaer hynaf gan y gwnâi fôr a mynydd o bopeth.

Llamodd David oddi ar ei gadair, gan ysgwyd llaw Henry. Pan oedd yn blentyn doedd David byth yn gallu aros yn llonydd, ac roedd yr arferiad hwn hyd yn oed yn amlycach ynddo fel oedolyn. Roedd yn ddirwestwr y dyddiau yma hefyd.

'Des i lawr fel cwmni i Pat, cael bach o frêc,' mwmialodd yn lletchwith.

'Mae'n grêt dy weld ti,' meddai Henry, er bod David yn barod wedi cychwyn ar arferiad gwael arall oedd ganddo, sef hanner gwrando ar rywun ac edrych i gyfeiriad arall. Yna eisteddodd eto, cyn codi ar ei union a thaflu cipolwg ar un o'r brodorion oedd yn sefyll ger y drws. Dilwyn oedd ei enw ac roedd ganddo'r twmpath rhyfeddaf o wallt brown a wnâi iddo edrych o leiaf droedfedd yn dalach nag ydoedd. Dilynodd Henry drywydd llygaid David a gwenu o bellter ar Dilwyn, gŵr tua'r un oedran ag ef.

'Mae'n grêt gweld chi i gyd, wrth gwrs, nage jest David,' meddai, gan lenwi eu gwydrau â mwy o'r Prosecco.

'Ym... bethchingalw yw hwnna, nagefe?' sibrydodd Maggie, gan daflu cipolwg clou i gyfeiriad y dyn wrth y drws.

'A. O'n i'n amau hynny. Ond do'n i'm yn siŵr.' Byddai Gwen yn aml yn dechrau nifer o'i sylwadau gyda'r ebychiad 'A'. Rhychwant eang ohonyn nhw: 'A' llawn hyder; 'A' o gydnabyddiaeth; 'A' yn deisyfu rhywbeth; 'A' yn llawn petruster. Gan aralleirio'r hyn a ddywedwyd am actores enwog rywdro, roedd Gwen yn meddu ar yr holl gyfres o emosiynau, o A i A.

Ac yntau'n ymwybodol eu bod yn craffu arno, daeth Dilwyn draw atyn nhw â'i beint yn ei law.

'Reeses y Railway, nagefe? I gyd heblaw un. Yr hyna, beth oedd ei enw e nawr?'

'A, chi'n sôn am John,' meddai Gwen.

'Ma fe'n ffermio yn Seland Newydd nawr, ac yn neud yn dda. Delwyn, ife?' meddai Pat.

'Dilwyn,' cywirodd ef hi, gan roi ei garden busnes iddi. 'Os chi'n aros am sbel fach, rhoia i ddisgownt lleol i chi ar gyfer hurio beics,' ychwanegodd.

Pasiodd Pat y garden i Henry. Ar Dy Feic/On Your Bike. Roedd e wedi sylwi ar y siop ar ei ffordd i'r capel, yn union lle roedd hen siop gelfi J D Williams a'i Feibion yn arfer bod. Yr unig ychwanegiad sylweddol arall i Stryd y Capel oedd cangen ysblennydd o Ladbrokes yn lle'r hen siop esgidiau.

'Beth sy 'di dod â chi i gyd 'nôl, 'te? Chi'n meddwl prynu'r Railway?'

Syllodd Pat ar ei hesgidiau. Eisteddodd David eto.

'Beth y'ch chi'n meddwl ohono fe?' gofynnodd Maggie, bob amser yn awyddus i weld pethau o safbwynt y person arall.

'Angen lot o waith 'na, mae'n debyg. Wedi bod ar gau ers cwpwl o flynydde nawr. Er, ma fe mewn safle da. Anhygoel nag yw e, a meddwl gethoch chi i gyd eich magu 'na.'

'A, o'n ni ddim 'na'n hir iawn,' mynnodd Gwen.

'Chwe blynedd,' meddai Henry, gan roi mwy o'r Prosecco i bawb eto, pawb heblaw David.

'O'n i'm yn meddwl bod e mor hir â 'na,' meddai David, gan sefyll ar ei draed unwaith eto.

'O'n ni'n symud trwy'r adeg,' eglurodd Pat.

'Ie, ie. O'n i wastad yn meddwl bod twts bach o'r sipsiwn 'mbytu chi i gyd,' meddai Dilwyn, gan amneidio.

'Er, os bydde lle y gallen ni'i alw yn gatre yn blant, Tregors fydde hwnnw, siŵr o fod,' ychwanegodd Henry.

'Wel, croeso 'nôl ta beth,' meddai Dilwyn, gan godi ei beint i'r awyr.

Ar ôl ychydig aethon nhw trwyddo i'r bwyty i gael

swper. Diolch i'r drefn, aeth y pryd rhagddo yn ddigon dymunol, er i bawb, ac eithrio David, yfed gormod. Fel grŵp roedden nhw braidd yn uchel eu cloch, yn orgymdeithasol, gan ddenu sawl edrychiad digon beirniadol o du rhai o'r gwesteion eraill, cyplau allan am bryd bach tawel, rhamantus yn bennaf.

Menyw ifanc yn ei hugeiniau cynnar oedd eu gweinyddes. Tua'r un oedran â Nerys, merch Pat, fe dybiai Henry, a bu hi'n effeithiol dros ben. Llwyddodd i gelu'r ffaith ei bod hi'n tu hwnt o fisi tu ôl i wên ddeniadol. Sylwodd y Reesiaid i gyd bod toriad ei blows ychydig yn isel, a'i bod yn dangos ychydig bach gormod o'i bronnau felly. O'r diwedd, fe drechwyd amynedd Pat wrth i'r ferch holi am tua'r pumed tro oedd pob dim yn iawn. Atebodd Pat 'Nag yw, a dweud y gwir.'

Roedd y brodyr a'r chwiorydd i gyd yn synhwyro beth oedd yn dod.

'Odych chi'n cael eich gorfodi i wisgo'r top 'na?' meddai hi.

'Sori?' atebodd y ferch, gan edrych ar goll braidd.

'Mae'n oreit,' meddai Maggie, gan gymryd ei hochr yn syth.

'Na, dyw e ddim yn oreit, Maggie. Licen i siarad 'da'r rheolwr, am eich gwisg chi.'

'A,' meddai Gwen. 'A' ofidus.

Cododd David ar ei draed, gan roi dau fys o flaen ei geg, yn dynwared 'smygu sigarét wrth iddo ei heglu hi am allan.

'Wrth gwrs, madam,' atebodd y weinyddes, gan ddal i edrych yn ddryslyd.

'Fydd dim angen gwneud hynny,' meddai Henry'n gadarn, gan edrych yn benodol ar Pat, fel pe bai wedi tanlinellu ei eiriau sawl gwaith â beiro goch.

'Dyna ddynion i chi!' gwaeddodd Pat. 'Mae'n warthus ei bod hi'n cael ei gorfodi i wisgo fel'na.'

Daeth murmur y mân siarad ar y byrddau eraill i ben a phawb yn edrych ar fwrdd y Reesiaid.

'Mae merched ifainc yn cael eu gorfodi... eu gorfodi i feddwl bod yn rhaid iddyn nhw... Esgusodwch fi.'

Ynganodd Pat 'Esgusodwch fi' gyda thalp o ddeigryn yn ei gwddwg a chodi o'i chadair. Wrth iddi ei throi hi am ei hystafell, edrychodd Gwen a Maggie ar ei gilydd a'i dilyn hi'n glou i fyny'r grisiau.

Yn gwrtais ond yn dawel gofynnodd y weinyddes i Henry a oedd yn dal angen iddi 'nôl y rheolwr. Ysgydwodd Henry ei ben, gan geisio egluro.

'Mae'n ddrwg gen i am hynna. Mae fy chwaer wedi bod dan lot o straen yn ddiweddar.'

Gwenodd y weinyddes unwaith yn rhagor wrth roi'r holl lestri pwdin ar hambwrdd cyn ffoi i'r gegin.

Maes o law aeth Henry trwyddo i far y lolfa, lle prynodd sudd oren a mango i David a brandi mawr iddo'i hunan. Gwyddai eisoes am hanes Nerys, merch Pat, a'i ffrind yn mynd ar 'wyliau' i Chicago, dim ond i ymweld â rhyw lawfeddyg stryd gefn amheus i geisio chwyddo maint eu bronnau. Bu farw ffrind Nerys o fewn dyddiau wedi iddi ddychwelyd. Yn dilyn gweld hysbyseb ar y rhyngrwyd, talodd y merched $800 yr un am y driniaeth. Canfuwyd taw darnau rhad, diffygiol o silicon a osodwyd yn eu cyrff, y math a ddefnyddir yn y diwydiant electroneg, nid y math meddygol arferol. Cafodd yr holl stori salw gryn sylw yn y wasg ar ddwy ochr yr Iwerydd. Aeth Nerys druan trwy uffern. Gan ei bod yn poeni y byddai ei mewnosodiadau hithau hefyd yn rhwygo, trefnwyd llawdriniaeth i'w tynnu cyn gynted ag roedd modd. Bu'r driniaeth yn llwyddiannus, diolch i'r drefn, ond roedd yr ergyd o golli ei ffrind a chael cymaint o fraw ei hun wedi gadael ei ôl arni. Daliai i gymryd tawelyddion cryf iawn ar gyfer ei hiselder. Gwyddai Henry hyn i gyd.

Ond roedd gan David wybodaeth newydd iddo, am fab Pat, Dylan.

'Dros ugain mil o ddyled. Gamblo ar-lein. Dim ond wythnos d'wetha daeth hi i wybod.'

Ysgydwodd Henry ei ben.

'Druan â hi,' meddai.

'Wy'n credu bod Pat yn gweld y Railway fel cyfle ffres, newydd i'r ddou ohonyn nhw,' meddai David, gan eistedd 'nôl ar ei stôl wrth y bar. Ychwanegodd taw dyna pam roedd Nerys a Dylan yn absennol, a'u bod wedi gwrthod yn lân dod ar gyfyl Tre-gors gyda'u mam, er mawr siom iddi.

Nodiodd Henry'n ddwys. Am unwaith nid oedd teimladau Pat wedi cael eu gorliwio wedi'r cwbl.

Trwy gydol ei amser wrth y bar, roedd Henry'n ymwybodol iawn o bresenoldeb cwsmeriaid eraill, yn sibrwd ymhlith ei gilydd wrth i ymddygiad aflonydd David ddenu sylw. Roedd y newyddion am y weinyddes a Pat yn amlwg wedi teithio o'r bwyty i'r bar. Gan siglo'n araf o'r naill ochr i'r llall, daeth Dilwyn meddw lan at Henry a gwthio'i fysedd i'w asennau.

'Wy'n clywed o'dd hi off 'na yn y *restaurant* jest nawr,' meddai, ei wên yn datgelu set o ddannedd brown ysmygwr, a hwythau lawer yn rhy agos i'w gilydd.

Heb awydd creu mwy o ffwdan, cododd Henry ei ysgwyddau i gyfleu ei ddifaterwch. Ystumiodd David ei fod am fynd am sigarét arall a diflannu'n gyfleus trwy'r drws.

'Ti'n gwadu 'ny, 'te?' gofynnodd Dilwyn yn lled fygythiol.

'Dyw e ddim o dy fusnes di,' meddai Henry, gan edrych i fyw ei lygaid.

'Dyw e ddim o dy fusnes di!' ailadroddodd Dilwyn yn uchel, gan ddynwared llais Henry, cyn gwthio'i wyneb yn agos iawn at un Henry unwaith eto. 'Chi'r Reesiaid! Chi i gyd 'run peth. Chi ddim yn y blydi ysgol gynradd nawr!'

Gan chwerthin, trodd Dilwyn i ffwrdd yn araf a cherdded allan. Ni allai Henry fod yn sicr am y peth, ond byddai wedi tyngu bod Dilwyn wedi cyfarth wrth fynd trwy'r drws.

Fore trannoeth aeth Henry gyda Pat i gael golwg ar y Railway. Doedd e ddim yn edrych ymlaen at y profiad. Sylwodd fod un o'r gwrthrychau a fyddai'n destun balchder i'w fam, y drws ffrynt, wedi dirywio'n arw. Roedd stribedi o hen baent coch yn pilio oddi arno, fel croen wedi llosgi yn yr haul. Ni allai Gwen na Maggie wynebu'r profiad. Tynnodd David 'nôl rhag dod ar y funud olaf, gan ddweud ei fod e'n mynd i drefnu taith feicio iddyn nhw i gyd.

Ymunodd Gordon, hen ffrind oedd yn adeiladydd, â nhw. I ddechrau taflwyd Henry oddi ar ei echel braidd. Roedd y bar yn yr un lle, ond roedd y bwrdd pŵl wedi'i symud i'r lolfa, gan adael bwlch mawr yn y bar cyhoeddus. Roedd y blwch recordiau hefyd wedi hen ddiflannu, yn ogystal â'r llwyfan bach yng nghefn y lolfa. Dyna lle chwaraeai ei dad y sacsoffon mewn band ar nos Wener olaf y mis, a'r lle dan ei sang.

Yn anochel, roedd yr adeilad yn llawn ysbrydion i'r ddau ohonyn nhw a gwyliai Henry Pat yn ofalus, rhag iddi ypsetio'n ormodol. Meddyliodd am ei dad, Edward – cawr o ddyn goregnïol fyddai wrth ei fodd allan yn yr awyr iach, ond caethiwyd ef tu ôl i'r til fel anifail mewn sw. Ei fam wedyn, Martha, yn llawn *bonhomie* naturiol, a hi oedd calon y dafarn. Fel nifer o'i blaen hi, ildiodd yn y pen draw i demtasiwn feunyddiol y ddiod gadarn, a chollodd ei hiau y frwydr pan oedd hi yn ei phumdegau hwyr. Er, rhaid derbyn bod magu chwech o blant wedi ychwanegu at y pwysau arni hefyd, meddyliodd Henry, gan frwsio haen o lwch gwyn oddi ar y bar â'i law. Roedd un ochr yr ystafell wedi'i hacio 'nôl i'r brics mewn ambell fan.

Roedd y lle'n iasol o dawel, yn debycach i fynwent na thafarn.

'Angen tipyn o waith,' meddai Gordon yn ddwys.

'Ond ma 'dag e botensial, nag o's e,' meddai Pat.

'O o's, potensial. Yn y diwedd mae'n dibynnu faint ma rywun yn fodlon gwario arno fe.'

'Cant chwe deg mil yw'r amcan bris,' meddai Pat, ar bigau'r drain.

'Ma o leia tri deg mil o waith i'w neud 'ma. Mwy falle, i'w neud e'n iawn, a gosod nenfydau newydd. Bydd gwaith ar y seler hefyd, ynta. Mae'r lleithder siŵr o fod yn dod lan o fan'ny.'

'Fyddai hi'n grêt gweld yr hen le 'nôl ar ei draed 'to, a llond y lle 'ma.'

Dywedodd Pat hyn wrth iddi eistedd yn y gilfach ger y lle tân. Gallai Henry ei gweld hi'n dychmygu tanllwyth o dân glo yno ar noson oer aeafol, a rhyw dimau dartiau'n canmol cawl cartref ei merch.

'Gawn ni weld shwt eith hi, wrth gwrs,' ychwanegodd Gordon yn galonnog. 'Ond 'sen i ddim yn mynd i gant tri deg 'yn hunan, *no way*.'

'Falle nad yw hi'n adeg dda iawn i brynu tafarn, yn enwedig yng nghefn gwlad,' meddai Henry, yn ceisio bod yn realistig.

'Gwydr hanner gwag fuodd Henry erioed,' eglurodd Pat.

Roedd hi'n gwenu â'i cheg, ond ddim â'i llygaid.

Wrth adael dywedodd Gordon wrth Pat gadw mewn cysylltiad ag ef ynglŷn ag unrhyw ddatblygiadau newydd yn ymwneud â'r Railway.

Ond gwyddai Henry a Pat yn eu calonnau na fyddai unrhyw ddatblygiadau pellach.

Roedd y sefyllfa'n anobeithiol. Buodd Pat yn breuddwydio, yn dychmygu gwell dyfodol i'w merch a'i mab. Roedd hi a'i gŵr, Arthur, wedi gwneud pethau'r ffordd anodd, drwy weithio pob awr o'r dydd mewn siop gornel yn Deptford, cyn yn raddol gallu fforddio prynu gwesty bach ac yna gwesty mwy. Ond roedd y byd wedi newid. Roedd hi'n ofni'r dyfodol. Gwyddai ym mêr ei hesgyrn na fyddai Dylan na Nerys yn symud i Dre-gors. Llundeinwyr oedden nhw. Cocnis rhonc. Beth gododd yn ei phen hi?

'O Henry, sdim syniad 'da fi beth i neud. Sdim rhywbeth yn dod lan ym myd y ffilmiau 'da ti, o's e?'

Gwgodd Henry. Doedd dim angen iddo ddweud gair. Rhoddodd ei freichiau o amgylch ei chwaer a theimlo rhywbeth yn diffodd, os taw dyna mae breuddwydion yn ei wneud. Roedd y ddau ohonyn nhw ar dân eisiau mynd oddi yno. Tynnodd Henry'r drws trwm yn frysiog y tu ôl iddo a chwythodd plu bach o baent yn y gwynt fel tristwch.

Er ei fod yn falch o wneud rhywbeth fel grŵp, nid oedd Henry'n awyddus iawn i roi ei arian i Dilwyn yn Ar Dy Feic. Ni fu'n rhaid iddo ei weld hyd yn oed, diolch i'r drefn. Roedd David wedi gwneud yr holl drefniadau, gan gynnwys paratoi picnic ar gyfer cinio hwyr ar y prom yn Aberystwyth, wedi iddyn nhw seiclo'r pymtheg milltir ar Lôn Ystwyth yn weddol hawdd. Roedd y Reesiaid i gyd yn heini am eu hoedran. Byddai eu tad wedi bod yn browd iawn ohonyn nhw!

Wrth seiclo ar hyd yr hen drac rheilffordd roedd geiriau Dilwyn y noson cynt yn chwarae ar feddwl Henry. 'Chi ddim yn y blydi ysgol gynradd nawr.' Roedd casineb yn ei lais wrth iddo gofio'r Reesiaid fel uned benodol, llwyth nad oedd croeso iddyn nhw. Teimlodd yr un math o oerfel iasol yn llygaid Lisa, gweddw Andrew, yn y fynwent.

Ceisiodd ystyried ei deulu yn wrthrychol, fel y byddai eraill yn eu gweld. Roedden nhw'n wahanol, doedd dim modd gwadu hynny. Roedd pob un ohonyn nhw yn meddu ar ryw ddihidrwydd iachus, rhyw hyder herfeiddiol, a esgorwyd wrth fod mor feunyddiol agos at aelodau'r cyhoedd pan oedden nhw'n iau, mae'n debyg. Onid oedd hynny'n iachus? Roedd ambell un â rownd bapurau foreol cyn mynd i'r ysgol ac roedden nhw i gyd wedi rhoi help yn y dafarn yn glanhau a golchi'r llestri yn y gegin. Buont yn ddiwyd mewn nifer o weithgareddau yn y gymuned hefyd, fel yng nghyngerdd y Te Bocsys bob Nadolig yn festri'r capel. Serch hyn i gyd, roedd Henry'n ymwybodol bod rhywbeth yn ei gnoi, bod rhywbeth ddim cweit yn iawn. Ei fod yn gwadu'r gwir aflednais efallai.

Yna, wrth iddo gyrraedd terfyn Lôn Ystwyth ar y ffordd 'nôl, ar ymylon y gors, fe'i gwelodd hi.

Gwisgai ffrog haf lliw awyr las ac roedd hi'n casglu'i dillad golchi oddi ar y lein. Wrth gwrs, gwnâi synnwyr perffaith. Hen dŷ'r cipar, Tŷ Croeso. Fan hyn y byddai Andrew wedi byw gyda'i deulu.

'Mae moch daear gan amlaf yn anifeiliaid swil, encilgar, sy'n byw mewn grwpiau cymdeithasol neu deuluoedd clòs.'

Gwen sylwodd fod Henry wedi stopio.

'Ti'n iawn?' gofynnodd, gan stopi ei beic hi gyferbyn ag ef.

Arafodd Maggie a sefyll wrth ei ymyl hefyd a sylwodd ar Henry'n edrych i gyfeiriad gardd gefn Lisa. Roedd hi'n dal wedi ymgolli'n llwyr yn ei golch, yn ei osod mewn basged fawr binc, heb unrhyw syniad bod rhywun yn ei gwylio.

'A. Nage hi yw'r fenyw gollodd ei gŵr yn ddiweddar?'

'Ie. Lisa Shaw. Roedd cronfa, i roi arian i'r clwb rygbi. Dylen ni roi rhywbeth.'

Ond arhosodd Henry yn ei unfan, mewn rhyw fath o berlesmair. Fel pe bai'n siarad â'i hunan, yn ceisio dirnad yr ymateb gorau i'r sefyllfa.

Torrwyd ar hud yr eiliad wrth i Pat a David gyrraedd, y ddau'n brecio'n swnllyd. Mae'n rhaid bod sgrech brêc Pat a sgid David ar hyd y graean wedi tarfu ar Lisa. Edrychodd i fyny, gan syllu'n syth tuag atyn nhw.

'Fydda i ddim yn hir,' meddai Henry, gan symud yn glou at Lisa yn yr ardd.

Roedd Lisa'n sefyll yn hollol lonydd, yn cofleidio'i basged yn gariadus, ei thro hi i fod mewn rhyw fath o berlewyg. Sylweddolodd Henry y byddai'n rhaid iddo fod yn ofalus. Roedd hi'n sefyllfa fregus. Gosododd ei feic ar y ffin laswelltog a cherdded at y ffens bren, gan dynnu papur ugain punt o'i waled.

'Shw mae. O'n i jest yn meddwl falle dylen i adael rhwbeth, er cof am Andrew,' meddai, yn dal yr ugain punt o'i flaen gyda'r Frenhines yn edrych 'nôl arno'n gellweirus.

Tro Lisa oedd hi i symud yn glou wedyn. Rhoddodd y fasged olchi ar y llawr a rhedeg at y ffens i gyfeiriad Henry – â'r un casineb a welwyd yn y fynwent yn ei gyrru'n gynddeiriog.

'Cer o fan hyn. Ma *cheek* 'da ti ddod yn agos at y lle 'ma. Paid ti meiddio gweud ei enw e!'

Erbyn hyn roedd ei frawd a'i chwiorydd wedi ymuno ag ef. Roedd Lisa'n annerch y teulu i gyd nawr.

'Peidiwch esgus bo chi ddim yn cofio. Y ffordd wnaethoch chi ddychryn fy ngŵr yn blentyn. A rhai eraill hefyd! Cymerodd e flynyddoedd i ddod drosto fe, beth wnaethoch chi iddo fe, y diawliaid.'

Gyda Henry'n crynu yn llawn cywilydd, cyfarthodd Pat arni.

'Paid!' meddai David, gan gofio'i arwyddocâd.

Ond daliai Pat i gyfarth, yn uwch erbyn hyn. Yn coethi, fel pe bai mewn pac o gŵn hela yn cwrso plentyn truenus o amgylch yr ysgol nes iddo wlychu ei hun mewn ofn. 'Cŵn Hela' oedd enw'r hwyl, y 'gêm' y daeth y Reesiaid â hi gyda nhw o sir Benfro.

Cyfarthodd Pat eto fyth, gan fynd lan at y ffens bren, yn ysgyrnygu'n fygythiol. Yn hytrach na'i stopio, ymunodd Gwen â'i chwaer hŷn, yn udo mewn goslef uwch, fel pe bai'n gwynto'r gwaed.

'Stopia nhw, Henry!' meddai Maggie, yn sylwi bod meibion Lisa wedi dod allan i'r ardd erbyn hyn, wrth glywed y sŵn.

'Pam maen nhw'n cyfarth?' gofynnodd y crwt iau, yr un oedd mor ypsét yn angladd ei dad.

'Peidiwch cymryd sylw ohonyn nhw. Pobol ddrwg y'n nhw,' meddai Lisa, gan hebrwng ei meibion yn frysiog 'nôl i gyfeiriad y tŷ.

Roedd Pat a Gwen yn chwerthin.

'Paid ti meiddio'n croesi ni 'to, y bitsh!' gwaeddodd Pat yn lloerig.

Gyda'r hwyr ymwelodd Henry â bedd Andrew, rhan o

dir a brynwyd gan ei deulu ers tair cenhedlaeth. Cymysgodd y pridd ffres â'i ddwylo gan ystyried pa mor hir y byddai'n cymryd i'r mwydod gyrraedd cnawd Andrew. Wrth eistedd yn y fan honno gadawodd i'r cyfan ruthro 'nôl, fel agor y llifddorau ar hen hunllef. Y ddelwedd fwyaf trawiadol a dwriwyd o'i orffennol oedd Andrew yn begian arnyn nhw i stopio, yn wafio macyn bach gwyn hyd yn oed. Ymdrech dila i ddatgan ei fod yn ildio'n llwyr i'r Reesiaid, wrth i gloch yr ysgol ganu cnul yn y cefndir. Ac roedd Lisa'n iawn. Buodd enghreifftiau eraill hefyd, yn benodol ar daith yr ysgol i Langrannog, lle gwnaeth Henry, er mawr gywilydd iddo, fwlian y plant iau trwy werthu gwair a mwydod iddyn nhw ac yna mynnu eu bod nhw'n eu bwyta. Roedd y peth yn anhygoel a'r ffaith iddo ddigwydd bron i ddeugain mlynedd yn ôl yn cryfhau ei ymdeimlad o anghrediniaeth. Roedd yr awyr lliw moron fel pe bai'n collfarnu Henry, ac yntau'n ffigwr unig, Munchaidd yn ysu am sgrechian. Ond mudandod y gwaradwyddus a gafwyd.

Yn ei wely caeodd Henry ei lygaid, ond ni allai gysgu. Yn lle hynny dwrdiai ei hun am na chafodd y cwrteisi, os dyna'r gair, i gydnabod ei ymddygiad ffiaidd yn blentyn. Ceisiodd gysuro ei hun nad oedd profiad Andrew mor wahanol i'w brofiad creulon ei hun o gael ei gloi â drewgi marw yn gwmni iddo. Yr hyn a'i syfrdanodd yn anad dim arall oedd y ffaith bod y pethau hyn wedi digwydd o gwbl. Ac yntau bellach yn ŵr yn ei bedwardegau hwyr â theulu ganddo, ac wedi setlo ar arfordir gorllewinol cyfandir America, teimlai fel petai'n berson arall. Onid oedd hynny'n wir? Ai fel'na oedd ei deall hi? Fod pobol yn tyfu'n bobol wahanol?

Mae'n rhaid bod Henry wedi syrthio i gysgu ar ryw adeg. Breuddwydiodd fod giang y Reesiaid yn hela Andrew fel pac o gŵn, yn cau i mewn ar y lladdfa. Yn y freuddwyd roedd gan Andrew ffwr coch a hyd yn oed gynffon cadno ac roedd wedi cael ei gornelu tu blaen i reiliau'r ysgol, ac yn methu ffoi. Roedd cloch yr ysgol yn canu'n rhyfeddol o swnllyd, i ddynodi ei bod hi'n bryd i'r plant ddychwelyd i'w gwersi. Ond anelodd Henry ei sylw at Andrew, yn ysgyrnygu ac yn glafoeri'n llawn cynnwrf. Yna'n sydyn sylweddolodd nad wrth reiliau ffin yr ysgol roedden nhw o gwbl, ond ar fariau metal sgaffaldau. Trodd Andrew i'w wynebu ac, er mawr arswyd i Henry, sylwodd ar wyneb syn gŵr canol oed oedd ar fin syrthio i'w farwolaeth.

Dihunodd yn ddisymwth, gan roi naid fach a sylwi ar ei ffôn symudol yn fflachio ac yn canu'n swnllyd – ei larwm. Gosododd lun ar Facebook, y llun a dynnwyd o'r teulu ar y prom yn Aberystwyth ddoe, y pump ohonyn nhw ar eu beiciau. Gadawodd neges fer, yn dweud ei bod hi wedi bod yn braf eu gweld nhw i gyd unwaith eto.

Yng ngwyll y bore cynnar llywiodd Henry ei Audi allan o Dre-gors. Roedd angen iddo gyrraedd Llundain ar gyfer cyfarfod amser cinio ac yna hedfan adref. Yn sydyn clywodd gnoc drom ar ochr ei gar, fel pe bai'r Audi wedi taro rhywbeth. Edrychodd yn y drych a sylwi ar greadur yn ymdrechu'n ofer i godi ar ei draed cyn syrthio'n swp i'r llawr. Rifyrsiodd 'nôl a rhoi'r creadur marw mewn cwdyn du oedd ym mŵt ei gar. Yna fe yrrodd i ymyl y gors enfawr, ger llinell gychwyn Lôn Ystwyth. Yn dawel gadawodd y bag tu fas i ddrws ffrynt Tŷ Croeso.

Dychmygodd fab ieuengaf Andrew a Lisa yn dod ar ei draws, yn llawn chwilfrydedd, a'i agor. Yna'n gweld y trwyn du a gwyn yn yfflon coch, yn drwch o waed. Yn griddfan, yn sgrechian, yn chwydu. Yn rhan o'r broses o dyfu.

Rhaffu Celwyddau

A R ÔL CAEL sawl rhybudd am y dwgyd, dachreues neud galwade ffôn 999 ffug. Os nad y'ch chi wedi 'i neud e eich hunan mae'n anodd egluro'r *buzz*. Gweld yr injan dân yn cyrraedd yw'r rhan ore, y seiren mor swnllyd, yn neud dolur i'ch clustie chi os byddwch chi'n ddigon ffodus i fod yn agos. Ac mae hyd yn oed injan y lori'n neud sŵn y diawl, fel llew mecanyddol anferth yn canu grwndi. A'r dynion tân yn neidio mas, ar frys i ffeindio'r tân, cyn edrych yn ddryslyd ac wedyn yn grac, mor grac wrth weld nad oes tân 'na. Roedd hynny'n ddoniol. Sneb yn mynd i ddweud wrtha i nad oedd hynny'n ddoniol. Doedd yr ambiwlans ddim hanner cystal, ddim hanner mor gyffrous.

A bod yn onest, pan wnaeth Gwilym fy nghasglu i'r tro cynta hwnnw, ches i ddim hyd yn oed cusan ffarwél gan Mam. Yn gwmws fel 'se rhywun wedi dod i bigo lan hen fatres neu soffa. O'n nhw'n dweud bod e wedi bod ar y môr flynyddoedd yn ôl ac roedd rhyw olwg Captain Birdseye arno fe, erbyn meddwl. Golwg iachus, croen fel cneuen o frown a barf mowr gwyn Siôn Corn.

Doedd cael brawd a chwaer maeth, fel roedd Gwilym yn mynnu galw Cai a Lois, ddim yn *big deal*. O'n i'n eitha lico'r term Cymraeg, maeth, fel 'se nhw'n cynnig llaeth i chi, eich bwydo fel oen swci. I raddau, 'na beth o'n i.

'Poen swci' alwodd Gwilym fi unwaith. Roedd e'n lico
whare gyda geirie fel'na. Dysgodd e lot i fi. Dim pethe
arferol fel whare pêl-droed. Doedd dim diddordeb gydag
e mewn pêl-droed, er bod e'n esgus bod 'da fe. Roedd
ei ddiddordeb e mewn dysgu 'sgiliau bywyd' i fi, fel pobi
bara a physgota, a chlymu pedwar deg math gwahanol o
gwlwm. A dysgu lot o eirie newydd i fi. Wy'n gwybod
beth yw anagram nawr, a palindrom hefyd. Mae 'cwmwl'
yn anagram o 'cwlwm', sy'n od, achos wy'n credu bod
ambell gwmwl yn edrych fel cwlwm. Ac roedd enw gwraig
Gwilym, Anna, yn balindrom. Fel 'dafad'.

Merch Gwilym oedd Lois. Bach yn fach am ei hoedran,
un deg pump oed, ond yn dipyn o domboi a rebel yn ei
ffordd ei hunan. Mab Anna, gwraig Gwilym, oedd Cai.
Roedd e'n un deg tri, yr un oedran â fi, ac yn amlwg ddim
yn dod 'mlaen â'i lystad newydd. Doedd dim diddordeb
gyda Cai mewn dysgu 'sgiliau bywyd'. Roedd e wedi cael
ei sbwylio tamaid bach 'da'i fam ac roedd hi'n amlwg bod
Gwilym moyn ysgwyd bach o fywyd mewn iddo fe. A 'na
lle o'n i'n help i Gwilym. I ddangos beth oedd yn bosib,
gyda'r agwedd iawn. Wy'n gweld hynny'n glir nawr, ond
yn rhy hwyr.

Er, wy'n dal i ddweud nage bai fi oedd beth ddigwyddodd
i Cai.

Ambell benwythnos, rhwng Ionawr a Mawrth, rhyw un
ym mhob tri, bydden i'n cael fy anfon i Fryncipyll. Rhoi
hoe i Mam oedd y syniad, yn ôl y weithwraig gymdeithasol,
Marian. Nawr bod rhywbeth wedi digwydd i'w *tax credits*
hi roedd y straen o fagu tri o blant yn mynd yn ormod iddi
weithie. 'Na pryd 'se hi'n mynd ar ôl yr heroin unwaith
eto. Dales i hi unwaith, yn injecto fe mewn i'w braich.
Sylwodd hi arna i yn ei gwylio hi ac edrychodd arna i â'i

llyged cochlyd yn llawn atgasedd. Fel gwrach mewn stori. Neu *vampire*. Wnaeth hi ddim codi'r peth gyda fi o gwbwl. Ac o'dd arna i ofn trafod e gyda hi.

A nawr wy wedi'i chlymu hi i'w gwely.

Ond wnes i fe am y rheswm iawn. 'Na beth 'se Gwilym yn 'i 'weud. 'Mae canlyniad i bob gweithred.' 'Na beth oedd ei bregeth fowr e. Defnyddio geirie o'n i ddim cweit yn eu deall. Ond wedyn 'se fe'n dweud 'Ti'n deall beth wy'n ddweud, Morgan?' ac egluro'n iawn, yn amyneddgar. A bydde popeth yn ocê wedyn.

Wy 'di bod yn meddwl lot am yr haf ym Mryncipyll heddi. Ond wy'n mynd rhy glou. Cyn yr haf roedd y gaeaf. A'r hydref hefyd, pan aeth pethe'n drech na Mam. Ac es i off y rêls.

Roedd yr heddlu'n cadw golwg arna i ar ôl i fi daflu tân gwyllt i mewn i erddi ar Stryd Russell, un o'r strydoedd mwya crand yn Llanelli. Y cwbwl wedi'i ddala ar CCTV Mrs Beynon yn rhif wyth. Rhai o fechgyn Blwyddyn 10, fel Gavin a Darren, oedd wedi herio fi i neud e. Dim bod angen lot i wthio fi dros y ffin. Wy'n mwynhau'r *buzz*. Roedd y cŵn ar y stryd yn mynd yn nyts. A Gavin a Darren yn meddwl 'mod i'n cŵl.

Wedyn, yn eitha clou ar ôl hynny wnes i ddachre dwgyd o siope. Pethe bach i ddachre, losin neu fatris. Wedyn dillad. Wy'n cofio'r tro cynta ges i 'nala. Pâr o *trainers*. Un o ddynion diogelwch Tesco, boi bach main, tene. Ond roedd ei olwg lipa fe, fel lot o bethe i wneud ag oedolion, yn dwyllodrus. Wnaeth e afael yn fy mraich i mor galed nes iddo adael marc ei fysedd ar fy nghroen, fel troed twrci. Dangoses i'r marcie i Gavin a wnaeth Darren dynnu llun ohonyn nhw, yn dweud gallen i gael rhyw fath o arian 'sen i moyn 'i siwio fe. Ond wnes i ddim trafferthu.

A bod yn onest, mae cael 'ych dala weithie yn rhan o'r *buzz*. Teimlo'ch calon chi'n curo'n gyflym, rat-tat-tat, fel *machine gun*.

O'n i'n edrych ymlaen at yr ymweliadau â Bryncipyll. Roedd y lle ei hunan fel rhywbeth mas o stori dylwyth teg. Ysgubor anferth wedi'i throi'n gartre cŵl, wedi'i gynllunio o hen adfail gan Gwilym ac Anna. A golygfa wych o Gwm Gwili o'r 'stafell fyw, oedd yn llawn ffenestri anferth. Fel edrych ar ddarlun, nage darn o dir.

Mae'n debyg y cymerodd hi dair blynedd i droi Bryncipyll yn aelwyd iawn, gyda Gwilym ac Anna a Lois a Cai yn byw mewn dwy garafán tra'u bod nhw wrthi'n adeiladu. Gwilym ei hun wnaeth y rhan fwya o'r gwaith. Defnyddio hen ddarne o bren a chreu dryse neu risie neu fyrdde mas ohonyn nhw. Roedd e'n gallu troi ei law at unrhyw beth. A nage jest y gwaith coed. 'Sgiliau bywyd.' Dyna oedd e'n 'u galw nhw. Er bod e yn ei chwedegau bydde fe wedi gallu byw ar *desert island* yn hawdd. Fel rhyw fath o Robinson Crusoe. A dyna un o'r llyfre wnaeth e 'i fenthyca i fi. Er 'i bod hi'n hen stori a'r iaith braidd yn rhyfedd, roedd hi'n ocê.

Achos o'n i'n cymryd diddordeb yn yr hyn roedd Gwilym yn 'i gynnig, penderfynon nhw fy nghael i draw yno'n amlach. Ym mis Ebrill o'n i 'na am yn ail benwythnos. Roedd hyn yn golygu y gallwn i fynd gydag Anna i'w helpu ar ei stondin fisol ym marchnad Caerfyrddin yn gwerthu blode, llysie a ffrwythe, y cwbwl wedi'u tyfu ar dir Bryncipyll.

Roedd lliwie llachar y blode gwahanol yn fy nallu a'r arogleuon gwahanol yn troi fy mhen. Bydde sawl cwsmer yn gofyn i Anna pwy o'n i ac Anna yn fy nghyflwyno i'n llawn balchder. O'n i wir moyn plesio hi a bydden i wrth fy modd yn lapio'r blode'n ofalus mewn papur brown syml. Neu'n golchi'r letys neu'n pwyso'r moron. Roedd y moron yn anhygoel, gyda llaw. Rhai anferth, gyda dail hir, gwyrdd yn sownd wrthyn nhw. Weithie bydden i'n jyglo'r tomatos a gwneud i rai o'r cwsmeried ac, yn bwysicach, Anna ei hun, chwerthin.

Mewn gair, ro'n i'n bihafio fel angel bach, yn gwneud real ymdrech.

Glywes i nhw'n siarad amdana i un noson. O'n nhw'n methu credu'r pethe drwg o'n i fod wedi'u gwneud. Roedd Gwilym yn teimlo'n drist ar fy rhan i. Dachreuodd e sôn am Mam. Doedd e ddim yn deall pam oedd rhai pobol yn cael plant ac wedyn jest ddim yn gwneud dim â nhw. Alwes i lawr o dop y staer, yn fy mhyjamas, gan ddweud wrthyn nhw beidio siarad am Mam. Daeth Anna lan i roi fi 'nôl yn y gwely a gofyn i fi ddarllen peth o'r llyfr oedd 'da hi i fi. O'n i wedi dachre darllen llyfr o'r enw *Ac Yna Clywodd Sŵn y Môr*. Rhoies i bach o acen Gog ymlaen iddi wrth ddarllen e a gwenodd Anna gan ddweud galle rhywun feddwl 'mod i'n dod o Sir Fôn neu rywle.

Erbyn dachre Mai o'n i ym Mryncipyll bob penwythnos ac yn edrych ymlaen yn arw i fynd yno. Roedd Gwilym yn llawn cynllunie. Gan dynnu ar ei brofiad fel morwr bu'n rhannu ei ddiléit mewn gwahanol fathe o gylyme â fi. A gwahanol fathe o raffe hefyd. Mewn dim o dro fe ddes i'n dipyn o foi ar glymu cwlwm. Daeth cylyme fel cwlwm mam-gu, cwlwm y morwr, ffigwr wyth, cwlwm lleidr neu bawen cath yn gyfarwydd iawn i fi. A daeth hi'n amlwg bod Lois hefyd yn rhannu diddordeb ei thad yn y gwahanol gylyme wrth iddi ymuno â ni.

A bod yn onest, 'na'r darn o'n i'n lico fwya – bod Lois yn amlwg yn hoffi ein cwmni ni. Un nos Wener wnaeth hi helpu Gwilym a fi i baratoi plu pysgota *homemade*. Roedd e'n anhygoel y pethe roedd Gwilym yn eu defnyddio i greu'r plu lliwgar. Darne o ddefnydd o hen ddillad, ede, darn bach o bluen iawn, gwallt, plastic. Y cwbwl er mwyn twyllo pysgodyn! Dangosodd Lois i fi sut i rwymo'r edafedd o gwmpas y bachyn a sylwes i fod ei dwylo yn fach, fach, ond yn gryf.

Daeth hi gyda ni'r pnawn canlynol i bysgota hefyd, ar ran o afon ar dir Abercamddwr, fferm oedd yn ffinio â Bryncipyll. Fe ges i fenthyg gwialen Cai, gwialen newydd sbon na chawsai ei defnyddio bron o gwbwl ganddo, mae'n debyg. Dangosodd Gwilym i fi'n amyneddgar sut i daflu'r bluen trwy'r awyr. Roedd e lot anoddach nag o'n i wedi disgwyl ond roedd e'n lot o sbort hefyd. Ddales i na Gwilym yr un pysgodyn y pnawn hwnnw. Ond wnaeth Lois ddala brithyll brown pert. Curodd fy nghalon yn gynt ac yn gynt wrth wylio'r pysgodyn ac wedyn hithau'n craffu arno, yn canolbwyntio'n galed wrth ei dynnu i mewn dan reolaeth. Sylwes fod y brithyll yn dal i symud 'nôl a 'mlaen yn despret braidd ar y banc, yn trio dod yn rhydd o'r bachyn. Yna, heb feddwl ddwywaith, dyma Lois yn gafael ynddo a'i blygu'n sydyn mewn un symudiad chwim, fel 'se hi'n torri brigyn.

Mynnodd Gwilym fod Lois yn ei goginio'r noson honno, gydag almons o bopeth. Ces i dast bach. Roedd y brithyll yn ffein ond doedd dim lot o flas ar y cnau. O'n i'n gwybod bod Lois yn gogyddes eitha da, gan iddi helpu Gwilym a finne i bobi dwy dorth o *rye bread*, neu fara rhyg fel oedd Gwilym yn ei alw fe. Wnaeth hi hyd yn oed drwsio'r *mixer* pan dorrodd e ar hanner y job. Ie, merch ei thad oedd Lois, doedd dim dwywaith am hynny.

Un noson, pan o'n i fod yn cysgu'n braf, es i mewn

i 'stafell wely Lois â darn o raff yn fy llaw. Er iddi gael bach o ofn i ddachre, gwelodd hi'n glou nad oedd unrhyw fwriad sinistr gen i. Defnyddiais yr esgus 'mod i moyn iddi 'yn atgoffa fi sut i wneud cwlwm wyth dwbwl, ond mewn gwirionedd o'n i jest moyn sgwrs fach, yn methu cysgu. Er ei bod hi'n hwyr iawn, wy'n credu oedd hi'n gwerthfawrogi'r sbort o gwrdd yn y dirgel fel hyn hefyd. Holodd hi fy mherfedd am wahanol bethe mewn cyfres o sibrydion llawn cyffro. Sut un oedd Mam? Beth oedd oedran fy mrawd a'm chwaer? A o'n i erioed wedi cwrdd â 'nhad?

Yr ateb i'r cwestiwn olaf oedd 'na', gyda llaw, o'n i erioed wedi cwrdd â 'nhad. Adawodd e Mam pan ddaeth i wybod 'mod i ar y ffordd. Allwn i weld bod hyn wedi gwneud i Lois deimlo embaras braidd, ond daliodd ati i fy holi serch hynny. Y peth mwya oedd hi moyn gwybod, fel pawb arall, oedd pam 'mod i wedi torri'r gyfreth a beth yn gwmws o'n i wedi neud. Sonies wrthi am y galwade ffôn ffug a'r dwgyd a'r tân gwyllt, ond wnes i ymestyn pethe rhywfaint hefyd, gan ddweud wrthi 'mod i wedi stabo bachgen arall oedd yn pigo arna i yn yr ysgol. Ar ôl clywed hyn agorodd ei llyged hi led y pen a thynnodd ei *duvet* yn dynnach amdani ei hun, gan roi'r rhaff 'nôl i fi. Wy ddim yn hollol siŵr os oedd hi'n credu fi, ond o'n i'n gobeithio y bydde bach o stretsh yn creu argraff arni. 'Na pam mae oedolion yn dweud cymaint o gelwydd, mae e'n fwy o hwyl, yn well gêm i whare. Mae pobol fel Mam yn *brilliant* am ddweud celwydd.

Tua diwedd fy sgwrs 'da Lois o'n i wedi sylwi ar gysgod yng ngole'r lleuad wrth ymyl y drws. Cai oedd yno, yn gwrando ar bob gair. Nawr, bydde unrhyw un call wedi mynd mas i'r landin yn ysgafn droed a sibrwd wrtho am fynd 'nôl i'w 'stafell. Ond ar adege fel hyn mae rhyw ddiafol yn whare bêr â 'mhen i. 'Dienaid' mae Mam yn galw fe. Gwneud rhywbeth yn fy nghyfer, heb feddwl, mae hi'n golygu. Ta beth, yn hytrach na mynd mas i'r landin fel rhyw lygoden fach dawel dyma fi'n mynd mas mewn un symudiad sydyn a dweud 'Bw!' wrth Cai, nes bod hwnnw'n neidio i'r awyr a gweiddi 'Aaaa!' Wrth gwrs, pen draw hyn oll oedd dihuno Gwilym ac Anna, a Gwilym yn dod mas i'r landin a dala fi'n rhedeg 'nôl i fy 'stafell wely, gyda'r rhaff mewn cwlwm wyth dwbwl yn fy llaw.

Dyna'r sgwrs gynta am ddisgyblaeth, a'i bregeth bod 'canlyniad i bob gweithred'. Yn y fan a'r lle, yn fy 'stafell wely, am ddau o'r gloch y bore. Doedd dim hawl 'da fi fod lan mor hwyr, na chwaith i fentro i 'stafell Lois. Roedd yn rhaid cadw at y rheole. Nage oherwydd bod Gwilym yn mwynhau cadw fi dan reolaeth, na. 'Dyw e ddim byd i neud â hynny,' meddai e. 'Ma fe i neud â dysgu parchu pobol eraill. A 'na pham, fel cosb, byddwn ni'n mynd 'nôl i'r hen drefn o jest cael ti 'ma bob trydydd penwythnos.'

Do'n i ddim wedi disgwyl cosb mor drwm. Ddim am ryw hwyl fach ddiniwed. O'n i'n gwybod y byddwn i'n gweld eisiau Bryncipyll ac roedd Gwilym yn gwybod hynny hefyd. Er bod e'n ffein ac yn deg ar y cyfan, Gwilym oedd y *bad cop* ac Anna oedd y *good cop*. Wrth orwedd yn fy ngwely tries i feddwl yn sydyn sut gallwn i ddod mas o'r twll annisgwyl hyn. Sut gallwn i ddylanwadu ar y *good cop*?

Roedd e'n bwysig peidio gor-wneud y llefain. Cael mwy o synau bach ychwanegol fel snwffian yn aml a throi a throsi yn y gwely, fel bod Anna'n medru clywed y *springs*. Fel pinnau bach yn pigo'i chydwybod. Rhoi'r argraff 'mod i'n trio fy ngore i gwato'r ffaith 'mod i'n ypsét oedd y gamp. Ar ôl tua deng munud o'm protest bwdlyd ildiodd

Anna i'w theimladau mamol a daeth i mewn i fy 'stafell, gan fwytho fy nhalcen â'i llaw ryfeddol o gynnes.

'Dere di,' dywedodd hi. 'Paid poeni. Wna i siarad gyda fe yn y bore. Wy'n siŵr bydd popeth yn iawn.'

Ond yn y bore doedd dim modd newid meddwl Gwilym. *No way.* Ac ar ryw lefel o'n i'n edmygu fe am hynny. Parchu fe, hyd yn oed.

'Nôl adref roedd Mam yn gwneud ymdrech arbennig i fihafio, yn bennaf achos bod Gruff, fy hanner brawd, yng nghanol ei arholiadau allanol TGAU. Roedd hi'n gwisgo'n smartach nag arfer, ffrogie haf lliwgar yn lle'r jîns a chrys-T arferol. Ac yn ceisio'i gore i gael brecwast gyda ni gan amlaf hefyd. Yng nghanol sgwrs am y posibilrwydd o brynu raced tennis dywedodd hi wrtha i'n fwya sydyn ei bod hi'n 'glir o gyffurie erbyn hyn'. Do'n i ddim yn siŵr beth o'n i fod i ddweud, gan nad oedd hi wedi cyfadde ei bod hi'n cymryd cyffurie o'r blaen. Nodies fy mhen fel hen ŵr doeth.

O dipyn i beth dachreuodd holi cwestiyne am Fryncipyll. Dywedes i'r gwir wrthi, sef bod Gwilym yn rhyw ffrîc DIY a bod Cai'n swrth a bod Anna yn ffein iawn a Lois yn sbort. Ond sylwes ar y gole yn ei llyged yn dachre diffodd, wedi hen ddiflasu â'r manylion yn barod. Felly ychwaneges 'chydig bach o liw i'r teulu maeth: bod gan Cai allu anhygoel fel pianydd, ei fod e'n athrylith o gerddor sensitif. (Doedd dim sôn am unrhyw biano ym Mryncipyll!). Dysgodd Gwilym ei sgilie DIY wrth weithio i MI5. Bu Anna'n gwerthu ei blode yn siop Harrods yn Llundain. A Lois oedd yr ore ym Mhrydain dan ddeunaw yn *Tai Chi!* Yr un oedd ei hymateb, gydag un llygad ar y teledu ganol pnawn, jest rhyw nodio bach cwrtais. Mewn trwy un glust a mas trwy'r llall.

Gan na fyddwn yn mynd i Fryncipyll am gyfnod tries i

feddwl beth fydden i moyn neud pan fydden i'n dychwelyd yno. Am ryw reswm benderfynes i y dylwn i roi'n sylw o hyn ymlaen i Cai. O'n i'n saff o'r farn 'sen i'n llwyddo i glosio Cai at Gwilym yna bydde hynny o fantes i fi.

A bod yn onest, es i o'i chwmpas hi mewn ffordd letchwith iawn. Sonies am ddiddordeb brwd Gwilym mewn clymu gwahanol fathe o gylyme fel pwnc gyda Cai. Codes wên ganddo wrth sôn taw arfer rhywiol oedd hyn, a bod Gwilym â rhyw awydd i glymu Anna lan, ei chadw hi'n gaeth wrth un o bolion ochr eu gwely, er enghraifft. Ysgydwodd Cai ei ben yn y fath fodd fel pe bai'n dweud 'Beth yffach ddywedi di nesa, Morgan?' Ond allwn i weld bod rhyw fath o ddiddordeb yn bendant wedi tanio ynddo fe.

Y noson honno, a'r pump ohonon ni o gwmpas y ford swper, dyma'r elfen ddienaid ynof yn fy nhrechu. Gofynnes yn blwmp ac yn blaen oedd Gwilym erioed wedi clymu Anna lan. Gan sylwi ar Anna'n cochi mewn embaras, dyma lyged Gwilym yn tanio, ar fin rhoi stŵr i fi am fod mor hy, pan darfodd Lois ar yr awyrgylch mewn ffordd bositif trwy chwerthin nerth ei phen. Bron fel 'se fe'n firws o ryw fath, dyma ni i gyd yn raddol yn ymuno yn y chwerthin. Chwerthin nerth ein pennau, chwerthin iachus, braf. Yn wyrthiol, trowyd eiliad letchwith yn eiliad o hwyl. Rhoies winc fach slei o ddiolch i Lois wrth i fi gasglu'r llestri a mynd â nhw draw i'r sinc, cyn i Gwilym newid ei feddwl.

Erbyn mis Awst roedd y patrwm o fynd bob penwythnos wedi ailddachre. Soniodd Gwilym am arolwg blynyddol cyfri ystlumod ar lanne afon Gwili. Os o'n i'n dymuno dod gydag ef ar y nos Wener, wrth iddi nosi, yna bydde hynny'n iawn.

Es i'n syth i whilio am Cai, oedd yn ymarfer codi pwyse

yn un o'r siedie. Wedes i wrtho gymaint o sbort oedd ar gael
ar garreg ei ddrws. Do'n i erioed wedi cael fy ngwahodd i
wylio ystlumod o'r blaen. Roedd y peth yn gyffrous, ond
rywsut hefyd yn gwmws beth fydden i'n disgwyl i Gwilym
ei wneud. Gwaith er lles y gymuned, oedd hefyd yn hwyl
yr un pryd. A oedd whant ar Cai ddod gyda ni?

Fel 'se fe heb wrando arna i o gwbwl dyma Cai'n gofyn
mewn llais clir, dieithr, 'Pam wyt ti yma?'

'I roi hoe i Mam,' atebais, 'chydig yn lletchwith, gan
ychwanegu'n glou, 'ac i ddysgu sut i fihafio'n well.'

'Disgrifia shwt o't ti'n teimlo pan o't ti'n dwgyd o'r
archfarchnad.'

Roedd golwg ddifrifol iawn ar Cai erbyn hyn, golwg
oedd yn haeddu ateb call a llawn.

'Yn fyw,' wedes i i ddachre. 'Ti'n gwybod y teimlad pan
wyt ti ar flaene dy draed, bron yn bownsio yng nghanol
bwrlwm bywyd? Ma fe mor bleserus nes 'i fod e'n boenus,
dy galon di'n pwmpio, adrenalin yn tasgu, ma fe bron yn
rhywbeth rhywiol.'

Ocê, oedd, roedd e'n amlwg â diddordeb, ei lyged fel
dwy soser. Ond do'n i ddim yn disgwyl beth wedodd e
chwaith.

'Ma nhw'n dweud bod dyn sy'n crogi yn cael codiad yr
un pryd. Rhywbeth i neud â'r *spinal cord*. A'r cynnwrf yn y
cyhyre yn drysu, yn meddwl taw rhywbeth rhywiol yw e.'

'Ti mewn i S & M?' meddais, gan esgus 'mod i'n deall
pethe fel'ny i'r dim. Er, whare teg, o'n i wedi bod ar wefan
lle oedd pobol yn defnyddio tsieiniau a *handcuffs* a chwipiau.
Ond do'n i ddim wir yn gwybod am beth o'n i'n siarad
chwaith.

Yna fe ges syrpréis arall wrth i Cai dynnu rhaff o ddrâr
hen gwpwrdd.

'Rho gwlwm yn hon a rho hi o gwmpas fy ngwddwg i,' meddai, jest fel'na, fel pe bai'n awgrym hollol arferol, yn digwydd bob dydd.

Wnes i fel oedd e'n dymuno ac wedyn gofynnodd e i fi dynnu'r rhaff mor dynn ag y gallen i.

'Os gwna i hynny, wy moyn i ti neud rhywbeth i fi hefyd,' meddwn.

'Beth?' meddai Cai'n ddiamynedd.

'Rhaid i ti ddod i gyfri'r ystlumod gyda fi a Gwilym.'

Nodiodd yn glou, gyda'r rhaff o amgylch ei wddwg.

'Os dynna i'n dynn iawn, yna fe adawith e farc ar dy wddwg,' meddwn, 'chydig yn bryderus.

'Jest tynna,' meddai'n fwy diamynedd fyth, yn amlwg wedi cynhyrfu.

A dyna i gyd wnes i. Tynnu nes aeth e'n goch yn ei wyneb. Piws. Wedyn llacio. A rhyddhad. A Cai'n chwythu mas a pheswch, yn gwmws fel 'se fe wedi bod yn dala'i anadl dan ddŵr. Un pnawn braf o Awst. Yn y sied oedd yn wynebu fferm Abercamddwr. Bach o sbort gyda rhaff. Dau fachgen ifanc yn arbrofi, dyna i gyd. Doedd e ddim fel 'sen i wedi rhoi'r syniad yn ei ben e.

Nage fi oedd yn dysgu pobol ifanc sut i glymu pedwar deg math gwahanol o gylyme.

Roedd Gwilym wrth ei fodd bod Cai'n dod gyda ni i helpu cyfri'r ystlumod. Ond ar ddiwedd y pnawn Gwener hwnnw dachreuodd hi fwrw glaw'n weddol drwm a chafodd Gwilym e-bost i ddweud bod yr arolwg wedi'i ganslo. Roedd e'n gwybod yn iawn fy mod i wedi bod yn edrych ymlaen at y noson, felly penderfynodd fynd i ddangos ystlumod i fi a Cai ta beth. 'Does dim rhaid cynnal arolwg i fwynhau'r hyn sy o'n cwmpas ni, oes e?' meddai, gan wenu.

Aethon ni i lawr i waelod y cwm yn fan Gwilym, y tri ohonon ni wedi gwisgo'n bwrpasol: cotiau glaw (er nad oedd hi'n bwrw erbyn hyn), tortsh yr un ac esgidiau cerdded trymion. Ac roedd Anna wedi paratoi fflasg o siocled poeth i ni i'w gael ar lan yr afon.

Roedd gan Gwilym declyn i ganfod pa *species* fydde'r ystlumod y bydden ni'n eu gweld, sef *bat box*. Ces i'r fraint o gario hwn a gwrando ar y sŵn rhyfedd a ddeuai o'i grombil, tamaid bach fel *interference* ar y radio. Wrth i ni gerdded trwy'r goedwig tuag at yr afon fe gynyddodd y sŵn o'r bocs a phwyntiodd Gwilym lan at frigau'r coed, lle roedd sawl ystlum *pipistrelle* cyffredin i'w gweld.

'Ti ar donfedd 45 kHz fan'na, ti'n sylwi. Dyna'r cliw i ni pa *species* neu rywogaeth yw'r ystlumod fan hyn,' meddai Gwilym. 'Os awn ni dan y bont 'co, dylen ni weld ystlum o'r enw Daubenton's, sy'n bwydo ar y pryfed ar yr afon. Ma angen i ti edrych ar donfedd 35 'da'r rheiny, i wahaniaethu rhyngddyn nhw a'r *pipistrelle*.'

Wrth i ni ddod allan o'r goedwig stopiodd y sŵn o'r bocs. Soniodd Gwilym am rywbeth o'r enw *soprano pipistrelle* a bod plant yn fwy tebygol o glywed eu gwich, gan fod eu clustie'n gweithio'n well. A bod cŵn yn clywed yn well byth. Tries i fy ngore i wrando'n astud, ond chlywes i ddim byd.

Sylwes ar Cai'n ein dilyn ni, 'chydig game tu ôl i ni, yn edrych 'nôl ar y coed.

'Ti moyn tro ar y bocs?' gofynnes iddo, gan obeithio na fydde fe.

Ysgydwodd ei ben, diolch i'r drefn. I Gwilym, roedd e'n ddigon bod ei lysfab yno o gwbwl. Roedd hynny'n gam mowr ymlaen. Fe gawson ni'r hwyl ryfeddaf o dan y bont, yn gwylio ac yn disgwyl yn dawel, yn gwrando'n astud gan fflachio gole'n tortshys ar hyd wyneb y dŵr. Yna'r cynnwrf wrth i'r bocs wneud sŵn a'r sŵn yn cynyddu wrth i'r Daubenton's agosáu. Ac yna'i weld yn ei holl fawredd swil am eiliade yn unig wrth iddo blymio tua'r dŵr ac yna i ffwrdd eto'r un mor glou.

'Glywes di'r sŵn bach 'na, bron fel rhech fach?' meddai Gwilym, yn llawn cyffro. 'Dyna sŵn y Daubenton's yn bwyta'r pryfyn.'

'Waw,' dywedes, yn gegagored.

'Gwell i ti gau dy geg, neu byddi di'n bwyta pryfed hefyd,' meddai Cai, yn gwenu.

A bod yn onest, ddales i olwg newydd yn llyged Gwilym dan y bont. Nid jest hapusrwydd. O'n i wedi gweld hynny o'r blaen. 'Boddhad' yw'r gair Cymraeg, neu 'bodlon ei fyd' falle, bod Cai wedi ymlacio digon yn ei gwmni i dynnu coes. Rhannwyd y cwpaned siocled poeth rhwng y tri ohonon ni dan y bont a gwelwyd rhai Daubenton's eraill hefyd. Daeth un mor agos aton ni nes i fi sylwi ar y smotyn bach gwyn arno, rhywbeth oedd yn eu gwahaniaethu oddi wrth ystlumod eraill yn ôl Gwilym.

'Nôl ym Mryncipyll roedd hi'n amlwg bod Gwilym wedi mwynhau, gan iddo arllwys glased mowr o whisgi iddo'i hunan. Oherwydd problemau yfed Mam yn nhafarn y Plough, teimles i'n rhyfedd am 'chydig wrth weld hyn. Fel rhyw gwlwm o bryder yng nghanol fy mola, fel 'sen i wedi llyncu cwpwl o fwydod oedd yn crwydro o gwmpas fy stumog. Wy'n credu bod Anna wedi sylwi ar hyn, gan iddi neud llond myged mowr o siocled poeth i fi a rhoi ei braich o 'nghwmpas.

'Ych-a-fi. Wy ddim yn gwybod shwt allech chi fynd mas i wylio ystlumod, wir,' meddai, yn ysgwyd drwyddi.

Ysgydwodd Gwilym ei ben, gan edrych yn feirniadol ar Anna.

'Rhagfarn lwyr,' meddai, a throi i edrych arna i. 'Ti'n deall y gair 'na, Morgan?'

Codes fy ysgwyddau i ddangos 'mod i ddim yn siŵr, yn rhannol oherwydd bod hynny'n wir, ond hefyd achos o'n i'n lico clywed Gwilym yn egluro pethe.

'Rhagfarn yw pan ti wedi penderfynu am rywbeth yn barod, heb ystyried y ffeithie'n gywir. *Prejudice* yn Saesneg. Ma rhai pobol wedi penderfynu bod ystlumod yn ych-a-fi a 'na'i diwedd hi. Er bod ni'n dou'n gwybod yn wahanol, nag y'n ni?'

Nodies fy mhen. O'n i moyn dweud bod Mam fel ystlum weithie. Bod pobol yn meddwl bod hi'n ych-a-fi heb wir ei nabod hi. Ond ddywedes i ddim byd yn y diwedd, dim ond sipian fy siocled poeth. O'n i ddim moyn torri'r naws braf o gwmpas y bwrdd.

Yn ystod yr wythnos mae'n rhaid fy mod i'n canmol Bryncipyll ac yn sôn am fy nheulu maeth yn amlach nag y sylweddoles. Wy ddim yn credu bod Mam yn lico clywed am Gwilym trwy'r amser, ac yn bendant doedd hi ddim am glywed fi'n trafod Anna.

'Paid sôn am y lle 'na trwy'r adeg, wnei di?' meddai Gruff wrtha i wrth whare tennis ar y cyfrifiadur gyda fi.

'Pam?'

'Achos bydd e'n hala Mam mas i'r Plough eto. A ma Nia'n sôn bod hi moyn mynd 'da ti tro nesa.' Nia oedd chwaer Gruff a'n hanner chwaer i.

Ond doedd dim angen i'r un ohonyn nhw fecso am Fryncipyll byth eto, achos daeth fy amser i yno i ben yn sydyn reit, heb unrhyw rybudd.

O'n i'n gwybod bod rhywbeth mowr o'i le pan ddaeth Marian, y weithwraig gymdeithasol, i'r tŷ a gofyn am gael siarad â fi. Roedd Gwilym moyn fy ngweld i, ond nid ym

Mryncipyll. A fyddwn i'n gallu awgrymu rhywle i gwrdd, rhywle lle bydden i'n teimlo'n gartrefol?

Yn y diwedd dewises gaffi yng nghanol Llanelli, lle bydden i'n cwrdd â rhai o fechgyn Blwyddyn 10 weithie. Ar ôl ordro sudd afal a darn o fara brith daeth Gwilym difrifol iawn yr olwg at bwynt y cyfarfod, gan daflu ei lyged oddi arna i draw at Marian ac yna 'nôl ata i.

'Fel wy wedi dweud droeon wrthot ti, Morgan, ma 'na ganlyniad i bob gweithred. Ac wy'n ofni byddi di'n ffaelu dod i'n gweld ni ym Mryncipyll rhagor.'

'Pam?' gofynnes, yn torri 'nghalon.

'Ma Mr a Mrs Ashton yn teimlo bo chi'n ddylanwad drwg ar eu mab, Cai.'

Dyna oedd y weithwraig gymdeithasol yn galw fi – 'chi', fel 'sen i'n hanner cant.

'Pam dyw Anna ddim yma?'

'O'dd hi'n rhy ypsét i ddod,' atebodd Gwilym yn onest.

A dyna ni. Dim gwir esboniad. Dyna'r tro diwethaf i fi weld Gwilym. Yn nodio arna i, cyn codi o'i gadair, â'i lyged yn anghyfarwydd, yn oeraidd. O'n i erioed wedi meddwl y bydde fe, o bawb, fel pawb arall, ond o'dd y ffeithie'n blaen o flaen fy llyged. Yn ei lyged e.

A bod yn onest, do'n i ddim yn siŵr sut i ymateb i'r newyddion hyn. O'dd e jest ddim yn neud synnwyr. Penderfynes fynd i stondin fisol Anna ym marchnad Caerfyrddin a gofyn iddi beth o'n i wedi neud o'i le. Yn y diwedd doedd dim rhaid i fi siarad â hi. Sylwodd Lois arna i yn hongian o gwmpas ar gyrion y farchnad, ddim yn siŵr beth i'w wneud. Whare teg iddi, daeth draw ata i ac egluro beth oedd wedi digwydd i Cai.

'Ffeindiodd Anna fe yn y sied yn anymwybodol, ei

wyneb yn las, a dim dillad amdano fe. Roedd rhaff rownd ei wddwg e. Deialodd hi 999 a dim ond achos bod yr ambiwlans awyr wedi dod i'w 'nôl e yr achubwyd e mewn pryd.'

'Shwt ma fe erbyn hyn?'

'Ma fe mas o'r ysbyty, yn edrych yn welw, ond yn dawel iawn. Yn dawelach nag o'dd e'n arfer bod hyd yn oed. Wedi mynd 'nôl i'w gragen.'

'Pam roion nhw'r bai arna i? Doedd dim bai arna i.'

'Wedodd Cai bod ti 'di helpu fe, rhoi rhaff rownd ei wddwg e, yn y gorffennol. Rhoi'r syniad yn ei ben e.'

'Dyw 'na ddim yn deg,' meddais yn syml.

'Falle nag yw e. Ond dyw bywyd ddim yn deg. Dyle ti, o bawb, wybod hynny,' meddai Lois, cyn cychwyn cerdded 'nôl at y stondin, ac yna troi a dweud, 'Edrych ar ôl dy hunan, Morgan.'

A dyna benderfynes i neud. Edrych ar ôl fy hunan. Yn fy ffordd fy hunan. Peidio trystio neb arall. O'n i ddim moyn profi dim i neb, dim i Gavin na Darren, na Gruff na Nia, ac yn sicr ddim i Mam.

A'r wythnos 'ma, wythnos ola Awst, mae Nia a Gruff wedi mynd ar wylie i sir Benfro gyda'u tad. Dim ond fi a Mam sydd wedi bod adre, er bod Mam wedi bod lot yn y Plough. Mae hi wedi bod yn wythnos dwym iawn, y poethaf o'r haf hyd yma. Ddachre'r wythnos dales i fws allan i ochre'r fforest mas yn y wlad, ar bwys pentre Brechfa. Dringes i fyny'n eitha uchel cyn rhoi matsien i'r coed. Ffones i'r frigâd dân o giosg gerllaw, yn dweud y gwir o leia tro hyn. Bydde'r tân yn lledu'n glou i'r dwyrain. O'n i wedi tsieco'r gwynt ar y wefan tywydd lleol. Fydde Gwilym ddim yn lico'r tân, ond falle bydde rhan fach ohono fe'n falch o'r ffaith 'mod i wedi defnyddio'r elfenne. Fel morwr.

A nawr wy wedi stopo Mam rhag mynd i'r Plough. A bod yn onest, wy'n gwybod taw fan'ny mae'n cael yr heroin hefyd. Er bod y cylyme o amgylch ei harddyrne a'i thraed ddim yn dynn iawn maen nhw'n rhai da, diogel. Wneith hi ddim symud o'r gwely. *No way*. Oherwydd bod hi mor glòs wy'n tynnu fy nghrys-T ac yn gorwedd ar draws y gwely, gan roi fy mhen ar ei brest, lle wy'n credu mae ei chalon hi. Ac yn gwrando, gwrando. Gwrando'n astud am ymateb.

Gwneud Ffŵl o'i Hunan

HAP A DAMWAIN oedd e, dyna'r peth. Mor ffwrdd-â-hi, rywsut. Tu fas i'r Tesco Metro lleol, gyda naws drymaidd yn yr awyr, fel blanced wlyb, anweledig cyn storm.

'Haia!' meddai, gan hoelio gwên hyfryd arni. Gwisgai got hir frown ac roedd ganddo fân flewiach dros ei wyneb. Edrychai fel arth fawr gyfeillgar ac er bod ei wallt yn hirach, fe oedd e, heb amheuaeth.

'Rhodri,' meddai hi, gan wenu 'nôl, ond yn teimlo fel ffŵl braidd a chanddi dusw anferth o rosod melyn yn un llaw a bag eco-gyfeillgar Tesco yn y llall.

'Blodau pert,' meddai fe, gan bwyntio atyn nhw'n ddiangen.

'Ie, wel, ma rhaid sbwylio'n hunain weithiau, nago's e. Wy'n neud tsili,' ychwanegodd hi, gan bwyntio at y tri phecyn mawr o friwgig ar dop y bag.

'Waw! Tipyn o tsili. Dyle fe bara trwy'r wythnos i ti.'

'Cynnig arbennig, tri am ddeg punt,' meddai hi, ychydig yn rhy amddiffynnol, gan ychwanegu'r 'Shwt ma pethe, 'te?' anochel.

'Iawn, diolch. Wedi bod yn dawel braidd o ran gwaith. Ond wy bant i Glwyd ddydd Sul am saith wythnos. Diolch byth am Theatr Clwyd, ife.'

Amneidiodd yn gefnogol. Roedd hi'n braf gweld Rhodri eto. Wedi'r sioc wreiddiol o daro i mewn iddo, sylweddolodd ei bod hi'n mwynhau ei gwmni. A bod hynny wastad wedi bod yn wir.

'Beth amdano ti?' gofynnodd ef, gan edrych i fyw ei llygaid.

'Wy newydd wneud gwefan i'n hunan,' atebodd hi. 'Ma fe i'w ddisgwyl dyddiau hyn. Tipyn o waith, hel stwff at ei gilydd, ond o leia ma fe 'di neud nawr. Ma ffeil wahanol i bob drama wy 'di gyfarwyddo, felly rwyt ti 'na, wrth gwrs, yn y dramâu *Diwedd Dyn Bach* a *Bant â'r Cart*.

'O, dysges i lot ar *Dyn Bach*. A *Cart* hefyd. Ma fe wastad yn hwyl bod mewn drama newydd, yn enwedig comedi. Wy'n credu fod pobol wedi anghofio erbyn hyn 'mod i 'di actio mewn comedi.'

'Sdim pawb yn gallu. Ond o't ti'n wych.'

Wrth fynedfa neon llachar yr archfarchnad fe sylwodd hi ar yr arth yn gwrido.

Dyma'r union eiliad y tueddai i banicio a diflannu. Gan gadw i'w phatrwm arferol, fe ffarweliodd ag e yn gwrtais gyflym gyda 'Wel, o'dd hi'n neis gweld ti 'to', a chyn aros am ateb hyd yn oed fe'i heglodd hi ar draws yr hewl i'w char, a oedd yn aros amdani ar linellau melyn dwbl. Gwenai'r car arni'n llawn direidi trwy drymder prudd nos Wener yn Chwefror. Roedd y Volkswagen yn gwybod.

Wedi iddi ddychwelyd i noddfa ddiogel ei chegin gwagiodd gynnwys ei bag, gan roi pob nwydd yn ofalus yn ei le priodol. Trodd nos Wener i fod yn Groundhog Day. Nid bod ots ganddi – dyna un o'i hoff ffilmiau. Ta beth, onid rhyw fath o ddefod ydy bywyd ei hun yn ei hanfod? Neu gyfres o fân ddefodau: y siopa wythnosol, y coginio beunyddiol, y prynu dryll.

Ni allai ysgwyd ei chyfarfod ar hap â Rhodri o'i phen. Doedd hi ond yn byw ychydig funudau o'r Tesco Metro a falle y byddai Rhodri'n dal yno. Wrth gwrs hynny. Ni fyddai wedi cwblhau ei siopa mewn deg munud, does bosib. Teimlai ei chalon yn curo'n gynt ac yna taflodd gipolwg ar allwedd y car, yn cynnig ei hun yn wahoddgar rhwng y bananas.

Wrth yrru trwy'r glaw trodd a throsodd ei syniadau yn ei phen, gan ddefnyddio undonedd metronomaidd y weipars i ffocysu. Gallai esgus ei bod hi wedi anghofio rhywbeth. Roedd angen sinamon arni ta p'un 'ny. Nid celwydd fyddai e. Yna byddai hi'n dweud bod y tsili yn un mawr, yn sicr yn rhy fawr i un. Bod croeso iddo fe ymuno â hi yn nes ymlaen. Hel atgofion. Dangos ei gwefan newydd. A oedd e'n dal i fynd allan gyda'r ferch yna o'r Gogledd? Beth oedd ei henw? Sara? Ynteu Sandra?

A fyddai e'n ei holi hi am Phil?

Oedd hyn yn hurt? Na. Doedd dim byd o'i le ar wahodd cyn-gyfaill gwaith, dros ugain mlynedd yn iau na hi, am bryd o fwyd. Serch hynny, wrth iddi frasgamu tuag at yr archfarchnad teimlai rhyw gwlwm cyffrous yn ei bola.

Ffeindiodd hi fe yng nghanol y powdrau golchi. Roedd yn tylino rhyw becyn bach yn ei law. Yn sydyn teimlodd hi'r ysfa i dyfu adenydd a hedfan yn uchel, i fyny fry i ganol y goleuadau llachar, ac edrych i lawr ar yr holl siopwyr, ynghlwm wrth eu trol ïau, fel caethweision. Roedd hi wedi bod yn dychmygu'r math hyn o beth fwyfwy yn ddiweddar – esgyn uwchlaw pawb fel aderyn. Wrth iddo droi i edrych ar y mopiau fe adnabyddodd hi a thorrodd gwên arth cartŵn dros ei wyneb.

''Nôl eto?'

'Ydw, anghofies i brynu sinamon. Cynhwysyn cyfrinachol fy tsili i.'

Gwyrodd ei ben i'r ochr a lledodd ei lygaid yn llawn chwilfrydedd.

'Ma'n rhoi rhyw gic fach felys annisgwyl iddo fe,' eglurodd hi.

'Wel, rhaid cyfadde, wy erioed 'di defnyddio fe. Er, ma 'da fi gynhwysyn cyfrinachol ar gyfer tsili hefyd. Ma fe'n rhoi rhyw flas miniog, fel rhyw gic bleserus yng nghefn y geg.'

Ystyriodd hi ei eiriau yn ofalus. Ynganiad clir, perffaith ac yntau ddim hyd yn oed yn gweithio. Cic bleserus yng nghefn y geg? Roedden ni i gyd yn feirdd y gegin y dyddiau hyn, wedi'n trwytho ym mydr perlysiau a sbeisys. Coginio oedd y roc a rôl newydd. Bron er mwyn cadarnhau hyn, agorodd gledr ei law i ddatgelu cynnwys paced bach. Pedwar talpyn o sinsir igam-ogam, ffres.

Dyma oedd ei chyfle amlwg.

'O'n i jest yn meddwl. O't ti'n iawn. Ma fe'n lot o tsili ar gyfer un. Ac o'n i'n meddwl… wel, os ti ddim yn neud unrhyw beth arall nes 'mlaen…'

Gadawodd ei gwahoddiad i hongian yn ddisgwylgar yn yr awyr rhwng y mopiau a'r powdrau golchi a'r diheintyddion. Dyma oedd ei giw. Am unwaith roedd ei amseru, oedd mor dda fel arfer, wedi methu. Lledodd ei lygaid, fel pe bai'n gofyn cwestiwn dieiriau. A oedd yn rhaid iddi ddweud wrtho yn blwmp ac yn blaen? Oedd, mae'n debyg.

'Ma croeso i ti ddod draw nes 'mlaen. Dyle fe fod yn barod tua naw. Bach yn hwyr falle, ond ddim os bydde ni'n byw ym Mharis. Agwedd Ewropeaidd, wy'n meddwl. Ma nhw'n dueddol o fwyta'n hwyrach. Allet ti ddod â Sara hefyd. Wyt ti dal i fynd mas 'da, ym, Sara?'

'Sandra. Ydw. Ond mae hi'n chwarae gyda'i band hi heno, yn y Gogledd.'

'Reit. Wel, dyw e ddim trafferth i fi, ti'n gwybod. Os ti

ffansi. Ar noson mor ddiflas. Falle gwna i dreial dy rysét di. Y mins gyda'r sins.'

Gallai weld ei fod e'n ceisio'i orau i beidio chwerthin nawr. Y mins gyda'r sins! Wnaeth hi ddim dweud hynna, does bosib? Cau dy geg, fenyw.

'O, ma 'na'n garedig iawn,' atebodd o'r diwedd. 'Ond erbyn i fi fynd â'r siopa adre a chael cawod...'

'Wrth gwrs,' meddai, gan dorri ar ei draws a chodi ei llaw am ryw reswm, fel pe bai'r weithred yn medru stopio ei eiriau'n stond. 'Dim ond syniad o'dd e, 'na i gyd.'

'Rhywbryd 'to falle. Fydde 'na'n hyfryd.'

Gosododd un o'i chardiau busnes newydd sbon yn ei law. 'Elin Parry – Cyfarwyddwraig Theatr.'

'Ffonia fi. Unrhyw bryd. Ma cyfeiriad y wefan ar y garden. Licen i wybod dy farn di.'

'Ie, iawn.'

Gwenodd unwaith eto, ond y tro hwn nid marc cwestiwn oedd ganddo ond atalnod llawn. Gwên ffarwél. Teimlai hi'n noeth, yn tynnu gormod o sylw o lawer dan y goleuadau hurt o lachar.

'Ciao,' meddai, yn gyfeiliant i godi ei llaw yn or-theatrig, cyn rhuthro o'r neilltu i'r adran berlysiau a sbeisys gerllaw. Estynnodd y sinamon a'r sinsir cyn ei throi hi draw i'r tiliau hunanwasanaeth. Ymhlith cacoffoni o godau bar yn blîpan, teimlai ei gwar yn troi'n biws. Heb feiddio troi rownd, rhag iddi weld rhywun y byddai hi'n nabod, gadawodd y siop, gan sgrialu ar draws yr hewl lithrig i ddiogelwch y car.

Penderfynodd weithredu syniad Rhodri a defnyddiodd ei chyllell fwyaf miniog i ddienyddio pen y lwmpyn sinsir siâp Michelin Man. Roedd Nina Simone yn canu ar ei iPod, 'My Baby Just Cares For Me', a chydganodd â hi wrth dorri'r sinsir yn giwbiau mân a meddwl am Phil. Doedd e ddim yn gofalu nac yn poeni amdani. A doedd Ceri, ei chyn-ŵr, ddim chwaith, o ran hynny. Pan adawodd e chwe blynedd 'nôl awgrymodd ei bod hi wedi troi'n berson diflas. Difenter, heb unrhyw ysfa am antur – 'wedi mynd i rigol' oedd ei union eiriau.

Roedd Phil a hi wedi bod yn mynd mas gyda'i gilydd ers dwy flynedd erbyn hyn. Gan ei bod hi chwe blynedd yn hŷn na fe roedden nhw'n arfer jocian taw Phil oedd ei toi-boi hi yn ystod y misoedd cynnar. Bu'r ddau ohonyn nhw'n briod a'r ddau wedi cael plant a'r rheiny wedi gadael y nyth fwy neu lai.

'Perthynas unfed ganrif ar hugain' yw'r hyn roedd Phil yn mynnu ei galw, fel arfer i gyfeiliant crechwen lydan, hunanfoddhaus. Roedden nhw'n byw ar wahân ond yn cysgu gyda'i gilydd ar nos Sadwrn a Sul, gan 'roi gofod' i'w gilydd am weddill yr wythnos. Roedd ei brawd, Glyn, yn hoffi Phil, dipyn mwy na Ceri, ac yn dweud ei fod yn fachan solet.

Wrth iddi dorri mwy o winwns canodd ei ffôn. Am eiliad credai falle mai Rhodri oedd yno, ond llais Phil glywodd hi, ac yntau wedi bod yn chwarae pêl-droed pump bob ochr.

'Haia, cariad.'

'Haia.'

'Gêm wych heno, agos iawn. Un deg naw i un deg saith i ni.'

'Da iawn.'

'Ie. Gwranda, wy newydd gael gair 'da Pete ar ôl y gêm. Wedi gwahodd e a Sharon draw nos fory. Ody 'na'n oreit? Meddwl dyle ti wybod. Er mwyn neud digon o tsili i ni i gyd.'

'Ydi, bydd 'na'n iawn.'

'Well i fi siapio hi, 'te. Wela i ti fory, tua chwech. Ta ra.'

'Ta ra.'

Arllwysodd olew olewydd i mewn i'r pot ceramig Le Creuset a throi'r hylif melyn yn ofalus. Cofiodd am yr adeg pan geisiodd berswadio Ceri a'r ddwy ferch i symud fel teulu i'r Eidal, lle roedden nhw newydd dreulio gwyliau bendigedig yn tendio'u holewydd eu hunain. Cofiodd am chwerthiniad Ceri ar y pryd, yn dweud wrthi am fynd i'r gwely. Roedd y chwerthin gwrywaidd yn ei phoeni weithiau. Falle ei bod hi'n paranoid, ond weithiau teimlai nad oedd unrhyw un wedi'i chymryd hi o ddifri erioed.

Dyna'n rhannol pam y prynodd ddryll. Gofynnodd i'r adeiladwr Rory Daniel lle gallai gael gafael ar un. Wedi dod draw i gael golwg ar y draen oedd wedi blocio oedd Rory, a hwythau bellach yn mwynhau glased o win allan yn yr ardd gefn. Rhoddodd ef enw tafarn yn ardal Glanrafon o'r ddinas iddi, a dweud wrthi am ofyn am ŵr o'r enw Kevin Ellis. Byddai mor hawdd â hynny, dim ond iddi dalu ag arian parod. Prynodd un ail-law, pedair rownd o fwledi a llyfryn o gyfarwyddiadau manwl. Cawsai gynnig arbennig am bedwar can punt gan Kevin.

Wrth iddi droi'r briwgig cochlyd yn y pot â'i llwy bren orau, synnodd ei hun bod ei meddwl wedi troi at Rhodri unwaith eto. Roedd ei wallt hir brown yn wlyb diferu o olew olewydd a hithau'n llio smotiau o sinsir oddi ar fân flewiach ei ên. Chwarddodd yn uchel ar y ddelwedd a tharo'i throed yn rhythmig ar y llawr i'r gân 'Do What You Gotta Do'. Byddai Nina'n deall...

O dan hisian y briwgig a'r glaw a lleisiau Nina a hi, credai iddi glywed cloch y drws ffrynt yn canu. Trodd y gerddoriaeth yn is a gwrando'n astud. Ie, dyna fe, roedd y gloch yn canu unwaith eto.

Agorodd y drws a safai Rhodri yno, ei wallt yn wlyb, yn dal potel o win coch i fyny yn ei law dde.

'O'n i'n meddwl 'mod i bach yn anniolchgar ginne. Felly, wel, os yw'r cynnig yn dal 'na…'

'Wrth gwrs, dere mewn.'

Ceisiodd ei gorau i beidio canu grwndi.

Wrth iddo fynd i gyfeiriad y gegin sylwodd Rhodri yn bryderus ar y canhwyllau ar y ford.

'Sneb arall yn dod,' eglurodd hi. 'Wy'n lico creu rhyw naws arbennig, hyd yn oed amser wy'n bwyta ar ben 'yn hunan.'

'Da iawn ti,' atebodd ef ychydig yn nawddoglyd. Ychwanegodd fod un o'i ddarlithwyr yn y coleg drama, pan fyddai'n darllen drama ar ei phen ei hun, yn ei darllen fel pe bai'n gwylio perfformiad byw, gan gynnwys gwisgo'n drwsiadus a chael jin a thonic yn ystod egwyl o ugain munud.

Er ei bod hi'n meddwl bod hynny'n ddwl, llwyddodd i gau ei cheg a gwneud rhyw ebychiad tebycach i besychiad na chwerthiniad. Wedi iddi droi i agor potelaid o glared Bordeaux, mynnodd Rhodri agor ei Shiraz grymus o Awstralia – wedi'i brynu'n arbennig i fynd gyda'r tsili. Roedd hi'n amau bod y Nina Simone yn swnio'n hen ffasiwn iddo fe a dechreuodd fflician trwy'r iPod, ond na, roedd e am glywed mwy o Nina, felly daliai *The Very Best of Nina Simone* i chwarae yn y cefndir.

Wrth iddi droi'r tsili ac ychwanegu'r ffa coch a'r tomatos soniodd ei bod hi'n rhyfedd dod ar ei draws ef yn Tesco o bobman.

'Sa i'n gweld dim byd rhyfedd am 'na. Wedi'r cwbl, dyddiau yma Tesco yw'r siop gornel, yn cadw'r gymuned gyda'i gilydd. Wy wastad yn cwrdd â rhywun wy'n nabod 'na,' meddai, gan sipian ei win wrth iddo sefyll ger y ffwrn.

'Ti o blaid Tesco, 'te, wyt ti?' gofynnodd, gan feddwl ei fod e'n tynnu ei choes.

'Ydw, wy wedi blino clywed pobol yn lladd ar archfarchnadoedd. Mae'r rhan fwya ohonyn nhw'n wych.'

Ceisiodd beidio â chraffu ar ei grys porffor sidan. Sidan, yn bendant. Oedd ganddi napcynau? Roedd saws tomato mor anodd i'w lanhau.

Mwynhaon nhw'r tsili a'r gwin ac erbyn diwedd yr ail botelaid mentrodd Elin i dir diogelach, os nad tir sanctaidd, drama Arthur Miller, gan ddwyn i gof ddehongliad hyfryd o ddiniwed Rhodri o Happy.

Ond nid oedd Rhodri'n chwarae'r gêm. Yn wir, roedd e'n chwerthin, y chwerthin gwrywaidd yna unwaith eto. Os byddai'n chwarae Happy eto byddai'n llawer mwy ymwybodol ei fod ef, fel ei dad, Willy Loman, yn byw celwydd.

'Gobeithio bo ti'm yn meindio fi'n dweud hyn ond ro'n i'n meddwl bod dy safbwynt di ar y ddrama, fel cyfarwyddwraig, braidd yn od. Bron o blaid bywyd rhithiol, ar draul realiti,' meddai, gan ledu ei lygaid a gwahodd ymateb.

Trodd ei phen a sylwi ar olau crynedig y canhwyllau yn taflu cysgodion ar y nenfwd, fel sioe bypedau gymhleth. Chwarddodd yn nerfus, chwerthiniad a swniai'n debyg i wich aderyn. Oedd, mi roedd hi'n meindio fe'n dweud hynny. Yn meindio lot, fel mae'n digwydd, ond byddai angen iddi ymateb yn gall.

'Wel, ar hyd y blynyddoedd wy wedi dod i sylweddoli bod ni i gyd, wel, angen... cyfle i hedfan,' mentrodd awgrymu.

'Falle i Miller osgoi ambell wirionedd go real yn ei fywyd bach ef ei hun. Fel cloi ei blentyn mewn sefydliad am flynyddoedd,' oedd ateb gofalus Rhodri wrth iddo chwyrlïo'r hyn oedd yn weddill o'i win ar waelod ei wydryn mewn cylch perffaith, chwareus.

Sylweddolodd erbyn hyn ei fod yn ceisio'i phryfocio hi. Gwyddai ef o'r gorau bod Arthur Miller yn arwr iddi. Pam oedd e'n mynnu ei nychu yn y fath fodd?

'Fedri di ddim beio fe am hynny. Dyna oedd y drefn yn y cyfnod,' meddai wrth godi ar ei thraed, gan glirio'r dysglau Ikea gwag.

Rhaid ei fod e wedi synhwyro ei bod hi wedi ypsetio gan iddo'i dilyn hi trwyddo i'r gegin.

'Elin,' meddai, mewn cywair addfwynach, gan gyffwrdd â'i braich. 'Do'n i ddim yn meddwl ypsetio ti. O'n i jest...'

Stopiodd ar hanner brawddeg a syllu ar y llawr.

'Jest beth? Plîs, dweda wrtha i.'

'O'n i jest yn treial dod o hyd i'r ti go iawn. Gweld shwt un wyt ti mewn gwirionedd. Ni i gyd yn becso amdano ti. Ni'n gobeithio dei di o hyd i rywbeth cyn bo hir.'

Teimlai ei hun yn crebachu'n gorfforol, wedi'i harswydo bod rhywbeth mor breifat â'i habsenoldeb hir o faes y theatr yn medru cael ei godi mewn ffordd mor gyhoeddus. Rhoddodd Rhodri ei freichiau o'i chwmpas gan ei chwtsio, yn addas iawn, fel arth anferth. Ond gorymatebodd hi a gwasgu ei gwefusau yn erbyn ei wefusau ef. Tynnodd yntau'n rhydd, wedi'i synnu.

'O'dd y tsili yn hyfryd. Diolch yn fawr. Ond wy'n credu bo gwell i fi fynd nawr,' meddai, gan syllu ar y llawr eto, yn llawn embaras y tro hwn.

'Na, plîs, paid â mynd. Cymer lased o Amaretto i gloi'r

pryd, neu ma 'da fi rhyw hen *cognac* yn rhywle, wy'n siŵr.'

Synnai ei bod hi'n swnio mor despret. Edrychodd ef trwyddi a nodio'n gwrtais, gan ddweud y byddai Amaretto bach clou yn ddiweddglo gwych i'r noson. Daeth hi o hyd i wydrau crand a sylwodd fod ei dwylo'n crynu wrth iddi fflicio ychydig o giwbiau iâ i'r hylif brown melys.

'Beth fyddi di'n neud yng Nghlwyd?' gofynnodd.

'*Wrth Aros Godot*,' atebodd yntau, gan ychwanegu taw fe fyddai'n chwarae Lucky.

'Ti wedi mynd o Happy i Lucky!' meddai hi'n ffraeth, mewn ymgais dila i geisio ysgafnhau'r tyndra.

'Wy'n edrych 'mlaen ato fe. Mae e'n dipyn o her,' meddai, gan sugno ar giwb iâ.

'Wy'n siŵr byddi di'n wych,' atebodd hithau, gan geisio'n rhy galed i swnio'n ddiffuant.

Gorffennodd ei ddiod yn glou a gosod ei wydr ar y top fformica llwyd. Edrychodd i fyw ei llygaid hi, gan roi cusan ysgafn ar ei boch.

'Cymer ofal,' meddai.

Wedi ei dywys i'r drws ffrynt edrychodd i fyw ei lygaid cŵl fel mintys. Heb unrhyw letchwithdod dywedodd wrtho y dylai alw am goffi rywbryd eto. Unrhyw bryd y dymunai, gan fod ei rhif hi ganddo.

'Bydda i'n siŵr o neud,' meddai, gan chwarae ei ran hyd y diwedd.

Wedi i'r drws gau yn glep cafodd gawod boeth a gwyddai o'r gorau na fyddai Rhodri'n croesi ei rhiniog byth eto. A phwy allai weld bai arno? *Has-been* o gyfarwyddwraig a chanddi obsesiwn â beirniadu'r byd cyfalafol hyd syrffed. Yn waeth, roedd e siŵr o fod yn ei gweld hi fel rhyw ddeinasor o'r adain chwith, yn pregethu ei phregeth o gyfnod arall amherthnasol.

Gorffennodd yr hyn oedd yn weddill o'r botel Amaretto yn ei gŵn wisgo, gan eistedd wrth ffenest ei hystafell wely yn gwrando ar gath drws nesaf yn achwyn am y glaw diderfyn wrth gysgodi yn ei phortsh. Pe bai Rhodri ond yn dirnad cymaint o ymdrech fu'r ymgais i'w gusanu. Y dewrder a gymerodd iddi wneud. Sylwodd ar y llinellau niferus o gwmpas ei cheg yn y drych gerllaw, yn lledaenu o ochrau ei cheg mewn tyffiau bach, fel blew cath – y gath a gollasai ei hufen.

Y bore canlynol prynodd fwy o friwgig yn siop Francis, y cigydd lleol, a'i ffrio gyda'r hyn oedd yn weddill o'r sinsir cyn ei ychwanegu at y tsili oedd dal ar ôl dros nos. Nid oedd yn edrych ymlaen at y noson yng nghwmni Pete a'i wraig Sharon – meddyg teulu â blys afiach am glecs. Roedd Pete, fel Phil, wedi'i hyfforddi fel seicolegydd ac yn gweithio i'r un cwmni recriwtio, yn asesu profion isomedrig, ond er mawr glod iddyn nhw fydden nhw byth yn siarad siop. Yn hytrach, trafod pêl-droed fydden nhw. O ddewis, byddai'n well ganddi hi glywed am brofion isomedrig, mwy na thebyg. Ceisiai beidio dylyfu gên wrth feddwl am wenu'n gwrtais am oriau yng nghwmni pobol na fyddai hi'n dewis croesi'r hewl i dorri gair â nhw fel arfer. Ar wahân i Phil, wrth gwrs.

Wrth iddi eistedd i ddarllen y *Guardian* dydd Sadwrn a rhoi ei thraed ar y ford goffi fach yn yr ystafell ffrynt, canodd cloch drws y ffrynt. Safai ei brawd, Glyn, yn lletchwith wrth y drws, a llond llaw o diwlips gwyn ganddo. Roedd rhywbeth o'i le. Anaml y byddai ei brawd yn galw ac, yn bendant, ni fyddai byth yn prynu blodau iddi.

Wedi ei dywys i'r gegin arllwysodd fyged o goffi ffres, newydd ei baratoi iddo. Teithiai Glyn yn aml ar gyfandir Ewrop, yn gwerthu offer meddygol soffistigedig – roedd ganddo ddoethuriaeth mewn biocemeg. Cydymdeimlai â phobol oedd yn ymwneud â'r celfyddydau fel Elin. Teimlai nad oedd gobaith gan y trueiniaid hynny o ddirnad realiti'r byd. Serch hynny, cofiai Elin ei holi yng ngwledd angladd eu tad, gan ofyn rhai o'r cwestiynau mawr iddo. Beth oedd ystyr bywyd? Pam oedden nhw yma ar y ddaear? Yr unig beth y llwyddodd i'w fwmial yn ei alar oedd bod pawb yn eu hanfod yn *proteins*, gan rwtio ochr ei ben wrth ei helpu hi i gwpla poteled o whisgi Jameson.

Fe'i holodd 'Shwt wyt ti, 'te?' mewn llais sionc, croyw.

'Iawn,' meddai hi.

Yn y saib wedyn carthodd ei gorn gwddw, yn fwriadol iawn, fel pe bai ganddo gyhoeddiad pwysig i'w wneud.

'Ma Phil yn ddyn da,' meddai, yn ddifrifol iawn.

'Ma fe'n OK, ydy,' meddai hi, yn gobeithio y byddai'n dod at bwynt ei ymweliad annisgwyl.

'O'n i yn y deli jest nawr. O'dd Sali'n gweud bod nhw'n chwilio am staff ychwanegol. Rhan-amser.'

Amneidiodd, gan edrych yn ofalus ar ei hymateb hi. 'Fydd dim rhaid i ti werthu'r tŷ, fydd e?' gofynnodd ei brawd yn sydyn.

'Wy wedi ymestyn y morgais, sdim problem,' atebodd hithau'n ofalus.

'Wy jest ddim yn deall pam nag wyt ti a Phil ddim yn, wel...'

'Ni ddim moyn byw 'da'n gilydd. Ni'n hapus fel y'n ni.'

'A ti'n siŵr o 'na?' gofynnodd, gan edrych yn syth ati y tro hwn.

Pryderai Elin gan fod y consýrn uniongyrchol hwn mor annodweddiadol ohono. Roedd edrychiad hynod ar ei wyneb hefyd, i gyd-fynd â'r taerineb yn y llais – edrychiad na welsai ganddo ers blynyddoedd, fel pe bai cerrynt trydanol wedi'i anfon trwy ei wallt brith i oleuo glesni ei lygaid. Roedd hi'n hanner disgwyl iddyn nhw ddechrau fflachio.

'Pam wyt ti'n poeni cymaint amdana i?'

'Sdim rheswm penodol.'

Yna gwnaeth rywbeth mor nodweddiadol o Glyn nes tynnu gwên i'w hwyneb. Gafaelodd yn y *Guardian* a chwato'i wyneb tu ôl i'r papur newydd.

Roedd Glyn wastad yn gelwyddgi gwael, meddyliodd. Pan oedd e'n blentyn byddai'n well ganddo gwato ei wyneb yn hytrach na dweud anwiredd. Cwato tu ôl coeden neu bêl neu lyfr, unrhyw beth i'w warchod rhag y byd busneslyd. Un tro, pan oedd yn gwadu iddo ddwgyd arian oedd o dan y goeden Nadolig, rhoddodd ei blât cinio 'Dolig o flaen ei wyneb nes i olion grefi'r pryd ddiferu dros ei siwmper newydd sbon.

'Drycha, Glyn, wy'n gwybod pan ti'n dweud celwydd. Ti erioed 'di prynu blodau i fi o'r blaen. Alli di o leia ddweud 'tho fi, plîs, beth sy'n gwasgu arno ti?'

Rhwtiodd ochr ei ben gydag arddeliad nawr, yn fanig. Ond gan synhwyro pa mor hurt roedd yn edrych, llonyddodd rhyw ychydig cyn edrych draw ati.

'Gwrddes i â'r actor 'na yn y deli, 'na i gyd. Wnes di ryw ddrama 'dag e sbel 'nôl. Rhodri.'

'Do?'

'Wedodd e iddo ddod draw neithiwr. Wedi galw am swper.'

'Do?'

'Wel, wy jest yn gobeithio bod ti'n gwybod beth ti'n neud, 'na i gyd. Sa i'n credu bod Phil yn haeddu... wel, cael ti'n whare 'mbytu 'da fe.'

'Gaethon ni swper 'da'n gilydd,' meddai hi, gan geisio peidio edrych yn grac, ond yn gorbwysleisio'r gair 'swper'.

Syllodd y ddau ar ei gilydd a synhwyrai hi'r rhyddhad yn ei lygaid. Nid am y ffaith na ddigwyddodd fawr ddim rhyngddi hi a Rhodri. Na. Y rhyddhad ei fod e wedi gallu codi'r mater o gwbl, ei fod wedi gallu ceisio helpu ei chwaer fawr. Roedd hi'n amlwg bod yn gas ganddo bob eiliad o'r broses.

Wrth adael, trodd i'w hwynebu.

'Mae'n ddrwg 'da fi os o't ti'n teimlo 'mod i'n busnesa. Jest, wel, wy wedi clywed am y *casting couch* yn dy waith di... Bydde gas 'da fi feddwl bod ti'n neud ffŵl o dy hunan. Wy jest moyn gwybod bod ti'n iawn, 'na i gyd.'

'Wy'n iawn,' meddai hi, gan geisio peidio sgrechian.

Rhoddodd gwtsh iddi ac wrth iddo adael dywedodd hi wrtho am ddod â rhosod tro nesaf. Bod yn gas ganddi diwlips.

Gyrrodd i fyny'r rhiw i dŷ Phil. Fel arfer byddai hi'n cerdded ond roedd hynny'n anodd o dan yr amgylchiadau, gan fod angen cario pot ceramig llawn bwyd. Câi osgoi pobol yn edrych arni'n llawn cydymdeimlad, fel pe bai hi'n chwilio'n despret am rywun i rannu ei swper gyda hi.

Wrth i Phil ei harwain hi i gyfeiriad y gegin sylwodd ar ei liniadur ar agor ar y ford, ymhlith y cyllyll a'r ffyrc a'r napcynau a'r matiau, wedi'u gosod yn barod i'r pryd. Eisteddodd Phil yn ôl o flaen y sgrin gan ymgolli'n llwyr yn ei gyfrifiadur.

'Wy 'di ffeindio gwefan dda iawn ar gyfer ceir ail-law. Ma Alun yn whilio am rywbeth bach, jest i fynd o A i B o gwmpas y dre, Fiat falle neu Ka.'

Gosododd y pot caserol ar yr hob.

'Ma fe'n gweud caiff e ei yswiriant ei hunan hefyd, nawr ei fod e'n hŷn,' meddai â'i wyneb yn dal i wynebu'r sgrin.

'Ma 'na'n dda,' meddai hithau.

'Ie, gorau po gynta, ife.'

Treuliai Phil gryn dipyn o'i amser o flaen sgrin ei gyfrifiadur ac roedd yn hoff o ddilyn hynt a helynt ei 873 o ffrindiau Facebook. Roedd e wrth ei fodd yn bargeinio ar eBay ac roedd ganddo gyfrif Twitter, wrth gwrs.

'Pa tsili ry'n ni'n gael?' galwodd eto. 'Ife'r un â'r sinamon?'

Aeth hi i'r ystafell giniawa, ystafell ddigon cymen a dymunol a'r teils Edwardaidd gwreiddiol ar y llawr. Roedd y ffaith nad oedd Phil wedi siafio a'i fod yn dal i wisgo crys-T yn ei gwylltio hi rhyw fymryn. Byddai Pete a Sharon yno cyn hir. Ar un adeg byddai hi wedi'i anfon lan lofft yn ddiffwdan i newid. Ni allai ddeall chwaith pam nad oedd e wedi ymestyn y gegin fach, cnocio'r wal i lawr a'i hagor mas i'r ardd. Ond dysgodd beidio rhoi pwysau arno fe am y pethau hyn. Roedd e'n dueddol o ddyfynnu llinellau a briodolir i Marlene Dietrich fel amddiffyniad – 'Mae'r rhan fwyaf o fenywod yn mynd ati i geisio newid dyn, ac wedyn pan maen nhw wedi llwyddo i'w newid dy'n nhw ddim yn hoffi fe bellach.'

Sylweddolodd hi fod ei bag llaw yn dal yng nghist ei char, â'r Glock yn swatio'n gyfforddus braf ar y gwaelod fel cath fach hapus, sgleiniog. Roedd hi wedi'i hargyhoeddi ei hun taw prynu'r dryll fyddai'r defnydd gorau y gallai ei wneud o'r pedwar can punt. Hyd yn oed os na ddefnyddiai hi fe, fyddai hi byth yn difaru bod mor ogoneddus o fyrbwyll. Rhoddodd iddi ymdeimlad cryf o rym, o annibyniaeth, a'i chyfrinach hi, a neb arall, oedd e.

'Wy ffaelu cofio. Ife un Nigel neu Jamie yw'r rysét

sinamon?' gofynnodd Phil, gan droi i edrych yn iawn arni am y tro cyntaf. Yn reddfol, cododd hi ei llaw at ymyl ei cheg, yn ymwybodol o'r llinellau diawledig.

'Rhoiais i rywbeth newydd mewn, yn lle'r sinamon. Bach o sinsir.'

'Anturus,' meddai, gan wenu, 'dim fel ti.'

Gwenodd 'nôl arno gan ystyried sut mae geiriau'n medru bod mor ddifater o greulon, nodwyddau anweledig wedi'u gwthio i groen.

'Wy'n credu bod sinsir yn dda ar gyfer diffyg traul,' meddai a'i wyneb eisoes wedi dychwelyd i'r sgrin gyfrifiadurol. 'Neu'n gostwng pwysau gwaed. Neu falle fod sinsir yn gwneud y ddau erbyn meddwl. Wna i tsieco 'da Sharon.'

'O'n i'n meddwl 'sen i'n treial rhywbeth gwahanol, 'na i gyd,' meddai hithau, yn mwynhau ei chyfrinach fach am Rhodri.

'Da iawn. Sdim byd fel ychwanegu bach o sbeis i fywyd, oes e?' meddai, gan wenu'n smala ar ei ddigrifwch ei hun.

Yn sydyn, cofiodd Elin ei bod wedi prynu cnau cashiw fel tameidiau i aros pryd. Aeth i'r gegin a gwagio'r cwdyn i mewn i ddwy ddysgl bren. Wrth i Phil ddod i'w helpu clywodd blîp bach ym mhoced ei throwsus a theimlai'n gwmws fel rhyw eitem yn Tesco yn cael ei rhoi trwy'r til. Taflodd gipolwg ar y tecst a gweld taw neges oddi wrth Rhodri oedd e.

Gwefan wych, pob hwyl x

'Rhywun diddorol?'

'Dim ond cynnig arall oddi wrth Orange,' meddai, gan synnu pa mor hawdd y llwyddai i ddweud celwydd.

63

Am eiliad wallgof roedd hi'n meddwl ei fod e'n bwriadu dod lan ati i tsieco ei ffôn. Yn hytrach, cusanodd hi'n ysgafn ar ei thalcen, cyn dweud ei fod e'n slipo lan lofft i siafio a newid ei grys.

Teipiodd gyfeiriad ei gwefan ar liniadur Phil, www.elinparry.net. Arni gwelodd fersiwn iau o'i hunan yn syllu allan arni o'r sgrin. Ffotograff a dynnwyd gan y *Western Mail* bron saith mlynedd yn ôl, pan oedd hi'n cyfarwyddo drama enwog Ibsen, *Hedda Gabler*, a deithiodd Gymru am gwpwl o fisoedd. Teimlai'n rhyfedd gweld ei hun ar ei gwefan ei hun. Yn gynnyrch i'w phrynu, allan yn y farchnad fyd-eang, yn y gofod seiber, syber. Ar gael i gyfarwyddo. Gan deimlo braidd yn bathetig, ffliciodd trwy rai o'i hen bosteri, oedd yn cynnwys y geiriau 'Cyfarwyddwyd gan Elin Parry', fel pe bai hi angen gweld y geiriau, bron fel tystiolaeth. Sylweddolodd yn ystod y flwyddyn ddiwethaf taw camgymeriad mawr oedd diffinio ei hun â'i gwaith a'i bod hi wedi colli cyfeiriad. Yn ddiweddar cawsai ryw fath o brofiadau *out-of-body*, yn dychmygu ei hun yn hedfan i fyny fry uwchben pobol. Profiad gwefreiddiol, rhaid oedd cydnabod, er y gobeithiai nad oedd yn cracio. Wnaeth hi erioed adnabod yr union aderyn y ceisiai ei ddynwared.

Heb unrhyw reswm yn y byd, teimlodd ei ffroenau'n llenwi â drewdod cryf olew amrwd. Caeodd ei llygaid a dychmygu ei hun fel aderyn glan môr – morfran, yn ceisio ysgwyd ei hadenydd yn y dŵr. Ond roedd hi'n sownd yn yr olew drewllyd, yn methu symud. Roedd arni flys cael diheintydd, unrhyw beth i wrthsefyll y llygredd. Byddai Glyn yn gwybod. Edrychodd o'i hamgylch yn llawn pryder, yn chwilio'n ofer am ei chywion.

Wrth iddi agor ei llygaid clywai chwerthin yn y pellter,

o'r llofft. Chwerthin gwrywaidd. All rhywun chwerthin a siafio yr un pryd? Falle fod Phil ar y ffôn.

Er bod y demtasiwn weithiau yn real iawn, ffwlbri fyddai defnyddio dryll i dawelu chwerthin.

Edrychodd unwaith eto ar ei ffotograff. Nwydd, i'w phrynu fel darn o gig. Casgliad o *proteins* yn barod i'w prosesu, a'r dyddiad defnyddio eisoes wedi pasio. Symudodd y cyrchwr i lawr i'r rhan agoriadol – ei CV personol. Llusgodd y cyrchwr i lawr i'r llinell olaf un, y llinell a ddewisodd i ddisgrifio'r Elin go iawn.

'Mae Elin yn byw yng Nghaerdydd ac mae ganddi ddwy ferch.'

Talu Trwy'r Trwyn

C YN Y GALLAI gyfri fel Cusan lawn roedd yn rhaid torri'r trwyn. Wy ddim yn siŵr pwy wnaeth y rheolau ond wy'n cofio i ni ymarfer cryn dipyn un haf, mae'n rhaid taw '68 oedd hi. Yn bwrw ein pennau yn erbyn boncyffion coed lan y Waun.

'Os iwswch chi dop eich talcen neith e ddim dolur. Dychmygwch eich targed, anelwch am bont y trwyn, jest o dan y llygaid.'

Adam Morris, cwpwl o flynyddoedd yn hŷn na ni, oedd yn gweiddi'r gorchmynion, yn gwmws fel athro. Yn swyddogol, chi'n gwybod, fel pe bai'n rhoi gwers Cymorth Cyntaf i ni neu rywbeth. Erbyn diwedd y wers roedd marciau gludiog porffor ar ein talcennau, y resin o'r rhisgl yn cymysgu â'n gwaed. Pendoncwyr penysgafn yn heulwen y cwm.

Roedd trwbwl ar nos Sadwrn yn nawns y Neuadd Goffa gan amlaf yn cael ei alw'n 'drwbwl menywod', er taw anaml iawn y byddai unrhyw ferch yn sbarduno'r gynnen. Gallai fod mor syml â chodi'r ysgwyddau ar yr adeg rong, rhyw giledrychiad i'r cyfeiriad anghywir, neu'n amlach na pheidio, gwên. Ie, roedd hi'n ddanjeris gwenu ar nos Sadwrn yn Abercymmer y chwedegau.

Hyd yma do'n i ond wedi cyflawni dwy Gusan Abercymmer lawn. Unwaith ar y cae rygbi i'r wythwr oedd yn fy erbyn i mewn gêm coleg. Ieuan Thomas oedd y llall, ei drwyn wedi'i dorri am gwna 'da Rachel, ym Medi '69. Roedd y tri ohonon ni'n ddwy ar bymtheg ac o'n i newydd ddechrau mynd mas 'da hi.

Erbyn hyn mae Rachel a finnau wedi bod yn briod am 36 o flynyddoedd. Nage 'mod i'n cymryd unrhyw beth yn ganiataol, yn enwedig ar ôl beth ddigwyddodd yn yr arhosfan bws.

Y peth yw, roedd popeth yn mynd mor dda. Ro'n ni wedi mwynhau pryd hyfryd mewn bwyty Ffrengig newydd lawr y Bae cyn mynd i'r theatr ac eistedd yn ein seddi ar gyfer *One Man, Two Guvnors* yng Nghanolfan y Mileniwm. Sioe wych hefyd. Doniol iawn, â rhyw Gog yn chwarae'r brif ran. Roedd yr holl stori'n f'atgoffa o 'nghyfnod fel uwch-brifathro ym Manceinion. Rhedeg o gwmpas fel rhywbeth hanner call a dwl, yn treial rhedeg dwy ysgol gyfun ar yr un pryd. Gwnaeth Rachel hyd yn oed sôn am hynny yn ystod yr egwyl.

'Mae'r dyn 'na jest fel o't ti, yn rhuthro 'mbytu'r lle fel *maniac*. Mae'n wyrth na ges di *heart attack*,' meddai, wrth sipian ei fodca a thonic, a gwên hyfryd o ddireidus ar ei hwyneb.

Dyna sy'n corddi fwyaf. Ro'n ni ar yr un donfedd, Rachel a finnau, yn teimlo'r cyffro o fod yng nghwmni ein gilydd. Falle achos 'mod i wedi chwerthin cymaint, sa i'n gwybod, ond mae'n braf ar ôl 36 o flynyddoedd, nag yw e? Yffach, ro'n ni hyd yn oed yn dala dwylo pan ddigwyddodd e.

Rywle o'r cysgodion ymddangosodd bachan ifanc tua chwe throedfedd o daldra â gwallt cwta coch a llygaid brown yn yr arhosfan bws. Symudodd tu ôl i ni'n glou, gan afael ym mhen-ôl Rachel. Digwyddodd popeth mor gyflym. Golwg ofnus ar wyneb Rachel, yn becso beth fyddai fy ymateb. Y bachan ifanc jest yn sefyll yno'n gwenu. Wnes i ddim meddwl, dyna'r peth. Faint o fân feddyliau bach allwch chi'u gwasgu i hanner eiliad? Rhaid 'mod i wedi ystyried falle 'i fod e dan ddylanwad cyffuriau, neu fod ganddo gyllell. Nage bod hynny wedi gwneud fawr o wahaniaeth. Wy'n tueddu i weld pethau'n ddu a gwyn, ta beth. Weithiau – ar adegau prin, 'sen i'n dadlau – wy'n gweld pethau'n goch, fel tarw. Wedyn does dim dala 'nôl. Tarodd fy nhalcen bont ei drwyn a chlywais glec fach fel sŵn brigyn yn torri. Roedd ei drwyn wedi fflatio'n annibendod coch, fel pe bai rhywun wedi damsgen ar domato.

Yna fe glywais bobol yn nesáu aton ni. Rhywun yn gweiddi. Swniai rywbeth tebyg i 'Oi!' a gafaelais yn llaw Rachel eto, gan ddweud wrthi am faglu hi o 'na. Yn lwcus iawn, mewn llai na munud daethon ni o hyd i dacsi, tu fas i'r swyddfa heddlu o bobman.

Rhoddodd y gyrrwr focs o *tissues* i fi. Wy'n credu ei fod e'n becso mwy am ei gar nag oedd e am 'y mhen, gan hanner difaru 'ngadael i mewn. Dywedais wrtho am fynd â ni adref i Ffynnon Taf ond roedd Rachel yn edrych yn bryderus am fod gwaed ar fy nhalcen. Soniodd hi am Ysbyty'r Waun a wnes i'n glir iddi 'mod i'n meddwl bod hynny'n syniad gwallgo. Iawn, roedd angen fy nhacluso rywfaint, ond doeddwn i ddim yn mynd i unrhyw le lle byddai'n rhaid i fi egluro sut gefais i'r anaf. Yn dechnegol ro'n i wedi cyflawni trosedd, trosedd ddifrifol. Yn y diwedd gytunon ni i fynd i dŷ fy chwaer yn Ystum Taf. Roedd hi'n golurwraig. Roedd yn rhaid i fi edrych ar fy ngorau yn y bore. Ro'n i'n cwrdd â rhyw bwysigion o'r Comisiwn Loteri. Byddai ffotos yn cael eu tynnu a siec anferth tair troedfedd o hyd yn cael ei chyflwyno i'r ysgol. Prifathro rhadlon yn ysgwyd llaw a gwenu'n gyfforddus i lens camera, dyna oedd ei angen.

Wrth i Betsan fy nhacluso roedd Rachel yn siarad fel pwll y môr.

'Ti'n brifathro, Roy. Ac yn dad-cu. Ti ffaelu jest mynd rownd a hed-bytio pobol!'

'Beth o'n i fod i neud, 'te? Gadael iddo fe afael yn dy ben-ôl di, ife?'

'Alla i edrych ar ôl 'yn hunan. Y peth *macho* hyn sy ynddot ti weithiau, mae e'n troi'n stumog i.'

'Ti'n gallu cael y crwt mas o Abercymmer, ond ti ffaelu cael Abercymmer mas o'r crwt,' meddai Betsan, gyda rhyw ysgytwad bach o'i phen, yn ceisio ysgafnhau'r awyrgylch.

'A plîs paid dweud wnes di fe i fi,' daliai Rachel ati. 'Ti'n gwybod, ma fe'n joio fe, Betsan, wrth ei fodd. Wy 'di gweld y golwg 'na yn 'i lygaid e o'r blaen. Ma fe bron fel 'sen i ddim yn 'i nabod e o gwbwl.'

''Co, wnes i ddim gofyn i'r boi ymosod arno ti, do fe?' atebais, heb fawr o argyhoeddiad.

Roedd Betsan yn cribo 'ngwallt i ymlaen nawr, yn treial gweld a wnelai fe ymestyn draw dros fy nhalcen.

'Ma wastad esgus 'dag e, ti 'di sylwi 'na? Esgus am bopeth,' meddai Rachel, gan ysgwyd ei phen. 'Wedith e nesa bod e'n treial profi rhywbeth.'

'Sdim ishe i ti brofi unrhyw beth i unrhyw un, Roy. Chi'n llwyddiant ysgubol ar ddwy droed – y ddou ohonoch chi,' meddai Betsan.

Gallwn weld fy chwaer yn gwenu yn y drych. Chwarae teg, roedd hi'n treial ei gorau. Anwybyddodd Rachel hi, gan barhau i barablu yn ei chyfer.

'Rhyw nonsens bod angen iddo fe brofi iddo'i hunan bod e'n dal 'dag e. Profi i dy dad bod e'n dal yn foi caled, er bod e ddim wedi'i ddilyn lawr i'r pwll.'

'Cadw Dadi mas o hyn, plîs. Dyw e ddim 'ma rhagor i ateb.'

Roedd e'n brofiad rhyfedd, clywed menyw 57 mlwydd oed yn dweud 'Dadi', ond wnaeth e weithio i'r dim. Caeodd Rachel ei cheg am ennyd, gan sipian ei the. Yna gadawodd Betsan y gegin, gan ddweud ei bod hi'n meddwl ei bod hi'n gwybod yn union beth oedd ei angen, cyn ei throi hi i fyny'r grisiau. Yn y tawelwch poenus a ddilynodd mentrais ddweud 'Sori', ond gafodd e fawr o argraff ar Rachel. Roedd hi'n dal yn gynddeiriog, neu efallai ar lefel ddyfnach yn becso am yr hyn oedd newydd ddigwydd. Ro'n i'n falch nad oedd y profiad wedi esgor ar un o'i *panic attacks* o leiaf.

Ro'n i'n flin am yr hyn wnes i, a doedd beirniadaeth lem Rachel ddim yn bell o'r marc chwaith. Ro'n i wastad wedi bod yn yfwr trwm, wrth fy modd â'r rygbi, chwarae yr ystrydeb o Gymro, yn enwedig ym Manceinion. Bu'n help mawr i fod yn aelod o leiafrif ethnig. Gwellais safon dwy ysgol oedd yn methu, y ddwy mewn ardaloedd tlawd iawn. Magais enw fel un oedd yn hoffi disgyblaeth. Mynnwn weld pawb mewn gwisg ysgol lawn. Deuai'r rhan fwyaf o'r plant o gefndiroedd afreolus, anystywallt ond ro'n i'n rhoi trefn arnyn nhw. Gweithiwn ddeuddeg i dair awr ar ddeg y diwrnod oherwydd fy nghariad at y plant hynny ac ro'n i'n falch o wneud.

Yn y pen draw fe adawodd y diwrnodau hir eu hôl. Pan ddaeth swydd pennaeth ysgol Gymraeg yn fy hen gwm yn rhydd ymbiliodd Rachel arnaf i fynd amdani. Gwelais yr ysgol fel un her olaf cyn ymddeol. Bedair blynedd 'nôl cefais y swydd a bu cynnydd bob blwyddyn yn ein canlyniadau A i C, ond llynedd gwellodd canlyniadau disgyblion TGAU 13% a Safon A 15%. Erbyn hyn mae'r ysgol ym Mand 2. Wrth reswm, rwyf yn tu hwnt o boblogaidd gan bawb sydd â chysylltiad â'r ysgol, ar wahân i Rachel. Ymddeolodd hi'n gynnar yn y gobaith o weld mwy ohono i, a ninnau wedi dychwelyd i Gymru

Daeth Betsan 'nôl i'r gegin yn cario bocs cardbord agored yn llawn darnau gwallt a mwstashis a barfau.

'Wy'm yn mynd i'r gwaith mewn *disguise*. Wna i hala ofan ar y disgyblion,' meddwn, gan daflu cipolwg ar y cymysgedd o flew.

Cododd Rachel a chraffu ar fy nhalcen yn y drych.

'Ti 'di cwato'r marc yn lled dda, Betsan,' meddai hi.

'Ond ti'n dal yn gallu gweld bod rhywbeth 'na. Tria hwn,' atebodd Betsan, gan osod darn bach o wallt yr un ffunud â fy lliw du brith i ger blaen fy llinell wallt.

'Ma hwnna'n dda,' cytunais.

'Ddim yn ddrwg. Ma fe bendant yn cwato fe,' meddai Rachel.

'Ma fe'n eitha cynnil hefyd. Jest cofia bod e 'na, 'na i gyd. Ma fe wedi'i glipio mewn yn eitha tyn, felly brwsia dy wallt yn gwmws 'run peth ag arfer. A galli di ddefnyddio'r glud hyn hefyd, os ti moyn bod yn saff.'

Fel colurwraig lawrydd roedd fy chwaer wedi gweithio ar nifer fawr o gyfresi ffuglen wyddonol, gan gynnwys *Red Dwarf* a *Doctor Who*, gan arbenigo mewn *prosthetics* rwber.

'Newid bach i ti, yn lle creu bwystfil,' meddwn yn smala.

'Does dim ishe, mae'r bwystfil 'na'n barod,' meddai Rachel, fel mellten.

Bore trannoeth sefais ar lwyfan neuadd yr ysgol yn dweud pa mor falch oeddwn i o dderbyn yr arian Loteri. Byddai'n help mawr i adeiladu campfa newydd yn Ysgol y Cefn, gyda'r adnoddau diweddaraf. Derbyniais siec am gan mil o bunnau ac ysgwydais law â'r foneddiges o'r Comisiwn Loteri. Gwenais i'r camera yn ymwybodol o beidio gadael i'r darn gwallt ffals lithro. Wy wedi bod yn ffodus i gael cadeirydd gwych i'r criw llywodraethwyr. Mae Huw Bebb yn dirfesurydd wedi ymddeol sy'n dipyn o giamstar ar wybod sut i gael cyllid ychwanegol i'r ysgol, tician y bocsys iawn a defnyddio geiriau trendi. Dyna sy'n cyfri yn yr oes ddyrys yma. Byd grantiau ac ysgwyd y dwylo iawn ydi'r byd ry'n ni'n byw ynddo, a dweud y gair iawn yn y glust iawn. Mae un o'm dirprwyon, Andrea, wrth ei bodd â'r fath waith. Wrth i'r camera fflachio fe deimlwn ychydig yn ffug yn sefyll yno'n gwenu, ac yn gwylio Huw ac Andrea yn cymeradwyo'n frwd. Mewn cyfnod o dorri 'nôl ar chwaraeon mewn addysg ro'n i wedi cefnogi i'r carn y cais i foderneiddio'r gampfa. Gwyddwn o'm profiad fy hun am fanteision niferus chwaraeon, nage jest yn fy ugeiniau yn chwarae rygbi ond hefyd yn rhedeg marathonau yn fy nhridegau a'm pedwardegau. Ar ôl ychydig o frechdanau a choffi ffarweliais â'r pwysigion a dychwelyd i noddfa ddiogel fy swyddfa. Roedd gen i olygfa odidog o Fynydd y Waun trwy'r ffenest, lle bues i'n chwarae cymaint yn fy ieuenctid.

A minnau ar fy mhen fy hun fe deimlwn yn bryderus unwaith eto. Oedd y gŵr ifanc wedi riportio'r digwyddiad i'r heddlu? Oedd yna gamera cudd ger yr arhosfan bws? Neu dystion? Wnaeth rhywun weiddi arna i? Ai dyna pam redon ni bant? Mae camerâu CCTV ym mhobman dyddiau yma. Ro'n i wedi gweld digwyddiadau droeon ar gamerâu dros y blynyddoedd ac wedi diarddel dwsinau o ddisgyblion ar sail tystiolaeth weledol ddiamheuol. Do'n i byth yn hapus gorfod gwahardd rhywun yn derfynol gan ei fod yn arwydd o fethiant. Ond weithiau doedd dim dewis. Y mis diwethaf ro'n i wedi gwahardd disgybl Blwyddyn 10, Ellis Murray, am ymladd ar fws ysgol. Wedi'i ddala ar gamera yn dyrnu bachgen o'r enw Carwyn. Mae'n debyg bod Carwyn yn dipyn o fwli ac roedd Ellis wedi amddiffyn yr hyn a wnaeth trwy ddadlau iddo ei daro ar ran plant iau'r ysgol. Trefnodd rhai o'i ffrindiau ddeiseb hyd yn oed, i'w gefnogi. Cefais e-bost oddi wrth hyfforddwr ei dîm pêl-droed hefyd, yn pwysleisio na chawsai yr un garden felen na choch ar y cae erioed. 'Bachgen hynaws' oedd disgrifiad yr hyfforddwr. Ond nage dyma'r tro cyntaf i Ellis ymddwyn yn dreisgar. Rhacsiodd bedair cadair yn y ffreutur ac mewn digwyddiad arall fe wthiodd ei athro Mathemateg yn erbyn y wal. Bu rhieni'r bwli'n achwyn yn groch am Ellis. Teimlai'r llywodraethwyr bod yn rhaid iddynt ddal eu tir ac anfon neges glir allan. Tu ôl i'r llenni byddai Andrea yn ceisio'i gorau i ganfod ysgol arall iddo. Roedd Ellis wedi rhedeg bant hefyd, wedi gwasgu'r botwm argyfwng a'i baglu hi o 'na. Edrychai fel ymddygiad llwfr.

Hyd yn oed os o'n i'n digwydd bod yn lwcus a bod dim camerâu CCTV yno, beth am y tystion? Byddai llun y siec Loteri ym mhapurau lleol y cwm, ac efallai yn y *Western Mail* hefyd. Beth pe bai rhywun yn f'adnabod i? Beth pe bawn i'n cael fy ngalw i'r swyddfa heddlu, i sefyll mewn *identity parade*?

Ro'n i ar bigau'r drain wrth ddychmygu fy ysgrifenyddes, Barbara, yn dweud wrtha i fod heddwas wedi cyrraedd ac am gael gair gyda fi a'r darn gwallt ffug yn syrthio oddi ar fy mhen. Yna'n rhedeg i fyny'r Waun, yn mynd yn fyr o anadl, a syllu ar flagur annigonol y cennin Pedr cynnar gerllaw. Y prifathro ar ffo. Pe bai'r wasg yn cael gafael ar hyn byddai hi'n amen arnaf.

Byddai Rachel wedi'i dinistrio'n llwyr.

Gyda phob awr a âi heibio fe deimlwn don o ryddhad.

Ar ôl cwpwl o ddiwrnodau ro'n i'n tynnu coes ac yn jocian gyda'r disgyblion a'r staff fel ei gilydd, yn hurt o hwyliog. Eto, roedd yna un bachgen, Edwin Coombes, y deuwn ar ei draws yn aml. Yn bendant roedd ganddo ryw laswen ar ei wep, *smirk* fyddai'r gair Saesneg, bob tro y gwelwn ef. Roedd e'n ffrind i Ellis Murray. Yn wir, fe oedd un o'r disgyblion oedd yn bennaf cyfrifol am lunio deiseb o blaid cadw Ellis yn yr ysgol. Esgusais 'mod i wedi dychmygu'r olwg hunanfoddhaus, hyderus, gyda'r twtsh bach lleiaf o fygythiad. Roedd hynny'n haws, on'd oedd e?

Rywsut, daeth yr wythnos waith i ben. Gwahoddodd Rachel Betsan i swper ar y nos Wener, i ddiolch iddi am ei help. Ond wrth iddi lwytho'r golchwr llestri a mynnu fy mod i'n mynd trwyddo i'r lolfa i rannu brandi gyda'm chwaer, sylweddolais fod yna agenda arall i'r noson hefyd.

'Pryd wyt ti'n mynd i ymddeol, 'te, Roy?'

'Ife ti sy'n gofyn? Neu Rachel?'

'Y ddwy ohonon ni. Enwedig ar ôl pynosweth. Beth 'se ti 'di cael dy ddala? Dy erlyn? Allet ti 'di colli dy swydd. Bennu lan yn y carchar.'

Ro'n i'n dwlu ar oslef llawn consýrn llais fy chwaer. Roedd hi wedi heneiddio lot yn well nag oeddwn i. A hithau'n dal yn rhedwraig frwd, roedd hi hefyd yn gwneud rhyw hanner awr o ioga ben bore yn ddyddiol. Roedd hi'n dal yn hardd iawn, meddyliais, yn llawn balchder o'm chwaer fach, er bod ei hwyneb, erbyn meddwl, yn edrych yn fach iawn rywsut.

'Stopia syllu arna i,' meddai hi, yn amlwg yn ei gasáu.

'Wy'n ffaelu ymddeol y flwyddyn hon. Mae'n rhaid i fi dreial cael yr ysgol i mewn i Fand Un. Cwpla ar y top.'

Roedd Betsan yn gwenu. 'Ma Rachel yn iawn 'mbytu ti. Ma 'da ti esgus am bopeth,' meddai.

'Wna i ystyried y flwyddyn nesa, o ddifri,' atebais yn ofalus.

Chwythodd Betsan ac ysgwyd ei phen. 'Ni'n gwybod· bod ti'n *workaholic*. Ond falle 'se ti'n dal yn gallu neud gwaith ymgynghorol. O leiaf bydde Rachel yn gweld mwy ohonot ti wedyn. Ac Angharad hefyd.'

Fy wyres ddyflwydd oed oedd Angharad. Roedd ein mab hynaf, Marc, a'i wraig Gwen yn byw yng Nghaerdydd. Dyna ffactor arall yn ein penderfyniad i ddychwelyd i Gymru. Sipiais fy mrandi a thaflu cipolwg ar edrychiad pryderus Betsan. Ymddeol. Roedd ffrind o ardal Swinton, cyn-athro, wedi ymddeol yn gynnar ac wedi hen ddiflasu o fewn wythnosau. Mynd dan draed ei wraig. Wedi gwahanu o fewn y flwyddyn. Oeddwn i'n ofni y byddai Rachel a finnau'n chwarae ar nerfau'n gilydd? Doedd e ddim fel pe na bawn i'n gallu ymlacio. Ro'n ni wedi cael nifer o wyliau bendigedig gyda'n gilydd yn Tsieina, Fietnam ac ar hyd afon Rhein. Wedi teithio'r pum cyfandir. Dim ond llynedd buom yn ymweld ag ynysoedd y Caribî i ddathlu fy mhen blwydd yn drigain oed. Taith fythgofiadwy.

I droi'r sgwrs, holais Betsan sut oedd pethau arni hi erbyn hyn.

'Wy'n ystyried symud. I Awstralia falle.'

Synnais gymaint y gwnaeth hyn fy ypsetio. Peth rhyfedd yw perthynas waed, boed yn chwaer neu'n frawd. Darllenais rywle taw, i'r mwyafrif o bobol, dyma fyddai'r berthynas hiraf yn eu bywydau. Er 'mod i'n nabod Rachel ers hanner canrif, ro'n i'n nabod Betsan ers cyn hynny, wrth gwrs.

'Paid gadael Cymru. Plîs, Betsan.'

'Gwnes di.'

'Plîs. Fydden i'n gweld dy eisiau ti. Ni ond wedi bod 'nôl pum munud.'

Sylwais fod ei llygaid yn dyfrio. Rhoddais fy ngwydr i lawr a'i chofleidio. Ro'n i'n ffaelu cofio pryd y gafaelais ynddi fel hyn o'r blaen. Teimlai mor esgyrnog rywsut, doedd bron dim ohoni.

'Ma popeth fel 'se fe 'di dod i ben. Yr unig arian wy'n ennill dyddie hyn yw mewn gwesty crand yn y dre, yn rhoi *facials* i fenywod canol oed sy'n ciniawa.'

'Beth am y Pentre Drama i lawr y Bae?' gofynnais.

'Maen nhw'n dod â'u pobol eu hunain, gan amla. Dyw 'ngwyneb i ddim yn ffito rhagor. Falle dyw e'm yn beth ffôl. Wy wedi safio 'm bach. Ti wedi gweld y byd. 'Na beth licen i neud nawr. Cyn bod hi'n rhy hwyr.'

Daeth Rachel i mewn, yn cario hambwrdd o goffi.

'Ma Betsan yn meddwl symud i Awstralia,' meddwn.

'Pob lwc iddi. O leia ma hi wedi dod i benderfyniad,' meddai, gan edrych yn fwriadol tuag ataf.

Cysgais fel twrch y noson honno, am y tro cyntaf trwy'r wythnos. Ro'n i'n dal yn nerfus bob tro y byddai'r ffôn yn canu. Ar y bore Sadwrn edrychais trwy'r papurau newydd hefyd, jest rhag ofn. Ond y teimlad pennaf oedd un o ryddhad anferth. Roedd hi'n ymddangos fel pe bawn wedi llwyddo i ddianc rhag cael fy nal.

Ond ro'n i'n anghywir. Tua diwedd yr wythnos ganlynol, wedi i mi osgoi Edwin Coombes orau y medrwn i, anelais at y car yn y maes parcio un noson a chanfod darn o bapur ar y ffenest flaen. Roedd yna lun saeth arno, yn pwyntio i gyfeiriad rhyw lwyni gerllaw – y llun wedi'i arlunio'n amrwd, fel cartŵn. Syllais i gyfeiriad y llwyni a sylwi ar rywbeth yn symud tu ôl i ddail. Cerddais draw at ymyl eithaf y maes parcio.

'Helo?' meddwn. 'O's rhywun 'na?'

Ac yna cododd y gŵr oddi ar ei gwrcwd, gan ymestyn

yn dalsyth. Y gŵr ifanc o'r arhosfan bws ydoedd, gyda rhwymyn bach ar draws ei drwyn.

'Dorroch chi 'nhrwyn i,' meddai.

'Sori?' atebais.

'Dylech chi fod. Gorffes i ga'l *operation*.'

'Wy'n credu bo chi'n meddwl am rywun arall.'

'P'idwch rhoi'r nonsens 'na i fi, Prifathro.'

Y ffordd ddywedodd e 'prifathro' wnaeth i'm gwaed rewi, wrth iddo bron â phoeri'r gair, yn llawn dirmyg. Roedd ganddo'r un edrychiad, yr un gilwen flinderus ar ei wep, ag ar wyneb Edwin Coombes.

'Allwn i wastad fynd at y polîs, os chi moyn i ni neud e eich ffordd chi.'

Roedd yn rhaid meddwl ar fyrder. Teimlwn fy nghalon yn curo'n llawn cyffro. Ceisiais feddwl am yr holl ddynion ifainc y deliais â nhw'n llwyddiannus ym Manceinion.

'Cnycha hi o 'ma a gad lonydd i fi, neu torra i dy goesau di tro nesa.'

Ond yn hytrach na cherdded bant, chwarddodd mewn goslef ryfeddol o uchel, fel chwerthiniad mwnci.

'Fyddech chi ddim moyn yr holl sylw, Prifathro,' meddai'n hyderus, gan dorsythu.

Yna'n sydyn daeth ataf, ei wyneb dwys reit gyferbyn â mi. ''Co beth sy'n mynd i ddigwydd, iawn? Chi'n rhoi dwy fil o bunnau i fi gau 'ngheg, ac wedyn chi'n cadw'ch jobyn. Shwt mae hynna'n swno i chi, Prifathro? Ydw i'n cael seren aur? Ydw i'n mynd i dop y dosbarth? Syniad da, nag yw e?'

Ceisiais fy ngorau i ohirio penderfynu. Dywedais 'mod i'n gwerthfawrogi nad oedd e wedi mynd at yr heddlu. Fe gâi'r arian, ond allwn i ddim dod o hyd i ddwy fil ar unwaith. Dim ond ei dalu fesul tipyn. 'Pum cant, mewn arian parod, bob wythnos. Shwt ma hynna'n swno?'

Chwarddodd eto. 'Mae'n swnio fel 'se chi'n cachu planciau, Prifathro.'

''Na i gyd alla i fanijo. O's *deal* 'da ni?'

'Cwrddwch â fi yn y Miner's Arms nos fory. Yn y bar pŵl. Saith o'r gloch. *Cash* mewn amlen. Hanner nawr, hanner wythnos nesa. Mil yw hanner. Iawn, Mr Economeg?'

Nodiais, yn becso braidd bod y dihiryn hwn yn gwybod beth oedd fy hen bwnc. Diflannodd tu ôl i'r llwyni. Teimlais fel chwydu wrth i flas metal ffiaidd ddechrau codi o'm llwnc.

Soniais i ddim wrth unrhyw un am fy nghyfarfod cythryblus yn y maes parcio. Defnyddiais ddwy garden gredyd wahanol i brosesu'r arian a'i osod mewn amlen frown. Blacmêl oedd hyn, wrth gwrs, ond doedd gen i fawr o ddewis. Ro'n i'n moyn cael y cwbwl drosodd cyn gynted â phosib. Awgrymais gyfarfod arall yn yr un lle ar yr un adeg y noson ganlynol. Trosglwyddo'r mil arall i gael diwedd arno. Tynnu llinell ac ysgwyd llaw i selio'r trefniant.

Y noson ganlynol roedd y ddau ohonon ni wedi ymlacio mwy. Cymerodd yr arian a'i roi yn ei sach deithio. Synhwyrai fy rhyddhad a phrynodd beint i mi. Yn fy nhwpdra, cytunais. Dywedodd taw ei enw oedd Neil. Chwaraeon ni gêm o bŵl, ac wrth iddo adael edrychodd i fyw fy llygaid.

'Ma hi 'di bod yn bleser trafod busnes 'da chi, Prifathro,' meddai.

Er i mi deimlo'n ffŵl, roedd y teimlad o ryddhad yn enfawr. Pan gyrhaeddais adre synhwyrai Rachel ryw sioncrwydd ynof. Ro'n i wedi prynu potel o'i hoff win Ffrengig ac yfon ni'r botelaid a chael pryd tec-awê

Tsieineaidd. Er i ni garu'r noson honno a thrafod yn agos fel dau gymar am y tro cyntaf ers sbel, soniais i ddim am Neil. Sylweddolais y byddai'n rhaid i aberth y ddwy fil o bunnau aros yn gyfrinach am byth. Er bod gas gen i gadw pethau oddi wrth Rachel, y tro hwn doedd gen i ddim dewis. Ar hyd y blynyddoedd mae hi wedi dioddef yn achlysurol o *panic attacks*. Digwyddiadau cas sy'n peri iddi fynd yn fyr ei hanadl a weithiau bydd hyd yn oed yn llewygu.

Cafodd hi'r un mwyaf diweddar tua phum mlynedd 'nôl wrth weithio fel tywysydd yn yr adran 'Melinau Manceinion' yn yr Amgueddfa Gwyddoniaeth a Diwydiant. Roedd rhyw athrawes oedd yn edrych ar ôl grŵp go anystywallt o blant wedi dod lan ati gan ei holi am y broses o droi cotwm amrwd i mewn i'r darn gorffenedig o frethyn calico. Rhewodd Rachel, gan fethu dweud gair, er, wrth gwrs, ei bod hi'n arbenigwraig yn y maes ac wedi ateb sawl cwestiwn tebyg gannoedd o weithiau. Ceisiodd egluro i mi fod sŵn byddarol peiriannau'r felin wedi creu ofn ynddi dros dro. Cafodd bendro eithafol a llewygu yn y fan a'r lle. Er na chyfaddefodd hynny erioed, wy'n gwybod o'r gorau taw'r digwyddiad hwnnw oedd y sbardun iddi ymddeol yn gynnar.

Ond doedd hynny ddim yn golygu bod yn rhaid i minnau ymddeol hefyd. Do'n i ddim yn teimlo 'mod i'n dechrau ffaelu o gwbwl; o ran gwaith, ro'n i yn fy anterth. Pam na allai hi dderbyn hynny?

Y bore Sadwrn hwnnw, wrth i fi weini coffi a *croissants* i Rachel yn y gwely, fe ganodd ffôn y tŷ. Atebais y ffôn a chanfod llais Huw Bebb, cadeirydd y llywodraethwyr, yr ochr arall i'r lein. Dywedodd wrthyf am fynd ar YouTube ar unwaith ac edrych am 'head butts'. Ro'n i'n teimlo'n benysgafn wrth i mi droi fy iPad ymlaen. Gan synhwyro bod yna rywbeth mawr o'i le, ymunodd Rachel â mi wrth ymyl y ddesg fach ger y ffenest gron. Gwylion ni'n llawn arswyd wrth i'r digwyddiad yn yr arhosfan bws gael ei chwarae ar y sgrin.

Ysgydwodd Rachel ei phen a chau ei llygaid. Rhoddais innau fy mraich amdani ond fe'i gwthiodd i ffwrdd a dychwelyd i'r gwely.

'Y twpsyn dwl â ti. Shwt yffach wyt ti'n mynd i ddod o'r twll hyn, Roy? Beth ddiawl wyt ti'n mynd i ddweud?' gwaeddodd.

Ro'n nhw'n gwestiynau da. Doedd gen i ddim syniad.

Ffoniais Huw ac egluro bod Neil wedi ymyrryd ar Rachel. Doedd hynny ddim yn glir yn y darn ar YouTube o gwbwl.

'Alla i ddim amddiffyn beth wnes i, Huw. Ond ges i 'mhryfocio. Dyw e ddim mor ddu a gwyn ag y mae e'n ymddangos ar y fideo.'

'Esgusodion, esgusodion!' gwaeddodd Rachel o'r gwely.

Roedd Huw i'w glywed yn weddol dawel ei feddwl. Byddai'n trefnu cyfarfod llywodraethwyr brys ar gyfer nos Lun. Yn y cyfamser dylwn feddwl beth fyddwn i'n ei ddweud wrthynt fel amddiffyniad.

'Wy ddim moyn colli un o'r penaethiaid gorau yng Nghymru,' ychwanegodd, cyn cwpla'r alwad.

Fore trannoeth roedd yna erthygl dwy dudalen am y digwyddiad, ynghyd â lluniau o'r fideo YouTube, yn y *Wales on Sunday*. Roedd cyfweliad ecsgliwsif â'r person a recordiodd yr ymosodiad ar gamera, sef Edwin Coombes. 'Head uses head – butt it's wrong says pupil' oedd y pennawd cras.

Wrth gwrs, roedd y peth yn amlwg erbyn meddwl.

Set-yp fu'r cyfan! A minnau wedi syrthio i'w trap mewn ffordd mor chwithig o ufudd.

Soniodd Edwin na fu'n siŵr am sbel fach p'un ai i ryddhau'r fideo ai peidio, oherwydd roedd e wedi nabod ei brifathro ac yn pryderu y gallai'r ysgol ddial arno – ond ei gydwybod a orfu yn y diwedd. Dim sôn am wneud elw o ddwy fil gyda'i gyfaill, Neil. Nac ychwaith am ddial ar y dyn gafodd wared â'i ffrind, Ellis, o'r ysgol. Roedd e jest yn digwydd pasio'r arhosfan bws ar y pryd.

O leiaf roedd rhywbeth gen i nawr i roi sylfaen i'm hamddiffyniad. Doedd bosib na fyddai'r llywodraethwyr yn fy nghefnogi, a minnau'n amlwg wedi dioddef cynllwyn dieflig i ddial arnaf?

Er i Huw dreial ei orau, yr ateb oedd 'Na', a hwnnw'n 'Na' mewn llythrennau breision. Ar wahân i'r amgylchiadau a arweiniodd at yr ymosodiad, roedd fy ymddygiad, yn ôl y llywodraethwyr, yn anfaddeuol i rywun o'm safle. Cefais fy niarddel ar gyflog llawn, nes y byddai'r heddlu a'r ysgol yn cwblhau eu hymchwiliadau.

Doedd Rachel, erbyn hyn, yn fawr o help. Byddai'n goranadlu'n beryglus pan gâi'r pwnc anffodus ei drafod ac roedd hi'n gwrthod gadael y tŷ. Pan dorrodd y newyddion am fy ngwaharddiad o'r ysgol roedd hyd yn oed ambell ffotograffydd a llond dwrn o newyddiadurwyr yn yr ardd ffrynt. Roedd y Rachel fregus, druan, eisoes yn dwysfyfyrio am yr hyn oedd yn chwyrligwgan y tu mewn i 'mhen innau. Fydden i'n colli fy swydd? Fydden i'n gorfod mynd i'r carchar hyd yn oed?

Fy iachawdwr yn ystod y cyfnod anodd hwn oedd fy chwaer, Betsan. Ar y dydd Mawrth pan dorrodd y newyddion am fy ngwaharddiad ac y bu'r holl randibŵ ar y teledu a'r radio, fe alwodd i'm gweld. Addawodd wneud ei gorau glas ar fy rhan ond roedd yna un amod: sef, addo mynd i redeg gyda hi bob dydd. Mynnodd hi y byddai hynny'n gwneud i fi deimlo'n well ac roedd hi yn llygad ei lle. Gwnaeth hefyd ganfod cyfreithwraig benigamp i fi, sef ffrind iddi o'r enw Kirsty Machin.

Amlinellodd Kirsty yr opsiynau amrywiol oedd ar gael i mi. O'm rhan i, fe bwysleisiais bwysigrwydd cael ateb i'r broblem cyn gynted ag y bo modd, yn bennaf oherwydd iechyd Rachel, a oedd yn dirywio'n amlwg. Wedi i mi lofnodi datganiad yn swyddfa'r heddlu am y digwyddiad, cefais fy nghyhuddo'n ffurfiol o achosi niwed corfforol i Mr Neil Herbert. Gyda chymaint o dystiolaeth weledol yn fy erbyn teimlwn mai pledio'n euog fyddai orau.

Eglurais i Kirsty taw trap oedd fideo'r ymosodiad, cynllwyn i ddial ar brifathro, wedi'i gynllunio'n ofalus. Gwnaethon ni drafod y posibilrwydd o fynd ar ôl hyn yn fanwl, ond byddai hynny'n arafu'r broses yn aruthrol, a doedd gen i fawr o dystiolaeth bendant. Ymddangosai'r dystiolaeth yn *circumstantial* yn ôl y gyfraith. Gan gofio am y straen ar Rachel, penderfynais taw begian yn angerddol yn y cwrt fyddai'r dacteg orau, gan obeithio y byddai pawb yn medru dirnad annhegwch y sefyllfa. Roedd hi'n amlwg i unrhyw un call fy mod i wedi cael fy mhryfocio a bod yna 'amgylchiadau lliniarol difrifol', fel y galwodd Kirsty 'serious mitigating circumstances', tu ôl i'm hymateb treisgar.

Trafodais hyn oll â Betsan wrth i ni redeg ar hyd Lôn Taf.

'Os eith pethau'n flêr mae Kirsty'n meddwl falle gwnân nhw esiampl ohona i. Falle ga i garchar am flwyddyn, wedi'i gwtogi i wyth mis achos i fi bledio'n euog.'

Cadwodd Betsan yn dawel am sbel fach, gan

ganolbwyntio ar rythm ei rhedeg. Yna stopiodd am hoe fach ac yfed dŵr o'i photel.

'O'n i'n meddwl bod nhw'n treial cadw pobol mas o'r carchar y dyddie 'ma,' meddai hi.

'Alla i ddim mynd i'r carchar. Byddai hynny'n ormod i Rachel,' atebais, yn swnio'n ofnus.

'Beth yw'r senario gorau 'te?' gofynnodd Betsan.

'Os fydde pethau'n mynd yn weddol, falle gelen i ddirwy a Gorchymyn Cymunedol.'

'Gwna'n siŵr bod ti'n llefain,' meddai Betsan. 'Yn y cwrt, rhaid i ti ddangos bod ti'n difaru beth wnes di. Cynnig mynd ar gwrs *anger management* hefyd, falle.'

'Ma 'na'n syniad da,' atebais, gan helpu fy hun i ddracht o'i dŵr.

'Os gei di Orchymyn Cymunedol, beth fyddai hynny'n 'i olygu?'

'Mae'n amrywio, mae'n debyg. Allen i fod yn glanhau tai bach, neu gasglu sbwriel. Neu pe bawn i'n lwcus, gweithio mewn siop elusen falle.'

Fel mae'n digwydd, llwyddais i lefain yn gyhoeddus ac fe drodd fy lwc. Roedd fy ymddygiad dilychwin yn y gorffennol, o leiaf o ran y gyfraith, wedi bod o fantais fawr. Cefais fy nedfrydu i 80 awr o wasanaeth cymunedol ac i dalu dirwy o ddau gan punt. Llwyddais, dim ond jest, i atal gwên wrth edrych draw i gyfeiriad Neil Herbert yn y cwrt. Dyna bris dy drwyn di, boi bach, meddyliais. Yn werth bob ceiniog. A'r ddwy fil a wastraffais hefyd, o ran hynny.

Trefnwyd gwasanaeth cymunedol mewn siop elusen am bythefnos. Câi ei rhedeg gan ddwy fenyw yn eu saithdegau, sef Rose a Wendy. Roedd gan y ddwy ohonyn nhw wyrion yn Ysgol y Cefn ac ro'n nhw'n llawn cydymdeimlad.

Cedwais o'r neilltu, yn gweithio'n bennaf mewn ystafell yn y cefn, yn sortio dillad a llyfrau.

Dychwelodd y lliw i fochau Rachel. Gallwn fod 'nôl yn yr ysgol cyn bo hir.

Ond rhoddodd cyfarfod â Huw stop ar unrhyw ddyheadau i'r perwyl hwnnw.

'Wy wedi treial fy ngorau, Roy, ond wy'n ofan 'mod i mewn lleiafrif o un. Yr holl gyhoeddusrwydd gwael i'r ysgol yw e, twel. Y cyfaddawd ni'n gynnig i ti yw gwarantu pecyn pensiwn da iawn i ti, ac fe roia i eirda am dy wasanaeth gwych i ni hefyd, wrth gwrs. Wy'n siŵr caiff rhywun o dy allu di waith fel ymgynghorydd yn ddidrafferth.'

Teimlais rhyw drobwll o gynddaredd yn fy ymysgaroedd.

'Mae'n flin 'da fi, Roy, wir i ti,' meddai, gan roi ei law ar fy ysgwydd.

'Diolch am dreial, ta beth,' meddwn, gan ychwanegu o leiaf y byddai Rachel yn falch. 'Roedd hi moyn i fi ymddeol ers achau.'

Y noson honno cynlluniais damed o wyliau gyda Rachel. Roedd hi'n edrych wedi ymlacio'n llwyr. Hapus, hyd yn oed.

'Mae'n ddrwg 'da fi es i i bishys. Dylen i 'di bod yn fwy o help i ti. O'n i jest yn ffaelu wynebu...'

Yn sydyn dechreuodd lefain ac fe'i cofleidiais yn dyner wrth iddi wylo'n dawel yn fy mreichiau. Ar ôl ychydig llwyddodd i eistedd wrth fy ymyl o flaen y gliniadur. Mynnais ein bod ni'n mynd am frêc dros benwythnos yn syth ar ôl i fi gwpla yn y siop elusen. Wedi i ni fynd i sawl gwefan dewison ni Frwsel. Roedd y ddinas honno wedi creu cryn argraff ar rai o'n hen ffrindiau ym Manceinion yn ddiweddar.

Galwodd Betsan heibio i ddweud iddi fwcio hanner marathon i fi rywle ar gyfer dechrau'r haf. Roedd hi wedi cael cynnig blwyddyn o waith gan y BBC i lawr yn y Bae ar ryw gyfres i blant. Fyddai hi ddim yn gadael Cymru wedi'r cwbwl. Roedd hi wedi panico, 'na i gyd, meddai, yn teimlo'n isel gan na fu'n gweithio'n iawn ers blwyddyn bron. Y noson honno, ie, yn gwmws yr un noson, ces ddwy alwad ffôn gan hen gyd-weithwyr ym Manceinion yn cynnig gwaith i mi. Un fel ymgynghorydd mewn coleg chweched dosbarth ac un arall i lywio cyrsiau penwythnos i hyfforddi prifathrawon. Roedd y datblygiad hwn yn hwb enfawr, jest i wybod bod yna ddyfodol i fi tu fas i swyddfa gysegredig y prifathro. O'r diwedd teimlwn rhyw olau yn ymddangos ym mhen draw twnnel tywyll iawn.

Yna, ar fy niwrnod olaf yn y siop elusen, daeth tri gŵr ifanc i mewn, ill tri â'r union yr un wên smala ar eu hwynebau. Neil Herbert, Edwin Coombes ac Ellis Murray. Dechreuodd Ellis dynnu dillad oddi ar hangyrs, gan adael iddyn nhw gwympo. Edrychodd Rose yn syn a Wendy'n ofnus. Yna tynnodd Neil lyfrau oddi ar rai silffoedd a'u towlu ar lawr. Wedyn taflodd Edwin un o fygiau'r elusen yn erbyn wal 'yn ddamweiniol', gan ei chwalu'n deilchion. Edrychodd Rose a Wendy arnaf, a'r tri gŵr ifanc hefyd. Gwyddwn yn iawn beth ro'n nhw'n treial 'i wneud a theimlwn y lliw yn diflannu o'm hwyneb. Gwên Edwin oedd waethaf, ei drwyn wedi crychu, bron yn gwahodd ergyd, am eiliad yn darged *bullseye*. Clywais Rose yn dweud â llais awdurdodol, 'Ni ddim moyn unrhyw drwbwl fan hyn, siop elusen yw hi' a do'n i ddim yn siŵr ai siarad â nhw neu â fi oedd hi. Gwnes fy ngorau i gyfri i ddeg, ond methais fynd heibio i dri.

Ar ôl y weithred rhedais mas i'r Stryd Fawr. Rhedeg lan

y rhiw heibio'r hen gapel ac ar hyd y llwybr sy'n arwain i fyny'r Waun. Rhedeg lan y Waun, mor uchel nes bod 'da fi olygfa glir o Ysgol y Cefn. Ro'n i mas o anadl, ond daliais i redeg. Rhedeg a rhedeg. Rhedeg mas i'r mynydd agored. Rhedeg mas yn yr awyr iach. Rhedeg mas o esgusodion.

Afal Pwdr

BYDDAI LLINOS YN aml yn meddwl am ymennydd ei mam yn nhermau bwyd. Weithiau pwdin reis a hwnnw wedi dechrau heneiddio. Neu flodfresychen wedi llwydo. Ond yn amlach na pheidio, afal. Afal cnotiog, talpiog, anghyffredin. Rhywbeth iachus oedd wedi'i lygru. Wedi'i halogi.

Roedd hi'n dawel yn ofni'r dydd y byddai ei brawd, Dewi, yn cael ei ryddhau o'r carchar. Deuai ymlaen mor dda gyda'i thad, Elfed, gan geisio'i helpu i baratoi tocyn dechau, iachus o ginio i fynd gydag ef i'w waith. A hyd yn oed ceisio sbarduno rhyw ddiddordeb ynddo mewn coginio swperau blasus iddo ef ei hun. Ryseitiau digon syml o *Jamie's 30 Minute Meals* gan amlaf. Ei ffefryn oedd y 'Rib-eye Stir-fry with Dan Dan Noodles'. Ond roedd ei arferion ecsentrig yn dal ganddo. Mynnai gael saws brown HP gyda phob dim, hyd yn oed grefi. Ac roedd hi wedi sylwi'n ddiweddar bod ganddo ei botel dŵr poeth yn ei wely a hithau'n ganol Mehefin.

Yn groes i'r graen, derbyniodd fod Maesglas yn gartref i Dewi hefyd. Fel y dywedodd ei thad, byddai'n rhaid iddo fe ddod mas i rywle. At rywun. Ac roedd hi a Dewi wedi treulio eu bywydau cyfan yma, wrth ymyl Parc Singleton, lleoliad cyfleus i'w rhieni gan fod y ddau ohonynt yn gweithio yn yr ysbyty cyfagos.

Neu erbyn hyn, yn achos ei mam, 'wedi gweithio'.

Roedd yn anodd dod i arfer â'i gosod hi yn y gorffennol. Fel rhyw ochenaid fach yn ei phen. Doedd e ddim yn swnio'n iawn. Roedd y tŷ'n annioddefol o dawel hebddi. Nid bod Llinos yno rhyw lawer, er y byddai hi'n gwneud ymdrech ar ei diwrnodau rhydd. Llenwai'r tŷ ag arogl melys bara newydd ei bobi, a ffefryn ei mam, torth *walnut*. Byddai hefyd yn annog ei thad i goginio rhywbeth newydd o'i lyfr. Fel arfer, ac yntau'n borthor, byddai 'nôl adref erbyn pump.

Ceisiodd yn ddygn i beidio â chynhyrfu ei hun yn ormodol o glywed bod Dewi'n cael ei ryddhau. Yn ddwy ar hugain oed, daliai i fod yn frawd bach iddi â'i wyneb bachgennaidd yn cuddio'r bastard bach hunanol tu ôl i'r wên ddireidus. Yn ôl ei thad roedd wedi tyfu barf. Creodd ddarlun yn ei phen ohono'n pigo cwdyn bach o'i eiddo personol i fyny, â rhyw flewiach anghyfarwydd ar ei wyneb.

Dywedodd ei thad hefyd eu bod nhw wedi dechrau ei hyfforddi fel cogydd yn y carchar yn ystod ei chwe mis olaf. Allan, â'i draed yn rhydd ar ôl llai na dwy flynedd, am werthu cyffuriau – amffetaminau a chanabis yn bennaf – a'u cadw nhw yn ei feddiant. Canfuwyd dros dair mil o bunnau mewn arian parod dan ei wely. Roedd Llinos yn meddwl y dylid bod wedi'i gadw dan glo am gyfnod hirach, llawer hirach. Ond roedd carchar Abertawe yn orlawn yn ôl y sôn; yn wir, roedd yn enwog am ei fod bob amser wedi'i orlenwi. Er ei fod jest lawr yr hewl, thrafferthodd hi ddim ymweld â'i brawd bach.

Yn lle hynny, yn dilyn yr holl drafferthion yn ymwneud â Dewi, ymgollodd yn llwyr yn ei gwaith. Ar ôl cwblhau ei thystysgrif NVQ yng Nghaerfyrddin bu'n ffodus i gael gwaith fel cogydd dan hyfforddiant mewn *gastropub* y bu'n gweithio ynddo ar benwythnosau, lawr ar lan y môr. *Restaurant* oedd y Water's Edge neu, yn hytrach, *restaurant stroke wine bar.* Roedd yn gas gan y perchennog y gair 'pub' â'i ddelwedd Brydeinig, wrywaidd o yfed cwrw.

Bu'r Water's Edge mor boblogaidd nes aeth y perchnogion ati i ail-greu'r llwyddiant mewn tafarn arall yn y Mwmbwls. Câi ei rhedeg gan gynorthwyydd i'r perchennog – Ffrances fechan ond gwydn, yn hanu o La Rochelle. Roedd Marianne wedi dysgu Cymraeg ac wedi cwtsio Llinos dan ei hadain, gan fynnu ei bod hi'n rhannu ei hangerdd.

'Nid job yw bod yn gogydd. Dy fywyd di yw e, Llinos, rhaid i ti ddeall hynny, neu does dim pwynt i ti ddod gyda mi i helpu rhedeg y sioe. Fydd dim amser gyda ti i gael cariadon, *boyfriends*, hyd yn oed.'

Fel arfer byddai Llinos yn gwenu wrth glywed acen Ffrengig gref Marianne pan siaradai Gymraeg â hi, ond y tro hwn cuddiodd ei gwên ac amneidio'n ddwys a sidêt. Os oedd hi'n mynd i ennill parch Marianne yna roedd yn rhaid iddi gymryd ei swydd, yn wir ei bywyd cyfan, o ddifri.

Gwahoddwyd criw o ffrindiau a newyddiadurwyr am bryd o fwyd cyn noson agoriadol swyddogol y Lighthouse. Er bod lle amlwg i bysgod ar y fwydlen yn y Water's Edge a'r Lighthouse, rhoddwyd hefyd ddigon o ryddid i'r cogyddion ddatblygu eu prydau nodweddiadol eu hunain. Roedd gan Ewan, prif gogydd y Water's Edge, bryd o hagis syml ond hynod boblogaidd a hefyd gacen gaws wedi'i gosod ar fisged whisgi. Roedd gan Marianne bwdin arbennig iawn, sef cyfuniad amheuthun o fara lawr a *cognac* gyda *sorbet* eirin gwlanog. Ac roedd ei *risotto* madarch yn enwog ar hyd a lled Cymru. Bu'r ddwy noson agoriadol yn y Lighthouse, yr un answyddogol a'r un swyddogol, yn tu hwnt o lwyddiannus.

Roedd Llinos ar ben ei digon. Wedi dwlu ar *buzz* yr holl beth, yr her a'r safonau uchel – a Marianne yn mynnu bod pob dim yn berffaith. Yn goron ar y cyfan byddai llygadrythiadau Ffrengig Marianne. Byddent yn amrywio o atgasedd llwyr i edmygedd dwfn, weithiau'n newid o'r un eithaf i'r llall o fewn munudau. Peth digon anghyffredin oedd bod dwy fenyw yn brif gogyddion a byddai Marianne yn arfer dweud stori fach pan dynnai rhywun sylw at hynny.

'Yn yr hen ddyddiau byddai morwyr Ffrengig yn arfer galw'r ddau bigyn oddi ar y Mwmbwls yn "*mamelles*", y gair Ffrengig am fronnau. Dyna sut y cafodd y Mwmbwls ei enwi. Felly, yn ysbryd y lle ei hun, roedd yn amlwg y byddai'r Lighthouse yn cael ei redeg gan ddwy fenyw, ie? Dwi'n gweld Llinos a fi fel dwy fron, dau olau llachar, yn helpu pobol Abertawe a'r cylch i ganfod eu ffordd trwy... beth yw'r gair... trwy gors hyfryd o fwyd blasus,' meddai.

Byddai'r elfen fyrlymus hon yn Marianne yn atgoffa Llinos o'i mam, Jane. Yr egni diddiwedd, yr iaith dros ben llestri, y craffu croyw. Y ffordd y byddai hi'n tendio'i gardd o berlysiau mor ofalus yng nghefn y Lighthouse hefyd, mor fanwl â Jane yn gwarchod ei blodau a'i llysiau yng ngardd Maesglas.

Gadawsai ei mam yr ysgol yn un ar bymtheg oed a chael ei hyfforddi yn Adran Haematoleg yr ysbyty. Roedd hi'n falch o'r ffordd y byddai'n tynnu gwaed ei chleifion, heb iddyn nhw deimlo unrhyw beth, a hithau'n sgwrsio am ei gwyliau, ei phlant a'i deiets aflwyddiannus. Roedd hi'n dwlu ar eiriau. Dywedodd Elfed ei bod hi'n methu stopio siarad hyd yn oed ar y ffordd i gael llawdriniaeth, cyn iddyn nhw ei thawelu am byth.

Mewn gwrthgyferbyniad llwyr, gŵr yn ymgolli mewn tawelwch oedd Elfed. Efallai na chafodd fawr o gyfle i dorri gair yng nghwmni Jane, ond roedd mwy i'r peth na hynny. Arferai ddechrau brawddegau fel pe bai'n cychwyn ar siwrnai lafurus, gan stopio hanner ffordd trwyddi, a gwrid poenus yr olwg yn ymddangos ar ei wyneb. A hithau wedi hen arfer ag ef, byddai ei mam yn ddi-ffael yn cwblhau brawddegau ei thad, er mawr ryddhad i Elfed a phawb arall.

Yr unig eithriad fyddai pan oedd Cymru'n chwarae gêm o rygbi rhyngwladol. Ar yr adegau hynny byddai'n debyg iawn i'r cefnogwr enwog hwnnw ar YouTube, ond hyd yn oed yn fwy coch ei iaith, gan ddefnyddio pob 'ff' oedd ganddo mewn un prynhawn. Gwnâi hyn i Jane chwerthin nes bron â gwlychu ei hunan – yr unig adeg y byddai hi'n chwerthin lond ei bol yng ngŵydd ei gŵr. Er, roedd hi wedi dweud wrth Llinos yn ei pharti pen blwydd deunaw i Elfed fod yn dipyn o foi am greu syrpréis pan oedd e'n iau, gan synnu pobol â rhyw weithred annisgwyl. Fe ofynnodd i Jane ei briodi ar y trên 'nôl o Lundain, ar ei ben-glin yn y cerbyd bwffe, gan archebu'r siampên gorau wedi iddi dderbyn. Pan ofynnwyd iddo pam y gofynnodd iddi ei briodi ar drên dechreuodd egluro bod y lleoliad yn addas rywsut a hwythau'n cychwyn ar siwrnai gyda'i gilydd mewn bywyd. Efallai taw dyna a ddenodd ei mam ato, meddyliodd Llinos. Nid ei swildod, ond ei ddawn i weld pethau'n drosiadol.

Mynnodd Elfed fod Llinos yn cymryd diwrnod rhydd o'i gwaith ar gyfer y dydd pan gafodd Dewi ei ryddhau. Tretiodd e'r ddau ohonynt i ginio yn y Water's Edge, er bod y lle ychydig yn rhy ffansi a drud i'w ddant ef. Teimlai Llinos ychydig yn simsan wrth orfod arddel ei brawd mewn lle mor gyhoeddus, ond eto doedd dim angen iddi boeni. Bihafiodd Dewi fel sant, gan fwynhau'r hagis clasurol ar ei hargymhelliad hi. Daeth Ewan, y prif gogydd, allan i'w gweld a theimlo rheidrwydd i wneud sylw am agwedd hoffus ei brawd.

'If that's the black sheep, then everyone should have one,' sibrydodd yng nghlust Llinos wrth iddyn nhw ei throi hi tuag adref.

Roedd barf Dewi yn gwneud iddo edrych gryn dipyn yn hŷn a thybiai Llinos ei fod wedi aeddfedu rhywfaint yn ystod ei absenoldeb. Roedd e bellach yn golchi llestri, hyd yn oed hwfro a rhoi'r bagiau sbwriel allan. Pethau normal, bob dydd i'r rhelyw o bobol, ond pethau na fyddai wedi croesi meddwl Dewi cyn hyn. Yn ystod yr wythnos gyntaf honno fe wnaeth e hyd yn oed bobi cacennau, gan gynnwys *Victoria sponge* blasus iawn. Mae'n amlwg bod hyn wedi creu cryn argraff ar Elfed, ac fe anogodd Dewi i alw am beint yn y Lighthouse a chyflwyno'i hun i Marianne.

Ar y noson y daeth Dewi i'r Lighthouse digwyddodd cwpwl o bethau rhyfedd. Yn gyntaf, fe wnaeth un o selogion y lle, ffisiotherapydd benywaidd o'r enw Lyn a oedd yn adnabod ei mam, adael yn sydyn ar ganol ei Eton Mess wedi i Dewi ddod i mewn i'r adeilad. Fel arfer hoffai Lyn sefyll wrth y bar er mwyn canmol y cogyddion wrth iddyn nhw ddod allan o'r gegin. Yn ail, yfodd Dewi ddiodydd dialcohol trwy'r nos, gan aros yno tan yn hwyr, yn disgwyl i Llinos ei gyflwyno i Marianne. Er ei bod yn anfodlon, gwnaeth Llinos hynny, yn llawn nerfusrwydd.

Wedi i Dewi adael, o gwmpas hanner nos, cafodd

Llinos wydraid o *cognac* gyda Marianne yng ngwyll cegin y Lighthouse. Gan synhwyro bod Llinos ar bigau'r drain oherwydd presenoldeb ei brawd, gafaelodd Marianne yn dynn ond yn dyner yn ei llaw a chraffu arni â'i llygaid glas dengar.

'Dwi'n gwybod ei bod hi'n anodd i ti. Ond ma fe'n dal yn frawd i ti, ie? Ti'n ffaelu beio fe am byth.'

Dyna'r cyfan ddywedodd hi amdano. Roedd hi wedi dirnad yn reddfol beth oedd yn chwarae ar feddwl Llinos. Gyda chonsýrn ac anogaeth Marianne yn gefn iddi, fe benderfynodd Llinos geisio rhoi un cynnig arall i Dewi. Byddai hi'n gwrtais wrtho o leiaf, yn bennaf er mwyn ei thad.

Yn yr wythnosau wedyn sefydlwyd rhyw fath o batrwm. Byddai Elfed yn rhoi arian i Dewi brynu cynhwysion da o'r farchnad a byddai Dewi'n treulio'r rhan fwyaf o'r dydd yn paratoi eu swper. Byddai'n weddol anturus, gan baratoi amryw o sawsiau i fynd gyda'r cig a'r llysiau traddodiadol a hoffai ei dad. Saws caws i fynd gyda'r blodfresych, saws pupur hufennog i fynd gyda'r stecen *rib-eye* a'r nwdls, hyd yn oed grefi Chianti gyda'r golwythion cig oen. Ond byddai'r saws brown HP yn dal ar y ford hefyd, wrth gwrs.

Sylweddolodd Llinos fod Dewi'n ceisio efelychu ei diddordeb hi mewn coginio. Roedd e'n ceisio rhoi pwysau arni i roi help iddo ganfod swydd yn y Lighthouse, defnyddio'i dylanwad hi i'w gadw ar lwybr y cyfiawn. Fel arfer, pan deimlai hi rhyw bwysau fe daflai ei holl egni i'w gwaith. Prin y gwelodd hi ei brawd na'i thad.

Ond pan fyddai'n dychwelyd adref, gan amlaf o gwmpas un o'r gloch y bore, byddai'n sylwi ar smotiau o waed ar welydd gwynion cegin Maesglas. Gan feddwl taw staeniau cig amrwd oeddynt, ond yn rhy flinedig i dalu gormod o sylw iddyn nhw, byddai hi'n crasio mas ar ei gwely, heb egni i ddadwisgo na hyd yn oed i fynd dan y *duvet*.

O dipyn i beth aeth Dewi dan ei chroen. Ar wahân i'r ffaith iddo fod yn ffactor ym marwolaeth ei mam, roedd pethau bach am ei brawd yn dân ar ei chroen erbyn hyn hefyd – pâr o sanau drewllyd ar lawr y lolfa, tywel yn dripian dros y banister, bin sbwriel yn orlawn o ganiau cwrw a bocsys *pizza*. Bellach, roedd y coginio dyddiol wedi hen ddiflannu a'i brawd wedi dychwelyd i'w anian arferol o ddal dig pwdlyd yn erbyn y byd.

Wrth gwrs, gwyddai ei fod e'n ceisio gwneud iddi deimlo'n euog am beidio â'i helpu i gael swydd. Ond doedd e ddim yn llwyddo. Doedd hi ddim moyn i'w arferion bach cwrs, swta ymyrryd â'i bywyd hi. Roedd hi'n hapus yn y Lighthouse. Byddai presenoldeb ei brawd yno'n embaras.

Tua diwedd yr haf, a Dewi'n dal heb unrhyw arwydd o gael gafael ar swydd ac yntau dros ddau fis allan o'r carchar, daeth pethau i'r pen. Dychwelodd Llinos yn weddol hwyr fel arfer, gan gerdded trwy'r drws yn ddistaw bach ar flaenau'i thraed, rhag dihuno'i thad. Sylwodd ar olau yn y gegin yng nghefn y tŷ a gallai glywed sŵn taro o ryw fath, fel pe bai rhywbeth yn cael ei fwrw. Aeth trwyddo'n dawel i'r ystafell a gweld Dewi'n taro bwrdd bara plastig yn erbyn wal y gegin. Roedd hi'n amlwg iddo fod yn yfed, yn drwm yn ôl ei olwg.

Mae'n rhaid ei fod e wedi'i chlywed yn nesáu. 'Blydi pryfed yn hala fi'n nyts. Bastards brwnt,' meddai.

Nodiodd Llinos a sylwi ar dri staen gwaedlyd newydd ger yr oergell. Ciledrychodd Dewi arni. 'Ma nhw'n mynd i bobman. Sa i'n deall o ble maen nhw'n dod. Sneb arall yn sylwi arnyn nhw.'

'Ges di noson dda?' mentrodd Llinos yn ofalus.

'Gwrddes i â Joe am beint,' atebodd yn swrth.

Joe oedd swyddog prawf ac ôl-ofal Dewi. Gallai hyn fod yn addawol.

'O't ti'n gwybod bod dros filiwn dan bump ar hugain oed mas o waith ym Mhrydain?' gofynnodd yn ymosodol.

Nodiodd Llinos yn bwyllog, gan arllwys gwydred o sudd oren iddi'i hun. Synhwyrodd rhyw arogl melys ond cryf, fel pe bai'n dod o'r draen. Bu hi'n arllwys y glaw yn gynharach y noson honno.

'Beth yw'r gwynt 'na?'

'Wy'm yn gwybod,' meddai Dewi. 'Ma fe 'di bod 'ma am sbel, ond ma fe'n gwaethygu. Ma fe'n hala fi'n nyts. Ta beth, paid newid y pwnc. Wedodd Joe taw'r ffordd orau i fi gael jobyn, yr unig ffordd, yw i fi gael rhywun i helpu fi mas, i neud ffafr â fi. Rhywun fel ti, er enghraifft.'

Trodd i wynebu Llinos, gan becial yn uchel cyn gwenu'n gam.

'Wy wedi blino. Wy'n mynd i'r gwely. Nos da,' meddai hi.

Rhoddodd Llinos ei gwydryn gwag i lawr a'i throi hi tua'r grisiau, ond fel mellten roedd Dewi yn sefyll o'i blaen hi.

'Na. Ti ddim yn rhedeg bant tro 'ma. Ma ishe i ni drafod rhywbeth arall 'fyd. Sortio hyn mas yn iawn.'

Safodd Llinos yn stond heb ddweud gair.

'Smo fe'n iawn bod ti'n beio fi am diwmor Mam,' meddai.

'Nag yw e?' atebodd Llinos, yn ceisio peidio swnio'n rhy grac.

'Wrth gwrs nag yw e. Dyw pobol ddim yn galler achosi canser. Mae'n ddwl.'

'Wy 'di bod yn darllen stwff ar y we,' meddai Llinos yn

heriol, yn ymosodol mwyaf sydyn. 'Ma *stress* gwael yn gallu effeithio ar iechyd pobol mewn nifer o ffyrdd gwahanol. Ta beth, hyd yn oed os bydden i'n derbyn bod ti heb fod yn gyfrifol yn uniongyrchol, bydde hi'n bendant wedi mynd at y doctor ynghynt 'se hi heb fod mor glwm yn dy fywyd bach trist ti.'

Cafodd Llinos ei synnu wrth iddi sylwi ar lygaid Dewi'n llenwi, ond parhaodd â'i llith serch hynny.

'Roedd hi wedi cael pennau tost ofnadwy. Roedd ei golwg hi'n wael. Roedd hi'n meddwl taw achos ei bod hi'n becso amdano ti oedd e.'

'Na'th hi weud 'na?'

'Do.'

Er ei bod hi'n dywyll fel y fagddu tu fas, trodd Dewi ac edrych allan trwy'r ffenest tuag at ardd ei annwyl fam. Ni wyddai'r ffeithiau cystal â hi. Bod y tiwmor yn ei hymennydd, yr un maint â sosej fach, wedi datblygu ac yn ormod o risg i roi unrhyw lawdriniaeth iddi. Ond nid oedd ei mam yn medru derbyn ei thynged a defnyddiodd ei dylanwad o fewn yr ysbyty i gael triniaeth. Wafiodd ffarwél dewr i Llinos â gwên ar ei hwyneb wrth i'w gŵr, ar ei dymuniad hi, gychwyn ei gwthio i gyfeiriad y theatr. O fewn oriau roedd hi wedi marw. 'Complications' oedd y term a ddefnyddiwyd. Daeth Dewi i'r angladd, â swyddog carchar yn gwmni iddo.

Roedd yr arogl melys cryf yn dechrau aflonyddu ar Llinos. Ceisiodd ddilyn ei thrwyn, gan agor cwpwrdd ar y wal yn y gornel, ger y calendr tîm rygbi Cymru. Fe gynyddodd y gwynt cryf a dihangodd ychydig o bryfed ffrwythau allan i'r ystafell. Prin iawn y defnyddid y cwpwrdd hwn, un cyfleus ar gyfer cadw pob math o sothach. Ar y silff waelod sylwodd Llinos ar gwdyn archfarchnad. Agorodd hi'r bag a hedfanodd dwsinau o bryfed ffrwythau allan ohono. Curodd Dewi'i ddwylo mewn ffordd despret, fel rhyw ddawnsiwr Fflamenco manig, wrth geisio'u lladd. Yn y cwdyn roedd afal wedi duo, gyda phowdr llwyd ar ei gopa, gan wneud iddo ymdebygu i losgfynydd. Datglôdd Llinos y drws cefn ac agor un o'r bagiau sbwriel, gan drosglwyddo'r holl annibendod i mewn iddo ac yna clymu'r cwdyn du yn dynn mewn cwlwm dwbwl. Pan aeth hi 'nôl i'r tŷ agorodd hi'r ffenest i geisio cael gwared ar y drewdod.

Wrth iddi olchi ei dwylo yn y sinc daeth Dewi ati.

'Beth oedd e?'

'Afal wedi pydru. Yn un o'r bagiau y bydde Dad yn ei gymryd i'r gwaith i gario ei ginio.'

'Wel, o leia nethon ni ddatrys y broblem,' meddai Dewi, gan chwistrellu'r silff waelod â diheintydd Dettol.

Sychodd Llinos ei dwylo, yn falch o'r newid sylw, gan obeithio bod y tyndra blaenorol rhyngddynt wedi'i wasgaru.

Ond roedd hi'n anghywir. Daeth Dewi ati a sefyll yn agos iawn at ei hwyneb, gan edrych i fyw ei llygaid.

'Falle bod Mam yn becso am bethau eraill,' meddai, mewn rhyw oslef hollwybodus, hynod.

'Doedd dim ots 'da hi bod dim sboner 'da fi, os 'na beth ti'n feddwl.'

'Sa i'n sôn am 'na.'

'Beth 'te?'

'Falle bod hi'n teimlo'n euog.'

'Am beth?'

'Am gael affêr. Doedd hi ddim yn angel, Llinos. Roedd hi'n twyllo Dad.'

Ond cyn i Dewi gael cyfle i ymhelaethu, rhuthrodd Elfed i mewn o rywle yn ei byjamas a'i ddyrnu'n galed o dan ei ên.

'Paid ti â ffycin meiddio siarad am dy fam fel'na. Ti'n ffycin clywed fi? Wy moyn ti mas o'r tŷ 'ma cyn diwedd yr wythnos, y ffycin bastard pwdr!'

Daliodd Dewi ei ên, ond fe ddaliai i syllu hefyd, a chilwen fach smala ar ei wyneb. Edrychiad rhywun sy'n gwybod y gwir.

Gan ei bod yn becso am ei thad, aeth Llinos i gael cipolwg arno yn ei ystafell wely am chwech fore trannoeth. Roedd e'n cysgu'n sownd, yn mwytho ei botel dŵr poeth, ei wyneb fel cerflun llawn gwg.

Yn dilyn y noson honno aeth Dewi ar gyfeiliorn. Symudodd allan o Faesglas fore trannoeth, gan fynd i aros at ei 'ffrindiau' honedig, tan i'r Cyngor ganfod cartre parhaol iddo. Ond pharodd e ddim yn ddigon hir i wireddu hynny. Aeth yn ôl at ei hen griw, rhwydwaith o ddelwyr cyffuriau, a dilyn y rôl a wnâi cynt. Roeddent yn falch o'i groesawu 'nôl ac wedi bod yn poeni braidd ei fod am ddilyn rhyw lwybr o lendid wrth ymroi i bobi cacennau a phob dim arall.

Un bore daeth Llinos i mewn i'r gwaith a chanfod Marianne yn ei dagrau, yn ysgwyd mewn dicter. Roedd ei gardd berlysiau wedi'i dinistrio'n llwyr yn ystod y nos. Potiau wedi'u malurio: rhosmari, teim, coriander, mintys, persli, popeth wedi'i ddistrywio'n filain.

'Pwy allai fod wedi gwneud y fath beth?' meddai, drosodd a throsodd, gan ysgwyd ei phen.

Gan adnabod ei brawd dialgar roedd gan Llinos syniad go dda pwy oedd yn gyfrifol, ond cadwodd ei cheg ynghau.

Ymhen ychydig wythnosau roedd Dewi 'nôl yn y carchar. Fel *druggie* cydnabyddedig byddai'n cael ei wylio â llygaid barcud. Cafodd ei arestio a'i tsiarjo am fod â chyffuriau dosbarth A a B yn ei feddiant, y tro hwn gydag ecstasi a chocên wedi'u taflu i'r pair yn gwmni i'r fwydlen arferol. Er bod y carchar dan ei sang cafodd ei gadw yno ar *remand*. Y tro hwn aeth Llinos i ymweld ag ef. Cafodd ei synnu wrth ei weld mewn cystal hwyl.

'Wy'n gwybod nag wyt ti 'di dod i 'ngweld i achos bod ti'n poeni amdana i,' meddai, gyda rhyw olwg chwareus yn ei lygaid. 'Yr unig reswm ti 'ma yw bod ti moyn ffeindio mwy mas am affêr Mam, nage fe?'

Nodiodd Llinos. Doedd dim pwynt gwadu'r peth. Roedd e wedi bod yn chwarae ar ei meddwl hi ers iddo grybwyll y peth wrthi.

'Ti'n siŵr bo ti moyn gwybod?' gofynnodd, gan fynd yn annodweddiadol dadol mwyaf sydyn.

Nodiodd unwaith eto.

'Ti'n mynd i fod yn ypsét. Ond wy'n credu bod e'n well i bawb wybod y gwir. Glywes i hi'n siarad ar y ffôn un noson, jest cyn iddi fynd yn dost. Roedd hi'n siarad 'da rhywun o'r enw Lyn, yn dweud bod rhaid i'r peth gwpla, ei fod e'n ei gyrru hi'n wallgo, yn gwneud hi'n dost a bod rhaid i Lyn wrando arni.'

'Lyn?' meddai Llinos. 'Ti'n siŵr mai Lyn ddwedodd hi?'

Nodiodd Dewi. 'Wnes i hyd yn oed weld tecst. "Ma rhaid i hyn gwpla, Lyn, ma fe drosodd. Dyna sydd orau i ni i gyd."'

Mae'n rhaid bod Llinos wedi edrych yn bryderus, gan i Dewi afael yn ei llaw, rhywbeth nad oedd wedi'i wneud ers blynyddoedd.

'Paid meddwl llai o Mam. 'Na'r pwynt. Roedd hi wedi cwpla'r affêr. Falle wnaeth e ddim para'n hir, ta beth. Wy'n flin 'mod i wedi codi fe o gwbl nawr.'

'Na, gwnest ti'r peth iawn i ddweud wrtha i.'

Roedd Llinos yn dal i edrych yn syfrdan. Roedd hi'n meddwl am y cwsmer yn y Lighthouse. Lyn oedd ei henw hi. Fyddai ei mam wedi cael affêr gyda menyw arall? Mae pobol ddeurywiol yn llawer mwy cyffredin nag y mae pobol yn sylweddoli, meddyliodd, ei phen yn troi.

Camddehonglodd Dewi arwyddocâd aeliau crychog ei chwaer. 'A phaid poeni amdana i chwaith. Ma'n well 'da fi bethe mewn fan hyn. Wna i dreial eu cael nhw i adael i fi goginio eto, dysgu'r gwaith yn iawn. Ma trefn mewn fan hyn, a'r ddisgyblaeth yn neud lles i fi. Ma mwy o obaith i fi mewn fan hyn nag ar y tu fas, wir i ti.'

'Wna i alw i weld ti 'to,' mwmialodd Llinos yn lletchwith.

'Paid teimlo bod rhaid i ti. Bydda i'n iawn. Wir.'

Edrychai Dewi fel pe bai'n golygu pob gair a chododd Llinos gan ysgwyd ei law yn orffurfiol, fel pe bai newydd gwpla cyfweliad am swydd. Wrth iddo droi 'nôl am ei gell fe daflodd gusan tuag ati cyn codi ei law mewn rhyw fath o ystum herfeiddiol yn null saliwt y mudiad Black Power.

Y tro nesaf y daeth Lyn i'r Lighthouse ffeindiodd Llinos esgus i fynd i'r bar i'w gwylio. Brwnét gryno, heini'r olwg, â llygaid deniadol brown tywyll oedd hi, sylwodd Llinos, gan edrych arni am y tro cyntaf go iawn fel menyw. Gallai stori Dewi fod yn wir. Gallai ddychmygu'r ddwy ohonynt gyda'i gilydd yn iawn, yn hapus yng nghwmni ei gilydd.

Roedd hi'n ergyd anferth i Lyn hefyd, mae'n rhaid, i'w cholli mor sydyn.

Pan ddychwelodd Llinos i brysurdeb y gegin, ceisiodd ganolbwyntio ar y *crème brûlées* roedd hi'n eu paratoi ond allai hi ddim stopi meddwl am Lyn yn rhoi *massage* i'w mam. Y ddwy mewn ystafell wely mewn gwesty â welydd gwynion a *sheets* cotwm glân, meddal.

Gyda safonau mor uchel ni fyddai Llinos byth yn llosgi bwyd. Fodd bynnag, y noson honno fe losgodd hanner dwsin o'i *brûlées* wrth roi gormod o wres y fflam arnynt, a'i meddwl wedi crwydro i'r *sheets* cotwm gwyn. Yr un noson fe adawodd i ffiled benfras wedi'i ffrio mewn gwin gwyn gwympo ar y llawr. Roedd Marianne yn benwan cyn i Llinos gyfaddef nad oedd hi'n teimlo'n rhy dda. Gadawodd Marianne iddi fynd adref yn gynnar. Wrth adael, siaradodd â Lyn, a hithau'n hael ei chanmoliaeth am un o brydau arbennig yr wythnos – asennau porc mewn saws *anchovy*.

'Diolch,' meddai Llinos yn ofalus. 'Wy'n siŵr byddai Mam wedi lico hwnna hefyd. Roedd hi'n dwlu ar *anchovies*, unrhyw beth hallt.'

'Oedd, mi oedd hi. Mae gen i ryw gof o hynna.'

'Sut... ym... sut o'ch chi'n nabod Mam, yn gwmws? O'ch chi ddim yn gweithio gyda'ch gilydd, o'ch chi.'

'Nago'n, ond fe gwrddon ni sawl gwaith, yng nghlwb yr ysbyty ac yn y cantîn, wrth gwrs. Menyw hyfryd. Cymaint o egni. Ac yn ddoniol hefyd. Chi bownd o fod yn gweld ei cholli hi'n ofnadwy.'

Nodiodd Llinos, yn ysu i ofyn y gwir iddi, ond yn ymatal.

'Alla i brynu diod i chi?' gofynnodd Lyn.

'Na, wy wedi blino braidd, ond diolch. Nos da.'

Ond nid mynd adref wnaeth Llinos. Yn hytrach, aeth i glwb nos ar ei phen ei hun, rhywbeth na fyddai byth yn ei wneud. Bedair awr yn ddiweddarach roedd hi'n ymbalfalu'n swnllyd ag allwedd drws ffrynt Maesglas. O'r diwedd cyrhaeddodd y gegin a 'nôl gwydred o Benderyn, hoff whisgi ei thad. Ceisiai'n galed fagu'r hyder i ofyn iddo a wyddai am affêr ei mam. Roedd y fath gynddaredd a ddangosodd wrth fwrw Dewi mor annodweddiadol ohono.

Oedd Dewi wedi taro rhyw nerf frau? Calon y gwir? Mae'n rhaid ei fod e'n gwybod rhywbeth, does bosib. Neu o leiaf yn amau.

Cerddodd draw i'w hystafell wely a chlywed rhyw wylofain isel o gyfeiriad ystafell ei thad. Taflodd gipolwg ar ei wats. Deng munud i bedwar yn y bore. Rhaid bod ei thad yn dal ar ddihun, felly, os nad oedd e'n llefain yn ei gwsg. Roedd e'n sŵn mor annioddefol o drist fel y curodd Llinos ar ddrws ei ystafell.

'Dad? Chi'n iawn?'

Nid atebodd Elfed, ond parhaodd yr wylofain. A hithau fwy neu lai yn yr ystafell, gallai glywed sŵn sbrings y gwely yn gyfeiliant i'r llefain, fel pe bai e'n siglo'i hun 'nôl ac ymlaen. Agorodd Llinos y drws led y pen a mynd i mewn, ond prin y gwnaeth ei thad ei chydnabod. Edrychai'n frau ac yn fach, a siaced ei byjamas wedi'i chau i'r botwm uchaf. Roedd y lamp fach ar erchwyn y gwely yn dal ynghynn ac yntau'n siglo 'nôl ac ymlaen yn ei wely, fel plentyn pryderus, gan gwtsio'r botel dŵr poeth yn annwyl. Gwyliodd Llinos ef am rai eiliadau a sychu'r dagrau oddi ar ei fochau. Ar ôl cyfnod o dawelwch gofynnodd Llinos mor dyner ag y gallai a oedd e'n meddwl am ei mam.

Nodiodd, gan daflu cipolwg ar y botel dŵr poeth.

'Ma hi...' dechreuodd, cyn cyfeirio at y botel â'i lygaid.

'Ma hi tu fewn i'r botel dŵr poeth?' gofynnodd Llinos yn ddryslyd, gan orffen ei frawddeg iddo, yn gwmws fel y byddai ei mam yn arfer gwneud.

Nodiodd unwaith eto. 'Gadwes i beth ohoni...' straffaglodd.

Cafodd Jane ei chorfflosgi, a gwasgarwyd ei llwch mewn coedwig fach ym Mharc Singleton, lle byddai weithiau'n mynd i redeg. Ond roedd Elfed wedi cadw peth o'r llwch. Edrychodd Llinos ar ei thad yn dal ei afael ar ei mam, yn mwytho potel rwber werdd.

'O'ch chi'n ei charu hi lot. O'dd hi'n gwybod hynny,' meddai.

Nodiodd Elfed.

'Ac o'dd hi'n caru chi hefyd, Dad.'

'Wy'n gwybod,' meddai, yn nodio eto fyth. Yna'n sydyn ymsythodd yn y gwely, fel pe bai rhywun newydd gerdded mewn. Edrychodd yn syth at Llinos.

'Roedd hi'n haeddu gwell,' meddai.

'Y'ch chi'n becso am beth ddwedodd Dewi amdani?'

'Nag ydw, achos doedd e ddim yn wir... Chath hi ddim affêr gyda Lyn,' meddai, a'i lais yn crynu. 'Fi na'th hynny... Ac fe dorres i ei chalon hi.'

Ni chysgodd Llinos yr un llygedyn yn ystod gweddill y bore hwnnw. Roedd hi'n gweld ei thad mewn goleuni newydd nawr, o ongl hollol wahanol. Euogrwydd oedd yn bwyta ei enaid. Roedd wedi gorffen ei berthynas â Lyn wedi i Jane fynd yn sâl. Rai diwrnodau wedyn, a'r rheiny'n llawn seibiannau poenus o dawelwch rhyngddynt ym Maesglas, dywedodd Elfed ei fod e angen help Llinos. Roedd e am gael gwared â'r hyn oedd yn weddill o lwch ei mam. Cynigiodd Llinos ei wasgaru o gwmpas yr ardd ym Maesglas, llecyn a roesai oriau o bleser iddi. Nid oedd Elfed yn hoffi'r syniad hwnnw gan ei fod e'n rhy agos at yr aelwyd o lawer. Felly cytunwyd y dylid dychwelyd i'r man lle gwasgarwyd ei llwch yn y parc.

Wedi iddo arllwys y llwch o'r botel dŵr poeth ar brynhawn braf o Fedi, edrychai Elfed yn dawelach ei feddwl, er nad oedd wedi maddau iddo'i hun. Roedd yr euogrwydd yn ei fwyta'n fyw. Ceisiodd Llinos ei gorau glas i beidio â'i gasáu wrth feddwl am y boen a fyddai wedi chwyrlïo ym mhen ei mam yn ystod ei hwythnosau olaf, heb sôn am y brad. Cofiai'r wên ddewr wrth iddi wafio ffarwél am y tro olaf.

Roedd hi wedi pobi hoff fara ei mam y bore hwnnw, torth *walnut*, ac wedi dod â darnau ohono gyda hi i'w fwyta mewn tawelwch yn y parc. Roedd e'n blasu'n dda, yn ffres ac yn iachus yn ei cheg. Fe gymerodd Elfed hefyd dafell weddol fawr, gan fân bigo ar ei hochr fel aderyn. Roedd dau blentyn yn chwarae ar y siglenni yn y pellter, brawd a chwaer yn cael eu gwthio gan eu mam.

Elfed darfodd ar y tawelwch, gan syllu'n syth o'i flaen, er mwyn osgoi sylwi ar ymateb Llinos.

'Os ti moyn agor ffycin *restaurant*... wna i werthu'r ffycin tŷ. Wna i unrhyw ffycin peth... cael benthyciad... byddai dy fam mor ffycin browd ohonot ti... Wnewn ni fe, iawn? Ffycio Dewi... wnewn ni fe.'

Roedd e'n swnio mor despret. Yn becso ei fod e wedi colli ei ferch yn ogystal â'i wraig. Meddyliai Llinos am wên hyfryd Marianne. Edrychodd ar y ferch ifanc a'i brawd ar y siglenni, yn reidio'n uchel, yn chwerthin, yn teimlo gwefr syml yr awyr ar eu hwynebau wrth iddyn nhw gael eu gwthio'n uwch ac yn uwch gan eu mam. Roedd y bara *walnut* yn blasu fymryn yn felys, yn gwmws fel roedd hi'n lico fe.

Amser Maith yn Ôl

BYDDAI MALI WEDI bod yn ddigon bodlon treulio'r
Nadolig ar ei phen ei hun am y tro cyntaf yn ei
bywyd. Ond derbyniodd y gwahoddiad serch hynny.
Roedd ganddi hi a Megan bethau i'w trafod, pethau'n
ymwneud â'u tad.

Cafodd ei synnu gan y cynnig. Sylweddolodd Mali taw
ei merch, Lowri, fu'n gyfrifol, neu efallai hyd yn oed ei
mab, Rhys, er i Megan wadu hynny wrth gwrs. Gwyddai'r
ddwy chwaer na fyddai Megan byth wedi'i gwahodd hi o'i
gwirfodd.

Dychmygodd Mali'r sgwrs ffôn. 'Mae hi bron yn dair
blynedd nawr, Anti Megan, ers i Dadi farw. A chi'ch
dwy wedi cael blwyddyn galed, wrth golli Tad-cu. Mae'n
neud synnwyr i chi fod gyda'ch gilydd Nadolig, be chi'n
meddwl?'

A hithau'n graig o arian ac yn rhy ddiog i goginio,
mynnodd Megan y byddai'n tretio ei chwaer hŷn i ginio
Nadolig mewn gwesty crand cymharol newydd yng
nghanol Caerdydd. Yn nodweddiadol ohoni, gwthiai
ei harian dinesig i wyneb Mali. Roedd hi'n berchen tŷ
tri llawr yn un o'r hewlydd oddi ar Heol y Gadeirlan, y
morgais wedi'i hen dalu, ffrwyth 30 mlynedd o weithio
i gwmni hysbysebu. Yn wir, Megan oedd y Phillips yn
BrookBrownPhillips. Treuliasai 20 mlynedd yn Llundain
cyn sefydlu cangen lewyrchus o'r cwmni yng Nghaerdydd.

Roedd hi'n dal yn bennaeth ar y gangen a honno'n dal i fynd o nerth i nerth, doedd dim pwynt gwadu hynny.

Chwarae teg, doedd Megan ddim yn edrych fel gwraig 59 oed chwaith – pumdegau cynnar ar y mwyaf, meddyliodd Mali. Ni fu ei chwaer yn briod erioed ac nid oedd ganddi blant. Mali ei hun oedd yr un a gymerodd y llwybr honedig gonfensiynol hwnnw, dim ond i ddifaru weithiau. Ond dim ond weithiau, bron byth mewn gwirionedd. Yn ystod ei bywyd cynhaliodd Megan sawl affêr â dynion priod, ond gan barhau i fyw ar ei phen ei hun, gan amlaf â chath yn gwmni iddi. Siani, cath Siamaidd drahaus, oedd y ddiweddaraf.

Cysgodd Mali trwy gydol y dawel nos, wedi blino'n lân ar ôl ei siwrnai, er iddi ddal y trên o Gaerfyrddin. Bore Dolig fe gyfnewidion nhw anrhegion o flaen coeden artiffisial Megan. Roedd Mali wedi prynu llyfr ar Istanbwl iddi, oherwydd bod Megan wedi dangos awydd i fynd yno ar wyliau. Prynodd Megan set DVD o ddwy gyfres gyntaf y ddrama Americanaidd *Mad Men* i Mali. Cafodd Siani sawl anrheg gwahanol, o Super Cat Play Tunnel i Zoom Groom, sef brws arbennig i roi graen ar gathod. Rhoddodd hyd yn oed gloc Meowy Christmas iddi, er mai anrheg i Megan ei hun oedd hwnnw, mewn gwirionedd, gan nad oedd hyd yn oed y Siani ffroenuchel yn ddigon deheuig i drin cloc, does bosib.

Tretiodd Megan ei hun i gadair ysblennydd hefyd, un *designer* ddrudfawr. Rhywbeth a alwyd yn 'Him Chair' – cadair goch wedi'i llunio ar ffurf pen-ôl gwrywaidd, wedi'i gwneud o bolyethylen caled, sgleiniog. Teimlai Mali fod y gadair yn edrych braidd yn ddigywilydd ond wedi iddi eistedd arni, ar gais Megan, cyfaddefodd ei bod hi'n gyfforddus tu hwnt.

'Dyle hi fod yn gyfforddus hefyd, o ystyried y pris dales i,' atebodd Megan yn swta. Mae'n debyg iddi gostio dros bedwar can punt. Ni allai Mali ddychmygu gwario cymaint ar y fath gadair. Ymdrechodd yn galed i beidio casáu'r celficyn. Roedd hi'n fodlon cydnabod bod y bochau caled sgleiniog yng nghefn y gadair yn reit ddeniadol wedi iddi ddod yn gyfarwydd â nhw.

Hedfanodd y bore trwy ryw niwl o siampên, wyau wedi'u sgramblo ac eog wedi'i fygu. Yr unig asgwrn mewn ychydig iawn o gynnen oedd y ffaith na ddaeth Mali ag anrheg i Siani. Dechreuodd Mali hel atgofion am eu plentyndod ar y boreau Nadolig llawn cynnwrf a gawson nhw, dim ond i Megan roi taw arni, yn ddigon miniog ei thafod – 'O, plîs Mali, sdim angen yr holl hiraeth am Fryn Tirion, oes e. Ma fe amser maith yn ôl erbyn hyn.'

Gan fod y ddwy'n mynd i stwffio'u boliau trwy'r rhan fwyaf o'r dydd, awgrymodd Mali y dylen nhw gerdded trwy'r parc ar eu ffordd i ganol y ddinas. Nid oedd Megan wedi twymo at y syniad. Doedd yr esgidiau y dewisodd eu gwisgo am y dydd ddim yn addas. Roedd hynny'n wir, ond a oedd yn rhaid gwisgo sodlau mor uchel?

'Ac os bydd hi'n wyntog, neith fy ngwallt i sbwylio,' parhaodd Megan fel rhywun oedd yn gyfarwydd â chael ei ffordd. Gan synhwyro siom Mali, fe bwniodd hi ei chwaer yn chwareus yn ei hasennau. 'Er mwyn Duw, joia dy hunan am unwaith a rho dy draed lan. Fe dala i am dacsi, mae'n ddydd Nadolig! Ma ishe i Anti Mali ymlacio, 'yn does, Siani?' ychwanegodd, gan fwytho'r gath o dan ei gên, nes iddi gau'i llygaid mewn pleser llwyr.

'Wy'n lico cael wâc yn y parc, 'na i gyd,' meddai Mali, 'yn enwedig gan fod bach o'r eira yn dal ar lawr.'

Teimlodd Mali rhyw wayw sydyn yng nghawell ei

hasennau lle'r oedd Megan newydd ei phwnio. Roedd Megan wedi bod yn un am gyffwrdd erioed, meddyliodd. Yn enwedig pan fyddai'r brodyr Roberts drws nesaf yn galw draw. Byddai'n reslo â nhw ar y llawr heb boeni dim. Efallai nad oedd hi cweit yn tomboi, ond yn bendant wnâi hi ddim dala 'nôl ac roedd hi ymhell o fod yn swil. Oedd, ymhell o fod yn swil.

Y noson y bu eu tad farw daeth Megan i'r hosbis wedi gwisgo fel Audrey Hepburn yn *Breakfast at Tiffany's*. Roedd wedi rhuthro o noson elusennol ar thema'r pumdegau a'r chwedegau, â'i gwynt yn ei dwrn. Talodd am dacsi bob cam o Gaerdydd i gyrion Caerfyrddin er mwyn bod wrth wely angau ei thad. Roedd wedi'i gusanu, gan adael marc minlliw coch ar ei foch suddedig. Bu farw eu tad am ddeng munud i dri'r bore ac arhosodd y ddwy ar eu traed trwy'r nos gan daflu geiriau lloerig at ei gilydd fel cerrig.

Roedd y gwesty'n ddymunol iawn, yn llawn staff cyfeillgar, parod iawn eu cymwynas, a chwsmeriaid hyd yn oed hapusach. Ymunodd Mali yn ysbryd yr achlysur, gan wisgo het liwgar ddwl a thynnu cracyrs Dolig yn awchus. Sut na allai rhywun fwynhau'r fath ysbleddach, wedi'i hamgylchynu gan blant yn gwenu, balŵns a phobol amrywiol â'r fath lawenydd ar eu hwynebau? Mae'n debyg bod yna bêl-droediwr enwog â'i deulu ifanc rhyw dair bord oddi wrthyn nhw – gŵr croenddu, golygus oedd yn chwarae i dîm Caerdydd. Roedd Megan yn argyhoeddedig ei bod hi wedi gweld y brwnét drawiadol a eisteddai wrth un o'r bordydd yn y gornel rywle o'r blaen hefyd. Actores o bosib.

Mwynhaodd Mali ei chawl pannas wedi'u rhostio ac roedd hi hanner ffordd trwy'r twrci traddodiadol â'r trimins i gyd pan sylwodd fod y ddau ddyn ar y ford nesaf atyn nhw'n dadlau â'i gilydd. Neu, yn hytrach, roedd yr ieuengaf o'r ddau, y mab o bosib, yn codi ei lais ar y gŵr hŷn, gŵr bonheddig yr olwg yn ei saithdegau a wisgai *blazer* smart, glas tywyll. Roedd y gŵr ifanc, o bosib yn ei dridegau hwyr, yn writgoch ei olwg, yn amlwg wedi yfed gormod. Nid oedd unrhyw esboniad arall am y fath ffrwydrad geiriol.

'Dyw e byth yn iawn, yw e? Beth bynnag wna i. Wastad yr un blydi peth 'da chi!' meddai'n haerllug.

Cododd Megan ei haeliau'n chwareus, gan ddal llygaid Mali, yn amlwg wedi'i difyrru gan y fath osodiad.

'Chi'n gwybod beth?' meddai, hyd yn oed yn uwch nawr. 'Pam na wnewch chi jest ei siapio hi a marw? Fel 'mod i'n gallu cael car newydd, gwell!'

Yn sydyn, ond yn bwyllog fwriadol, pwysodd y gŵr hŷn ar draws y ford a phinsio'r gŵr ifanc yn ei wddwg.

'Aw!' meddai hwnnw, gan edrych yn syfrdan. Yn sydyn roedd ei lygaid wedi llenwi â dagrau a chododd oddi wrth y bwrdd, gan wthio'i gadair 'nôl yn bwdlyd cyn brasgamu allan o'r bwyty. Arllwysodd y gŵr hŷn fwy o win iddo'i hun yn ddigynnwrf a pharhau â'i bryd yn dawel, fel pe na bai dim wedi digwydd.

Daeth gweinyddes ato a gofyn a oedd popeth yn iawn.

'Ydy, diolch,' meddai, gan wenu arni. 'Er hidiwn i ddim cael ychydig mwy o refi, os yw 'na'n iawn,' ychwanegodd.

'Wrth gwrs, syr.'

Synnodd Mali braidd o glywed y Gymraeg yn cael ei defnyddio mor naturiol mewn gwesty yng nghanol y brifddinas. Fedrai hi ddim peidio teimlo rhyw dosturi dros y gŵr, yn bwyta ar ei ben ei hun erbyn hyn ar Ddydd

Nadolig. Mae'n rhaid ei fod wedi sylwi arni'n syllu arno. O fewn dim edrychodd draw at Mali.

'Mae'n ddrwg 'da fi am fy mab,' meddai'n dawel ond yn rhyfeddol o eglur. 'Wy'n ofni 'i fod e wedi'i ddifetha'n llwyr.'

'Mae'n oreit,' atebodd Mali, gan wenu mewn ymgais i godi ei galon.

'Fyddai Nadolig ddim yn Nadolig heb ryw ffrae deuluol,' oedd cyfraniad Megan.

Nododd Mali nad oedd yr hen ŵr wedi gwenu ar sylw ei chwaer. I'r gwrthwyneb, edrychai'n bryderus.

Fel mae'n digwydd, daethai'r difyrrwch hwnnw ar adeg ffodus. Gallai Mali synhwyro bod ei sgwrs hi a Megan yn dechrau dirwyn i ben. O gofio hanes Megan â gwin coch, byddai hi'n sicr o godi rhyw bynciau dadleuol, lletchwith cyn hir, jest er mwyn cael dadl. Trafod iselder Mali, er enghraifft, a gawsai wedi iddi golli ei gŵr, Gareth, mor ddisymwth, neu'r cwrs hypnotherapi a gymerodd Mali er mwyn ceisio ei wrthsefyll. Dyna'r peth olaf roedd Mali am ei drafod ar hyn o bryd, yn enwedig mewn lle mor gyhoeddus. Roedden nhw'n siŵr o ffraeo amdano, yn gwmws yr un peth â'r tro diwethaf.

Felly, trwy gydol eu pwdin Dolig bu'r ddwy'n gwrando ar eu cyd-giniäwr yn rhestru'r trafferthion niferus a gawsai gyda'i fab. Roedd Tom yn 75 sionc iawn, ac er iddo gael ei godi fel aelod o'r Cymry yn Llundain mae'n amlwg y cawsai fagwraeth go lom – yn wir, mor dlawd nes iddo orfod gwisgo esgidiau o gardfwrdd a bwyta brechdanau siwgr ar un cyfnod. Yn raddol fodd bynnag, gyda threigl amser, magodd yr hyder i feithrin busnesau bach ei hun. Wedi iddo helpu ar stondin ym marchnad enwog Petticoat Lane yn gwerthu rygiau aeth i werthu carpedi yn frwdfrydig. Yn y diwedd roedd yn berchen ar bedair ffatri, gan gyflogi dros dri chant o bobol.

'Camgymeriad oedd ymddeol y llynedd,' meddai, gan symud ei dafod i ochr ei geg mewn ymdrech i ryddhau darn o gneuen *pistachio* o'r stwffin a oedd yn sownd rhwng ei ddannedd. 'A chamgymeriad mwy fyth oedd neud Matthew yn fos. O'n i'n meddwl y byddai ychydig bach o gyfrifoldeb yn neud dyn ohono fe.'

'Weithiodd e ddim,' meddai Megan mewn goslef llawn cydymdeimlad wrth ei weld yn ysgwyd ei ben.

'A dweud y gwir, o'n i'n becso am hynny o'r dechrau. Sdim clem 'dag e wrth drafod pobol. Ddylen i byth 'di hala fe i ysgol fonedd. Ond chi'n meddwl ar y pryd eich bod chi eisiau'r gorau i'ch plant, rhywbeth na chawsoch chi'r cyfle i'w gael. Nid 'mod i'n lladd ar yr addysg gafodd e yno. Na, oedd e'n dda. Ond dwi ddim yn credu y byddai Matthew mor drahaus 'se fe wedi cymysgu bach mwy 'da… wel, rhychwant ehangach o bobol. O'n i'n dal i frwsio llawr y ffatri, ymuno â'r staff i gael te deg, hyd y diwedd. 'Na'r rhan orau o'r gwaith i fi, y bobol. Ma fe'n bwysig. Ond sdim diddordeb 'da Matthew.'

'Ody e'n iawn? Ble aeth e?' gofynnodd Megan.

'Bydd e'n oreit. Wedi mynd i orwedd yn ei stafell, siŵr o fod. Ma fe 'di llogi stafell yma am y noson, er 'mod i'n byw jest lan yr hewl.'

Cyfnewidiodd Megan a Tom eu cyfeiriadau a sylweddolodd y ddau eu bod nhw'n byw lai na thri munud o dai ei gilydd. Wrth i Megan ddangos amryw o luniau o'i chadair newydd iddo ar ei iPhone aeth meddwl Mali i grwydro braidd. Dyna ryfedd, meddyliodd, bod dau berson yn medru byw mor agos at ei gilydd ac eto ddim yn nabod ei gilydd o gwbl. Efallai nad oedd hynny mor rhyfedd mewn dinas. Allai hi ddim dychmygu'r peth yn digwydd yn Nantyfelin, y pentref lle y treuliasai oes gyfan, bum milltir i'r gogledd o Gaerfyrddin. Ymfalchïodd ym mro ei mebyd, yr ymdeimlad cryf o gymuned a gwreiddiau.

Atgoffodd hynny hi unwaith eto gymaint roedd hi'n gweld eisiau Gareth. Roedd 62 yn llawer rhy ifanc, yn enwedig y dyddiau hyn. Dyna fyddai pawb yn ei ddweud wrthi. A nawr roedd hi'n 62 ei hunan. Wrth iddi rhyw hanner gwrando ar Tom yn holi Megan am ei gwaith, gwenodd. Arferai Gareth ddweud wrth ddieithriaid ar wyliau tramor eu bod nhw ill dau 'in the delivery business'. Roedd Mali'n fydwraig ac yntau'n bostmon – postmon oedd yn hoff o ganu cerddoriaeth glasurol. A golff. Dysgodd ei hun i ganu'r piano hefyd. 'Ambell donc fach syml' y byddai'n galw'r darnau, fel 'Largo' Handel, a gawsai ei chwarae yn ei angladd. Roedd y capel yn orlawn.

'Mali?' meddai Megan, bron yn gweiddi, gan edrych yn frwnt arni, fel pe bai wedi peri embaras i'w chwaer.

'Beth?' meddai Mali'n ddiniwed.

'O'n i jest yn awgrymu falle dylen ni fynd i'r lolfa, i gael ein coffi a'n mins peis wrth y tân, gyda Tom.'

'Ie, syniad da,' meddai Mali, gan ychwanegu gwên fach ymddiheurol.

O flaen tanllwyth o dân trawiadol parhaodd Megan i falu awyr am ei gwaith a'r gwobrwyon mynych a roddwyd i'w chwmni dros y blynyddoedd. Tiwn gron roedd Mali wedi'i chlywed hyd syrffed.

'Wy'n gweld. Ry'ch chi'n gwerthu breuddwydion,' meddai Tom yn chwareus.

'Ac yn falch o hynny hefyd,' atebodd Megan yn hy. Yna, gan daflu cipolwg ar Mali, dywedodd fod angen breuddwydion, rhyw lefel o rith, ar bawb. 'Wy wastad wedi meddwl bod yna ormod o bwyslais o lawer wedi'i roi i'r gwir,' ychwanegodd.

Chwarddodd Tom ac yna aeth Megan dros ben llestri braidd yn ei hymateb swnllyd wedi iddi ganfod iddi fod yn gyfrifol am ymgyrch hysbysebu un o brif gystadleuwyr busnes Tom am flynyddoedd, sef Allied Carpets. Roedd hi'n clwcian chwerthin, gan feddwl bod hyn yn tu hwnt o ddigri, am ryw reswm. Penderfynodd Mali darfu arni.

'Gobeithio sdim gwahaniaeth gyda chi 'mod i'n gofyn, ond o'n i'n ffaelu peidio sylwi i chi gydio yng ngwddwg Matthew.'

Amneidiodd Tom fel rhyw ddoethwr hynafol.

'Hen dric ddysges i yn ystod fy ngwasanaeth milwrol yn Hong Kong. Rhaid i chi binsio man penodol, er mwyn amharu ar y nerf. Allith e fod yn boenus iawn.'

'Ond effeithiol,' meddai Mali, ychydig yn rhy frwd.

'Wy ddim yn deall pam gaethon nhw wared ar wasanaeth milwrol. Wnaeth e lot o les i fi, rhaid cyfadde,' meddai Tom.

Sylwodd ar yr edrychiad lletchwith rhwng y ddwy chwaer.

'Mae'n ddrwg gen i. Wnes i ddweud rhywbeth o'i le?'

'Na, dim o gwbl,' meddai Megan, yn amlwg am newid y pwnc. Ond torrodd Mali ar ei thraws cyn iddi gael cyfle.

'Roedd ein tad ni'n garcharor rhyfel yn Siapan,' meddai'n nerfus.

'A!' meddai Tom.

Aeth ychydig eiliadau heibio wrth i'r tri ohonynt syllu i'r tân, eu bochau'n goch o embaras ac alcohol yn ogystal â'r gwres.

'Wnaeth e sôn am ei brofiadau o gwbl?' gofynnodd Tom o'r diwedd.

'Erioed,' meddai Megan, â therfynoldeb drws yn cau'n glep.

Nid oedd hynny'n hollol gywir. Soniodd am Changi, er enghraifft, y carchar drwgenwog lle caethiwyd ef, a'i fod wedi cael sawl crasfa gas yno. Bu bron iddo lwgu i farwolaeth yno hefyd. Os byddai'n sôn amdano o gwbl, yna ar Sul y Cofio y byddai hynny. Yr unig adeg o'r flwyddyn y byddai'n meddwi mor wael nes na allai sefyll ar ei draed. 'Cofio?' byddai'n dweud, a'i dafod yn dew a marc cwestiwn wedi'i wau'n wgllyd ar ei dalcen. 'Wy'n treial fy ngorau i anghofio.' Am weddill y flwyddyn roedd yn ddyn tyner, yn ŵr bonheddig – saer coed wrth ei alwedigaeth. Wedi iddo golli ei wraig cafodd flynyddoedd pleserus yn tendio'i alotment yn llawn gofal a chariad, reit at yr adeg pan ddechreuodd y canser ymosod arno yn ystod yr haf.

Gan ei bod hi'n dal yn olau awgrymodd Tom y dylent gerdded adref trwy'r parc. Cydsyniodd Megan yn syth, gan ddatgan ei fod yn syniad gwych.

'Ond dyw dy sgidiau di ddim yn addas, y'n nhw, Megan?' holodd Mali'n bigog.

'Os awn ni'n weddol araf wy'n siŵr bydda i'n iawn,' atebodd ei chwaer, gan ychwanegu y gallai Tom alw ar y ffordd i weld ei chadair newydd a chwrdd â Siani.

Mae'n debyg y byddai Tom yn mynd i loncian yn y parc o leiaf ddwywaith yr wythnos, ac yn dal i redeg hanner marathon o bryd i'w gilydd. Dywedodd Mali fod Gareth wedi rhedeg ambell hanner marathon hefyd, yn ei bumdegau.

'Ond golff oedd ei ddiléit mawr e, nage fe?' meddai Megan, ychydig yn finiog.

'Ie. Golles i fe dair blynedd i'r Chwefror sy'n dod. Ar y deuddegfed twll. Trawiad,' meddai Mali, fel pe bai hi'n dal i geisio dyfalu sut gallai rhywun mor heini gwympo'n farw mor ddisymwth.

'O, mae'n ddrwg gen i glywed hynna,' meddai Tom yn ddiffuant.

'Ie, wir, mae Mali'n rhy ifanc i fod yn widw.'

Roedd yn gas gan Mali'r gair. Cynyddwyd ei dicter wrth iddi sylweddoli bod Megan yn gwybod yn iawn ei bod yn casáu'r gair.

Yna, wrth iddi deimlo ton o gynddaredd yn casglu y tu fewn iddi, yn sydyn daeth ci mawr, bleiddgi Gwyddelig, allan o'r coed, gan garlamu ar hyd eu llwybr. Yn ei ddilyn, â'i wynt yn ei ddwrn, roedd ei berchennog, lonciwr ifanc tal â llond ei gopa o wallt coch cyrliog. Wrth barhau i redeg ar ei ôl, ymddiheurodd yn frysiog am wylltineb y bleiddgi brwd. Yn anffodus, fe daflwyd Tom oddi ar ei echel, yn llythrennol felly, gan iddo lithro yn ystod y digwyddiad. Diolch i'r drefn, fe wnaeth y llwyni gerllaw leddfu rhywfaint ar ei gwymp. Helpodd Megan ef i'w draed, gan fynd yn hollol thespaidd mwyaf sydyn.

'O Tom, y'ch chi'n iawn? Roedd hynna'n ofnadwy. Chi heb dorri dim byd, do fe?'

'Na, wy'n iawn, diolch. Yn diodde o embaras mwy na dim byd arall.'

'Dyle ci mawr fel'na fod yn sownd wrth dennyn yn y parc,' meddai Megan yn grac.

'Roedd e'n dipyn o gi, whare teg. Cofiwch, wy ddim yn siŵr pwy oedd yn mynd â phwy am wâc chwaith!' meddai Tom, gan dacluso'i hunan yn dilyn ei gwymp, ac yn amlwg yn llawn rhyddhad na chawsai unrhyw niwed difrifol.

Mynnodd Megan, fodd bynnag, bod Tom wedi cael cryn ysgytwad a taw'r unig beth a allai ei wella oedd brandi mawr yn ei thŷ hi. Fel arfer, cafodd Megan ei dymuniad a chyn pen dim roedd hi'n fflyrtan yn ddigywilydd gyda Tom druan, yn tynnu lluniau ohono o nifer o onglau gwahanol ar ei iPhone tra eisteddai ef ar ei chadair goch ysblennydd. Roedd ymddangosiad y dieithryn wedi drysu Siani, a hithau'n amlwg fel petai'n gas ganddi'r sylw roedd Tom yn ei dderbyn. Yn wir, neidiai i'w gôl bob cyfle a gâi, gan fewian ei gwrthwynebiad, er mawr ddryswch i Tom.

Er mwyn tynnu'r sylw oddi arno'i hunan holodd Tom nifer o gwestiynau i Mali: Beth oedd ei swydd? Sut ddyn oedd ei gŵr? Oedd ganddi blant?

Megan atebodd Tom am waith Mali a Gareth. Aeth yn ei blaen i sôn fod y ddau blentyn, oedolion erbyn hyn, dramor ar wyliau sgio gyda'u partneriaid. Roedd y ddau ohonyn nhw'n gweithio i'r awdurdod lleol, Rhys yn dirfesurydd a Lowri'n athrawes.

'Erbyn meddwl, roedd y pedwar ohonyn nhw'n gweithio yn y sector gyhoeddus. Ond dyna ni, dyna Gymru i chi, gwaetha'r modd, Tom. Yn orddibynnol ar arian pobol eraill. Arian chi a fi, os meddyliwch chi am y peth.'

Dylyfodd Mali ei gên yn fwriadol rodresgar. 'Dyna'i darn adrodd arferol,' meddai. 'Bod angen mwy o bobol fel Megan ar Gymru, pobol sy'n creu eu busnesau eu hunain.'

'Ie!' meddai Megan, yn ei helfen nawr, yn taflu'r brandi i lawr y lôn goch. 'Pobol o'r sector breifat. Fel Tom fan hyn. *Entrepreneurs*. Rhywun â bach o fynd.'

Fel pe bai wedi derbyn ciw ar lwyfan, penderfynodd Tom godi ar ei draed a gadael. Heb yfed diferyn ohono, rhoddodd ei frandi ar y bwrdd ac ysgwyd llaw yn gadarn â Mali a Megan.

'Mae hi wedi bod yn bleser eich cyfarfod chi, ond rhaid

i mi ei throi hi, gwaetha'r modd. Nadolig Llawen iawn i chi'ch dwy. Ac i tithau hefyd, Siani!'

Hebryngodd Megan a Siani Tom i'r drws ffrynt. Pan ddychwelodd i'r lolfa roedd wyneb Megan yn sarrug a synhwyrai Mali fod storm emosiynol ar fin torri. Helpodd Mali ei hunan i wydred o frandi wrth y ford, yn y gobaith y byddai'n ysgogi'r dewrder roedd ei angen arni i barhau â'r gorchwyl anodd oedd yn ei wynebu, sef pwrpas ei hymweliad â Chaerdydd.

'Dere 'mlaen 'te,' meddai Megan, gan arllwys mwy fyth o frandi iddi'i hunan. 'Pryd wyt ti'n mynd i ddechrau ar dy ffantasi am Dadi'n cyffwrdd ynddot ti? Dere i ni gael e mas o'r ffordd, fel bod Siani a finnau o leia yn gallu mwynhau gweddill y dydd.'

Yn ystod ei chwrs hypnotherapi aeth Mali 'nôl mewn amser i'r cyfnod pan oedd yn dair neu bedair oed. Syfrdanwyd hi wrth iddi ganfod rhyw frith gof bod ei thad wedi bod yn ei chyffwrdd mewn modd anaddas. Byddai hi'n aml yn cysgu yng ngwely ei rhieni, gan fod arni ofn y tywyllwch, neu'n fwy penodol y cysgodion yn y tywyllwch, silwetau dychrynllyd yn llawn arswyd. Byddai'r naill a'r llall o'i rhieni yn rhoi cwtsh cynnes, cariadus iddi. Teimlai'n hollol glyd yno, yn niogelwch ynys enfawr o gotwm a chymalau claerwyn a chyhyrau anferth a chnawd.

Adeg cael bath oedd y broblem. Roedd hi'n bur anghyffredin yr adeg honno, yn ystod y pumdegau cynnar, i dad olchi ei ferched, yn enwedig mewn lle fel Nantyfelin. Pendronodd Mali nes iddo roi pen tost iddi a oedd ei thad yn chwilio am dynerwch, am gariad y ddynoliaeth gyffredin, yn dilyn ei brofiadau erchyll yn ystod y rhyfel.

Na, mae'n rhaid ei fod e'n gwybod bod bai arno fe. Bai mawr.

Heriodd Mali ef ar ei wely angau, wedi blino ar y tawelwch.

'Ei eiriau olaf i fi, cyn i ti gyrraedd wedi gwisgo fel *film star*, oedd, "Maddau i mi,"' meddai Mali yn ddigynnwrf, gan gicio'r gath i ffwrdd o'i fferau o dan y ford.

'Gallai fod yn ymddiheuro am unrhyw beth!' gwichiodd Megan.

Aeth Mali yn ei blaen, gan fagu mwy o blwc. 'Gofynnes iddo fe oedd gydag e rywbeth i'w ddweud amdana i pan o'n i'n groten fach.'

'Rhag dy gywilydd di, cynhyrfu Dadi fel'na, yn ei oriau olaf!' gwaeddodd Megan, wedi gwylltio'n lân.

Roedd Siani'n mewian erbyn hyn, ddim yn gyfarwydd â gweld ei pherchnoges mor gynddeiriog. Gollyngodd Megan hi allan i'r ardd gefn trwy ddrws y bac. Dychwelodd i eistedd wrth y bwrdd, wrth ymyl Mali, yn anadlu'n drwm ac yn ceisio'n galed i gael gafael ar fymryn o hunanreolaeth.

'Ma fe'n ffantasi digon cyffredin. Ma merched bach yn addoli eu tadau. Tric yn y meddwl yw e. Sdim byd o'i le ar ffantasïau. Ma celwydd yn aml yn gallu rhoi cysur,' meddai, gan syllu'n syth o'i blaen, heb feiddio edrych ar Mali.

'Nage celwydd yw e. A galla i dy sicrhau di, dyw e heb roi owns o gysur i fi chwaith,' meddai Mali, yn ymdrechu'n galed i beidio â beichio llefain.

'Wrth gwrs taw celwydd yw e!' gwichiodd Megan drachefn, gan droi i wynebu Mali a phwyso draw i'w phinsio yn ei gwddwg.

Ac yn yr eiliad honno fe welodd Mali yn ei llygaid yr hyn roedd hi wedi'i amau ers misoedd. Bod ei thad wedi gwneud yr un peth i Megan. Gan deimlo rhyw boen fud ar ochr ei gwddwg, llwyddodd Mali i estyn draw, mewn ymgais i geisio'i chofleidio.

Ond cododd Megan yn gyflym yn ei thymer.

'Cadw di draw wrtha i, y bitsh. Pwy yffach wyt ti'n meddwl wyt ti, yn dod fan hyn a siarad shwt rwtsh? Ar ôl yr holl arian wy 'di gwario arnot ti heddi, yr ast anniolchgar!'

Ceisiodd Megan droi a bu bron iddi lithro yn ei hesgidiau uchel ar y llawr teils wrth iddi anelu am y drws. Trodd unwaith eto. 'Wy'n mynd i'r gwely. Ac erbyn i fi godi bore fory, wy'n disgwyl byddi di 'di mynd. Ti'n deall?'

Gwnaeth Mali baned iddi'i hunan ac eistedd ar y gadair goch *designer* gan synfyfyrio ar beth fyddai Gareth wedi'i feddwl o'r holl ddiwrnod. Wrth iddi sipian y te, sylweddolodd ei fod yn rhy wan, gan iddi dywallt gormod o laeth iddo. Atgoffodd y baned hi am ymadrodd y byddai ei mam yn ei ddefnyddio weithiau am de gwan. Ei fod fel piso gwidw. Dyna'r unig ymadrodd cwrs y gallai gofio ei mam yn ei ddefnyddio erioed.

Yn hwyrach y noson honno, mentrodd i'r ystafell ffrynt a gwylio'r teledu, gan fynd â'r gadair goch gyda hi. Roedd yn hanner gobeithio y byddai Megan yn dod lawr ac yn ymddiheuro am ei hymddygiad. Ond gwyddai'n iawn nad oedd dweud 'sori' yn rhan o anian ei chwaer. Roedd ychydig yn bryderus am fynd lan y grisiau rhag bod yn nes at Megan felly penderfynodd setlo am y noson yn y gadair. Gobeithiai y byddai ei chwaer yn dod at ei choed erbyn y bore. O nabod Megan, byddai hi'n parhau fel pe bai dim byd wedi digwydd siŵr o fod, gan lynu at y traddodiad teuluol niweidiol o gadw'n dawel. Ond oedd hi'n iawn i wneud hynny? A oedd ganddi bwynt? Oedd gormod o bwyslais ar y gwir, yn enwedig os oedd y gwir yn gallu bod mor ddinistriol?

Taflodd gipolwg ar y nenfwd a sylwi ar silwét a ymdebygai i gyrn carw. Cangen coeden yn yr ardd ffrynt wedi'i dal yng ngolau'r stryd. Cafodd ei hatgoffa o'r cysgodion niferus a fyddai'n aflonyddu arni pan oedd yn blentyn. Ond roedd hefyd yn ei hatgoffa o Nadoligau hapusach. Ei thad yn mynd i'r drafferth o ganu clychau tu allan i'w ffenest a gosod moron ar gyfer ceirw Siôn Corn. Rhaid cofio iddo fod yn ddyn da hefyd – dyn da a ddioddefodd. Cofiodd linell o ffilm roedd hi wedi'i gweld yn ddiweddar, 'Damaged people damage people.' Pam na allai ganolbwyntio ar y profiadau da, yr hwyl? Onid oedd llawer mwy o'r rheiny nag oedd o'r rhai drwg?

Caeodd Mali ei llygaid a cheisio osgoi meddwl am unrhyw beth. Gwyddai na fyddai'n crybwyll y mater byth eto.

Teimlad Greddfol

OYSTYRIED EI ddibyniaeth arnynt yn ei swydd ddarlithio, roedd Hywel erbyn hyn wedi mynd yn ddyn prin iawn ei eiriau. Roedd yn pendroni dros gywirdeb yr hunanasesiad hwn wrth dorri ei lawnt ar nos Fercher heulog yng nghanol Ebrill yn ei gartref swbwrbaidd ar ymylon Bryste. Er taw go brin y gellid disgrifio hynny fel gwaith corfforol, teimlai fod gweithio allan yn yr awyr iach yn ei wneud yn berson aeddfetach rywsut. Gallai hyd yn oed ddal ychydig o haul cynnar y Pasg ar ei fochau gwelw, meddyliodd, wrth geisio osgoi meddwl am y gorchwyl poenus a gawsai gan Bennaeth y Gyfadran ynghynt yn yr wythnos.

Roedd wedi ffoli ar wynt gwair newydd ei dorri, a hynny'n anochel yn ei atgoffa o'i blentyndod. Cofiodd am ei efaill, Owen, ac yntau yn dilyn torrwr gwair eu tad yn ufudd, gan racanu'r glaswellt newydd ei dorri yn dwmpathau cymen o drefn emrallt. Yna byddai Owen, yn ôl ei arfer, yn eu cicio nhw'n orfoleddus i ebargofiant.

Owen, ugain munud yn iau na Hywel, oedd wastad y mwyaf anystywallt o'r ddau. Yn dweud jôcs wrth y ford adeg swper, er enghraifft, a rhai go goch weithiau hefyd, y byddai wedi'u clywed gan fechgyn hŷn yn yr ysgol y diwrnod hwnnw. Enillodd dipyn go lew o bres iddo'i hunan yn ei arddegau yn perfformio fel consuriwr ym mhartïon pen blwydd plant. Erbyn hyn roedd e'n gweithio yn y

Swyddfa Dywydd yng Nghaerdydd ac weithiau byddai'n rhoi ei farn ar y radio ar agweddau mwyaf anghyffredin tywydd Cymru.

Roedd Hywel yn ymwybodol bod rhai gefeilliaid yn honni bod y naill yn gwybod beth oedd y llall yn ei wneud, hyd yn oed pan fyddent gannoedd o filltiroedd i ffwrdd oddi wrth ei gilydd. Wfftio'r fath sentiment fel rwtsh ofergoelus fyddai Hywel, gan ddadlau ei fod yn gyd-ddigwyddiad ar y gorau. Ac eto, wrth iddo deimlo'i ffôn yn canu ym mhoced ei grys ac yntau'n diffodd y peiriant torri gwair er mwyn ei ateb, gwyddai'n iawn o'r corddi yn ei stumog y byddai enw 'Owen' yn ymddangos ar y sgrin. Ac yn waeth byth, bod yna rywbeth o'i le.

Ac yn sicr ddigon, yn glir ar y sgrin roedd enw ei frawd, yn datgan ei bresenoldeb ar fyrder.

'Owen?' meddai'n ofalus.

'Ffrind i Owen, fel mae'n digwydd. Martin. Hywel sy 'na, ia?'

'Ie,' meddai, yn dechrau becso nawr.

'Gen i ofn bod rwbath 'di digwydd heno 'ma, ac ma Ows 'di cael ei ruthro i'r ysbyty.'

Owen oedd yn rhedeg tîm pêl-droed dan bymtheg ei fab Jac, a Martin yn ei gynorthwyo, mae'n debyg. Y noswaith honno bu ffrwgwd rhwng Owen a hyfforddwr tîm y gwrthwynebwyr, a oedd wedi dyfarnu'r gêm gynghrair mewn ffordd hollol unochrog ac anghyfrifol. Ar eu ffordd 'nôl i'r maes parcio fe wnaeth Owen alw'r hyfforddwr arall yn '*cheat*', er ei fod yn '*gentle giant* fel arfer' yn ôl Martin. Bu rhyw fath o ymgiprys byrhoedlog a thaflwyd dwrn i wyneb Owen, 'un fach slei o'r cefn, ia,' yn ôl Martin. Collodd Owen ei gydbwysedd am eiliad ac fe lithrodd, gan syrthio oddi ar y llwybr a tharo'i ben ar y llawr concrit.

Aeth Martin ymlaen i esbonio yn yr ysbyty.

'Ond 'dan ni'n mynd i gael y bastard bach slei, 'sdim dwywaith am hynny. Llwyth o dystion. Mi gaiff o'r clinc am hyn, wnawn ni'n siŵr o hynny. Roedd y slobs, yr heddlu 'ta, yn *brilliant*, chwara teg iddyn nhw, wedi cymryd llwyth o nodiada.'

Ym mhen pellaf yr Uned Gofal Dwys yr oedd e'n trosglwyddo'r wybodaeth yma i Hywel, gan sefyll wrth ymyl y peiriant diodydd yn sipian coffi a oedd yn llawer rhy boeth.

'Diolch byth nad oedd Jac yna, 'de. Roedd lot o'r hogia wedi'u hypsetio'n lân. Maen nhw'n caru dy frawd di, washi. Halen y ddaear. Wedi bod yn rhedag y tîm 'na ers pan oedd yr hogia yn ddim o beth. *Beyond*, be sy 'di digwydd heno, *bloody beyond*.'

Taflodd Hywel gipolwg gofidus i gyfeiriad y coridor oedd yn arwain at y gwelyau gofal dwys.

'Paid poeni. Mae o yn y lle gora, saff i chdi. Ysbyty hyfforddi 'di hon 'sti, rhan o'r Brifysgol. Ysbyty a hannar. Wn i, achos dwi'n gweithio 'ma. Yn yr Adran Cynnal a Chadw.'

Nododd Martin fod rhyw olwg amheus ar wyneb Hywel ac yna fe wenodd, gan bwyntio at ei dracwisg tîm yr Urdd. 'Er, dwi ddim yn gwisgo fel hynny heno 'ma, *granted.*'

Wedi iddo gyrraedd yr ysbyty, roedd Owen wedi ceisio tynnu'r brês yr oedd y criw o barafeddygon wedi'i osod am ei wddf.

'Yn gry fel ceffyl, 'de. Angan cael pedwar ohonon ni i ddal o lawr iddo fo gael y jab. Roedd o'n naturiol, toedd, iddo fo feddwl mai'r brês oedd yn creu poen wrth iddo deimlo'r peth tyn diawledig 'ma am ei wddw. Ond yr ymennydd oedd yn chwyddo, ti'n dallt, yn taro yn erbyn y benglog. Roedd o'n meddwl bod y *medics* yn ei ladd o, er nad oedd dim cysylltiad rhwng y chwyddo a phoen y brês.'

Roedd yr anaf i'r pen wedi esgor ar *seizure*. Mynnodd y meddyg oedd ar ddyletswydd y dylai Owen gael sgan er mwyn asesu'r niwed. Oherwydd y byddai'n rhaid iddo fe fod yn hollol lonydd ar gyfer y sganiwr penderfynwyd ei 'gnocio fo allan' – disgrifiad Martin, cyn ychwanegu, i godi calon Hywel, bod hynny 'er ei les o ei hun, 'de'.

'Gobeithio nad oeddat ti'n meindio 'mod i 'di ffonio chdi, ond efo'r hogyn i ffwrdd ar ei wylia efo'i fam doeddwn i ddim yn rhy siŵr be i wneud. Tydi o ddim o 'musnas i, wrth gwrs, ond 'swn i ddim yn deud wrth Jac. Deud wrth yr *ex*, ia, dyna 'swn i'n neud, wedyn gad y penderfyniad iddi hi. Sdim isio sbwylio gwylia'r hogyn, nag oes. Pa mor amal mae rhywun yn cael mynd i New York?'

Rhoddodd Martin ffôn Owen i Hywel. Sylwodd ar lun Jac yn gwenu, yn ei wisg bêl-droed, ar y sgrin.

''Dan ni ddim mor *fussy* dyddia yma ynglŷn ag iwsio ffôn yn yr ysbyty. Ond dwi'n meddwl y cei di well signal tu allan,' meddai Martin, gan bwyntio at ddrws yr allanfa dân. 'Dwi am ei throi hi rŵan, ond os oes 'na rwbath fyddi di 'i angan, a dwi'n meddwl *rwbath*, yna rho ganiad i mi. Mae'r rhif ar ffôn Ows. Dan Martin Pêl-droed, OK.'

Gwrandawodd Hywel ar y traffig yn pasio ar y ffordd ddeuol gyfagos a cheisiodd gofio beth oedd y gwahaniaeth mewn amser rhwng Caerdydd ac Efrog Newydd. Ie, iawn, roedd hi'n OK i ffonio Hannah, cyn-wraig Owen. Ond beth fyddai e'n dweud wrthi? Bod yna ddamwain wedi digwydd, ond bod dim angen iddi fecso. Ie, cadw fe'n weddol annelwig. Na, wnelai hynny mo'r tro. Pan oedd pobl yn cael eu cynghori i beidio â becso, dyna'r sbardun fel arfer iddyn nhw fynd i deimlo ar bigau'r drain. O, roedd yn gas ganddo wneud penderfyniadau. Gwenodd yn gam, gan gofio mai dyna'n gwmws oedd yr hyn a ddywedodd wrth Bennaeth y Gyfadran fore Llun.

Fel roedd hi'n digwydd, doedd Hannah yn fawr o broblem a llwyddodd Hywel i ddweud y gwir wrthi. Roedd Jac yn digwydd bod yn y gawod ar y pryd a daeth Hannah i'r casgliad nad oedd yn werth dweud wrtho, o leiaf ddim eto, gan y byddai'n difetha gweddill eu brêc gyda'i gilydd. Byddent yn hedfan 'nôl ddydd Mawrth, ta beth. Ond roedd hi'n poeni braidd y byddai ei mab yn cysylltu â'i ffrindiau ar Facebook ac roedd e'n disgwyl galwad Skype gan ei dad dros benwythnos y Pasg. A oedd Hywel yn meddwl y byddai Owen yn OK erbyn hynny? Oedd, mi oedd Hywel, er, mewn gwirionedd, doedd dim syniad gydag e.

O'r diwedd, wrth iddo fflician drwy gylchgrawn *Hello!* yn yr ystafell ymwelwyr, daeth prif nyrs yr Uned Gofal Dwys, y Chwaer Karen Smith, draw ato a chyflwyno'i hun. Dysgwraig o Lyn Ebwy yn wreiddiol oedd hi, a chanddi lais hyderus, stacato. Cydiodd yn dynn yn ei law wrth ei gyfarch, gan edrych i fyw ei lygaid. Gallai Hywel weld bod hon yn fenyw wydn ac am y tro cyntaf ers iddo gyrraedd teimlodd ryddhad fod rhywun o'r diwedd yn gwybod yn union beth oedd yn digwydd. Roedd y sgan wedi bod yn ddefnyddiol, ond heb fod yn ddigon pendant y naill ffordd na'r llall i benderfynu a oedd angen llawdriniaeth ai peidio.

'Llawdriniaeth?' meddai Hywel, a'i lais yn codi nes bron bod yn floedd o syndod.

'Gwnaiff Dr Harris asesu'r sefyllfa nes ymlaen, i benderfynu a fydd rhaid mynd i'r theatr. Does dim byd wedi'i dorri ond mae'r ymennydd wedi chwyddo cryn dipyn. Bydd e'n dod o gwmpas y ward nes ymlaen, i tsieco'r pwysedd. Pe bawn i'n chi, bydden i'n trio cael noson dda o gwsg.

'Mae croeso i chi aros yma dros nos, wrth gwrs,' ychwanegodd, gan bwyntio'n awtomatig at y blancedi oedd wedi'u plygu'n daclus dros y soffa yn y gornel.

'Alla i weld e?'

'Wrth gwrs,' atebodd y Chwaer Smith, gan arwain Hywel yn frysiog at y drws.

Ni wyddai Hywel beth i'w ddisgwyl, ond difarodd ofyn am gael gweld ei frawd wrth iddo fynd at y gwely. Roedd ganddo ddau lygad du a thiwb trwchus gwyrdd wedi'i glampio i'w geg ac edrychai mor eiddil a bregus yn ei smoc 'Taf NHS Trust'. Arweiniai'r tiwb gwyrdd at beiriant cynnal bywyd elfennol iawn yr olwg wrth erchwyn y gwely, fel pêl rygbi ledr yn chwyddo a dadchwyddo. Yn anadlu ar ran ei frawd.

'Peidiwch â chymryd sylw o'r cytiau a'r cleisiau. Maen nhw wastad yn edrych fel pe baen nhw wedi dod trwy *windscreen*,' meddai'r Chwaer, ychydig yn rhy ffwrdd-â-hi. Bron mewn ymgais i adfer ei hun ychwanegodd y byddai'n edrych yn olygus eto mewn dim o dro.

Diolchodd Hywel iddi am ei hamser a phenderfynodd aros dros nos.

Er mawr syndod iddo, syrthiodd i gysgu ar y soffa yn yr ystafell ymwelwyr bron yn syth. Pan ddihunodd, o gwmpas tri o'r gloch y bore, roedd ei wddf yn stiff a theimlai'n euog taw'r peth cyntaf i lenwi ei feddwl oedd pa ddau aelod o'i staff y byddai'n rhaid iddo gael gwared arnynt. Roedd ei efaill ar beiriant cynnal bywyd dros dro a dyma fe'n rhyw botsian yn ei ben, yn pwyso a mesur rhinweddau a ffaeleddau gwleidyddiaeth fewnol yr Adran

Saesneg. Roedd angen denu mwy o fyfyrwyr. Beth oedd yn 'wahanol' am Saesneg yng Ngholeg Metropolitan Bryste? Dyna oedd y Pennaeth wedi'i ofyn iddo. 'Cook something tasty to put in the pot' oedd ei union eiriau. Atebodd Hywel yn ddigon nerfus y gallai gychwyn modiwl 'Coginio mewn Llenyddiaeth' o bosib. Roedd y Pennaeth wedi dwlu ar y syniad.

Beth ddiawl godod yn ei ben i ymuno â'r tîm rheoli? Pryd yn union y crebachodd ei feddwl i'r fath raddau? Ac yntau erbyn hyn mor fewnblyg ac mor dawel. Crynodd mewn cywilydd wrth sylweddoli bod yn gas ganddo rwyddineb mynegiant Martin, mor ffwrdd-â-hi yn ei iaith frodorol, gartrefol.

Rhwbiodd Hywel ei wddf a phenderfynu mynd i'r tŷ bach. Sylwodd ar y Chwaer Smith wrth ei desg yn ystumio arno i ddod draw ati.

'Wnaeth Dr Harris edrych ar eich brawd ac mae e'n meddwl bod y chwydd wedi dechrau stopi cynyddu o leia.'

'Mae hynna'n arwydd da, does bosib?' meddai Hywel yn ofalus.

'Ydy. O, un peth arall, Mr James. Pan ddaw eich brawd ato'i hun bydd e'n teimlo'n ddryslyd ac o bosib yn bigog. Maen nhw'n aml yn bihafio'n wahanol, ond rhywbeth dros dro fydd hynny, a wnaiff e ddim cofio dim am y digwyddiad.'

'Dyw e heb golli ei gof, yw e?' gofynnodd Hywel, yn llawn gofid yn fwyaf sydyn.

'Na, dyna ogoniant yr ymennydd i chi. Mae'n penderfynu ar ran eich brawd nad yw e eisiau gwybod am yr hyn sydd wedi digwydd iddo fe, felly mae e'n dethol pethau'n ofalus. Dy'n ni'n dal ddim yn gwybod llawer am yr ymennydd, ond mae un peth yn sicr, Mr James – mae e'n organ anhygoel.'

Pan ddychwelodd Hywel i'r soffa methai'n lân â setlo ac er mwyn gwneud yn iawn am yr euogrwydd a deimlai roedd e'n methu stopi meddwl am Owen bellach. Er nad oeddent yr un ffunud fel efeilliaid roedd y ddau yn weddol agos. Yn y blynyddoedd cynnar, yn blant, roedd hynny'n arbennig o wir. Doedd dim dwywaith am hynny. Yna, bron fel pe baent wedi blino ar fod yn efeilliaid, daeth y ddau i'r un casgliad ar yr un adeg, sef bod angen iddynt ffurfio'u personoliaethau eu hunain. Yn ei arddegau taflodd Owen ei hun i fyd hud a lledrith a phêl-droed. Potsiodd Hywel yn aflwyddiannus â'r gitâr a'r clwb gwyddbwyll lleol. Ar un adeg roedden nhw mor wahanol i'w gilydd nes bod Hywel, er mawr gywilydd iddo, wedi ystyried y posibilrwydd bod ganddynt ddau dad gwahanol hyd yn oed.

Wrth iddo wthio'r blancedi i lawr dros ei draed oer sylweddolodd Hywel nad oeddent wedi dweud eu bod yn caru ei gilydd. Ai dyna'r math o beth fyddai brodyr yn ei wneud? O rywle fe gofiodd rai llinellau o'i farddoniaeth ei hun a ysgrifennodd bron i chwarter canrif yn ôl. 'Nid yw cariad yn gariad os na weithredir arno.'

Nid oedd yn sicr a wyddai'r hyn a olygai'r geiriau pan ysgrifennwyd hwy, ond roeddent yn gwneud synnwyr perffaith iddo nawr, er rhaid cydnabod nad oeddent yn farddoniaeth chwaith. Roedd yn chwerthinllyd na fyddai'r ddau'n ffonio'i gilydd fwy nag unwaith y mis. Byddai hyn yn gyfle i aildanio'r cwlwm brawdol. Taerodd y byddai'n croesi Pont Hafren i weld ei frawd yn amlach. Er clod iddi, roedd cyn-wraig Hywel wedi'i annog ef i wneud hynny droeon. Roedd hi o'r farn bod perthynas y brodyr yn un ryfedd ar y naw.

Yn gynnar y bore, am chwarter i saith, holodd Hywel a allai weld ei frawd unwaith eto. Gafaelodd yn ei law lipa a siarad ag ef.

'Ma pethau'n mynd i newid, frawd,' sibrydodd yn frwd. 'Ni'n dou'n mynd i ddod i nabod ein gilydd unwaith eto.'

Gan gymryd cyngor y Chwaer Smith, aeth Hywel i lawr i'r ffreutur ar y llawr isaf i gael brecwast. Ac yntau'n edrych yn smart yn ei ofarôls glas, daeth Martin draw ato a gwenu arno, gan roi carden anferth 'Gwellhad Buan' iddo.

'Gymerodd hi sbel fach i mi neithiwr, ond mi ges i'r hogia i gyd i dorri eu henwa ar y cardyn,' meddai. 'Wnaiff o godi ei galon pan ddeffrith o.'

'Ma 'na'n garedig iawn,' meddai Hywel. 'A diolch am neithiwr hefyd.'

'Athro gyrru,' meddai Martin. 'Dyna ydy gwaith y crinc bach wnaeth y difrod. Sgersli bilîf fod o'n medru cyrraedd y pedala yn ôl ei faint o! Rhyw dŷ crand gynno fo ochra Pentyrch. Ddim un o hogia'r tatŵs a *pit bull*, o naci. Rhyw lembo gwirion efo busnas ei hun. Ac maen nhw'n galw pêl-droed yn *beautiful game*, ia!'

Hanner awr yn ddiweddarach, wrth iddo lwyddo i gwblhau ei frecwast sylweddol, teimlodd Hywel ryw gwlwm yn ei stumog. Yn gwmws yr un ergyd corfforol ag y teimlodd yn ei ymysgaroedd ddoe jest cyn i Martin ei ffonio. Teimlai fod ei lwnc yn sych yn fwyaf sydyn ac roedd defnynnau o chwys wedi casglu'n berlau ar ei dalcen.

Erbyn iddo gamu allan o'r lifft yn yr Uned Gofal Dwys roedd Hywel yn argyhoeddedig bod rhywbeth mawr o'i le.

Rhuthrodd i ystafell Owen ac yn sydyn fe deimlodd rhyw hyrddiad corfforol, ton o ryddhad, wrth iddo weld bod ei frawd ar ddihun. Taflodd gipolwg ar y Chwaer

Smith ac ar feddyg ifanc iawn ei olwg nesaf ati. Sicrhaodd eu gwenau hyderus ef y byddai Owen yn iawn. Roedd y peiriant cynnal bywyd yn dal yno, ond wedi'i ddiffodd nawr, y biben werdd ddychrynllyd wedi hen ddiflannu. Roedd Owen yn anadlu heb gymorth peiriant, yn defnyddio ei ysgyfaint rhyfeddol ei hun. Carlamodd Hywel ato, gan afael yn dynn yn ei law, ei lygaid yn llenwi â dagrau.

Edrychai Owen fel pe bai ar goll, bron fel nad oedd e'n adnabod ei frawd o gwbl.

Cartref

Y LLEOLIAD A'I denodd. Wâc deg munud o Bwll Potel Inc, lle y treuliasai gannoedd o oriau pan oedd yn blentyn yn sblasio yn yr afon gyda'i ffrindiau. Hynny, a'r ffaith bod un o'i ffrindiau o'r cyfnod hwnnw, Mair Elen, yn Cartref yn barod ac yn ei ganmol i'r cymylau. Yn wir, roedd Mair Elen wedi mynnu 'Does unman yn debyg i Gartref, Morfudd fach' â'r fath argyhoeddiad, bron y gellid meddwl taw hi oedd y gyntaf i yngan yr ymadrodd erioed.

Menyw ddi-lol yn ei phumdegau oedd Sandra, y perchennog, a ddefnyddiai ei dwylo gryn dipyn wrth siarad. Bathwyd y llysenw 'Octopws' arni oherwydd yr arferiad hwnnw. Soniodd Sandra'n frwd am y teithiau dydd arbennig y byddai'r preswylwyr yn eu mynychu ym mws bach Cartref bob mis. Ac nid jest i lan y môr neu i ymweld â chastell neu amgueddfa chwaith. Byddent yn ymweld â digwyddiadau pwysig y calendr cymdeithasol Cymreig, fel yr Eisteddfod Genedlaethol a'r Sioe Frenhinol yn Llanelwedd. Er mwyn profi hynny, roedd muriau cyntedd Cartref yn drwch o ffotograffau, yn hongian mewn fframiau chwaethus, cyfoes. Lluniau o breswylwyr presennol a rhai o'r gorffennol yn mwynhau eu hunain. Roedd yna un o Mair Elen yn sefyll wrth ymyl tarw enfawr, gan bwyntio'n nerfus tuag at ruban glas buddugol yr anifail. Daeth hynny â gwên i wyneb Morfudd.

Pwysleisiodd Sandra bwysigrwydd y lolfa, lle byddai pobol yn ymgynnull i wylio'r teledu. Hefyd yr ystafell chwaraeon i hamddena'n chwarae cardiau neu ddraffts a lle roedd modd defnyddio cyfrifiaduron, gan gynnwys dau iPad newydd sbon. Yn ogystal roedd yna iard ddymunol yn arwain at ardd gymen. Hoeliwyd sylw Morfudd gan stand adar deniadol i'w bwydo. Bu ei hoffter o'r adar yn ei gardd yn achos cryn gyfyng-gyngor iddi pan fu'n rhaid iddi benderfynu'n derfynol i adael Bangor.

Roedd y bwyd i'w weld yn dda iawn, er bod Mair Elen yn achwyn ei fod yn undonog. Pasta bob nos Fawrth, pryd llysieuol bob nos Iau, pysgod bob nos Sadwrn. Nid oedd Morfudd yn meindio hynny. Roedd hi wastad wedi lico trefn.

Doedd Cartref ddim yn rhad ac efallai fod hynny'n esbonio pam nad oedd llawer o'r preswylwyr yn dod o Gefn Dulais. Ac eithrio dau ddyn hŷn na wyddai Morfudd pwy oeddent, hi a Mair Elen oedd yr unig frodorion lleol. Yn wir, roedd rhai preswylwyr yn dod o leoedd mor bell i ffwrdd â Llundain. Roedd llawer ohonynt wedi byw bywydau diddorol, gan gynnwys deintydd benywaidd oedd yn olffwraig o fri – Pauline, o Bontypridd – a chemegydd diwydiannol, Brian, o Abertawe, a fu'n uchel iawn yng nghwmni 3M yng Ngorseinon. Byddai Mair Elen yn arddangos Morfudd iddynt yn llawn balchder, fel pe bai'n rhyw fath o anifail anwes.

Ymddangosai'r awyrgylch yn ddigon dymunol, gyda chryn dipyn o dynnu coes ac ysgafnder. Roedd gan bawb lysenw, yn aml yn cyfeirio at eu gwaith. Bathwyd yr enw 'Dant' ar gyfer Pauline, a 'Glud' oedd Brian oherwydd ei arbenigedd, sef datblygu glud ar bapur. Roedd Mair Elen wedi cael sawl swydd wahanol, gan gynnwys cyfnod helaeth mewn ffatri bop, felly yn syml, 'Pop' oedd hi. Gwnaeth y biolegydd, Morfudd, y camgymeriad o grybwyll ei harbenigedd hi, sef y mwydyn. O fewn dyddiau roedd Brian wedi'i bedyddio'n 'Mwydyn'. Synnwyd hi'n fawr nad oedd hi'n meindio hynny o gwbl. Yn wir, gwnâi iddi deimlo'n rhan o'r giang.

Ac roedd hynny'n sioc fach arall, oherwydd os oedd Morfudd yn gwybod unrhyw beth amdani hi ei hun, yna gwyddai ei bod hi'n ffyrnig o annibynnol.

Wedi iddi wneud y penderfyniad i ddychwelyd i Gefn Dulais bu'n gwagio'r tŷ ym Mangor Uchaf ag arddeliad. Gwerthodd y rhan fwyaf o'r cynnwys mewn ocsiwn, yn ogystal â gwerthu'r tŷ ei hun. Yna gwnaeth ewyllys newydd – hanner pob dim i ymchwil gwynegon, maes y gwnaeth hi gyfrannu tuag ato ei hun, a'r hanner arall i'r RSPB. Yn ogystal nodwyd y gellid defnyddio ei chorff ar gyfer ymchwil wyddonol. Roedd hi'n eithaf mwynhau'r syniad o wyddonwyr ifainc yn twrio yn ei hymennydd, yn ceisio dirnad sut y dirywiodd mor wael ar hyd y blynyddoedd, er bod hynny'n hollol naturiol, wrth gwrs.

Roedd bod â chyn lleied o bethau yn rhyddhad rhyfeddol iddi. Roedd ganddi wardrob llawn dillad a drâr llawn atgofion, lluniau yn bennaf, o'i gorffennol. Buddsoddodd mewn Kindle hefyd, a'r unig eiddo gwerthfawr iddi ei gadw oedd darlun o'r Fenai gan Kyffin Williams, gan ei fod yn ei hatgoffa o'r olygfa a welai wrth iddi fynd ar ei hoff wâc gyda'i ffrind, Gwyneth. O, a phoster wedi'i fframio o *Ophelia*, y darlun Cyn-Raffaëlaidd enwog gan John Everett Millais, a oedd, am resymau personol, yn fwy gwerthfawr iddi na'r Kyffin.

Mynnodd ddod â'r darlun Kyffin gyda hi, er mae'n debyg y byddai'n ychwanegu'n sylweddol at gost yswiriant y cartref. Yn hytrach na chreu ffwdan cynigiodd Morfudd dalu'r gwahaniaeth ei hunan a chafodd y 'broblem' ei datrys. Roedd hi'n falch am hynny, gan ei bod hi wrth ei bodd yn cael ei hatgoffa o'r Fenai, a oedd dros dreigl amser wedi tyfu i fod bron mor arwyddocaol iddi ag afon Dulais ei phlentyndod.

Tyfodd y darlun yn gyflym i fod yn bwnc trafod gyda phwy bynnag a gâi wahoddiad i'w hystafell. Roedd yn hardd iawn yn ôl Mair Elen, a ryfeddai fod Morfudd wedi llwyddo i gadw'i hacen ddeheuol, er iddi fyw yn y Gogledd am 54 o flynyddoedd. Doedd Mair Elen ddim yn meddwl rhyw lawer o'r Gogledd.

'Es i ar fy ngwyliau unwaith, i Harlech. Roedd hi'n wyntog ofnadwy. A thro arall es i Fetws-y-coed. Arllwys y glaw! Ond joies i'r tŷ bach hynod 'na, yr 'Ugly House'. A chwarae teg, roedd y bobol yn ddigon ffein. Ond dy'n nhw ddim 'run peth, y'n nhw? Gogs. Chi byth cweit yn gwybod beth sy'n mynd 'mlaen yn 'u penne nhw.'

Roedd hyn yn nodweddiadol o Mair Elen. Hyd yn oed yn blentyn byddai hi'n weddol sicr o'i hunan ac yn groch ei barn. Wedi iddynt ail-fyw ambell brofiad plentyndod, gan gynnwys yr un enwog pan ganfuwyd peilot Almaenig yn anymwybodol ar gyrion Mynydd March Hywel, yn sydyn edrychai Mair Elen yn ddwys iawn.

'Paid becso, Morfudd fach. Sneb fan hyn yn gwybod pam wnes di ddianc i'r Gogledd. Oedd e sbel 'nôl nawr a ddweda i ddim gair wrth neb.'

Gwenodd Morfudd, yn llawn atgasedd at ei ffrind.

Brian oedd yr unig un i dwymo at y poster *Ophelia*, a gwnaeth hynny iddi hithau dwymo ato fe. Roedd yn ddyn llawn chwilfrydedd, ond nid mewn ffordd fusneslyd fel Mair Elen chwaith. Ymddiddorai ynddi'n ddiffuant. Serch hynny, arhosodd Morfudd yn wyliadwrus. Hyd yn oed yn 78 oed, gwyddai ei bod hi'n dal yn dipyn o *catch*, yn enwedig yn awyrgylch caeedig Cartref. A Brian, wedi'r cwbl, oedd wedi'i bedyddio hi'n 'Mwydyn'. Doedd wiw iddi ei demtio i gnoi.

Doedd yna fawr o le ar ei chabinet erchwyn gwely ar gyfer ffotograffau, ond dewisodd ddau yn benodol. Un o'i hannwyl fam, Ceinwen, yn ei hanterth, yn ystod tridegau cynnar y ganrif ddiwethaf. Ac un arall o'i chyd-weithiwr, ei mentor yn wir, Aneurin, ar daith ymchwil i Lundain ym 1967. Yn anochel, tybiai'r rhan fwyaf o'i 'hymwelwyr' taw Aneurin oedd ei gŵr. Heb fawr o syndod, fe groesawyd y camsyniad gan Morfudd. Pam lai? Hoffai'r teimlad o gael byw'n rhannol y bywyd y dylsai fod wedi'i gael. Fyddai neb yn cael ei frifo.

A fyddai hi ond yno am ychydig fisoedd ta beth, pe bai ei chynllun yn cael ei wireddu.

Bron bob bore byddai Brian a Mair Elen a Pauline yn ymuno â Morfudd yn rhan bellaf yr ystafell chwaraeon. Fan hynny byddent yn gwylio'r adar yn yr ardd trwy baneli gwydr enfawr, a fyddai'n agor led y pen yn yr haf, mae'n debyg. Er ei bod hi'n gythreulig o oer i fentro allan i aer rhewllyd Tachwedd, gwnaeth Morfudd hynny ar fwy nag un achlysur. Gadael mymryn o fraster neu ychwanegu ychydig o ddŵr i'r bath adar oedd ei hesgus. Perai hyn gryn bryder ymhlith ei ffrindiau newydd.

'Gwylia na ddalith hi'r Octopws di. Dyw hi ddim yn lico ni'r pynters yn mynd mas ar ein pen ein hunain yn yr oerfel,' cynghorodd Brian.

'Ma hi 'di gweld gormod yn llithro ar yr iâ. Torri asgwrn. Dechrau'r diwedd yw hynny fel arfer i rai o'n hoed ni,' meddai Pauline yn ddwys.

'Na, ti ddim moyn torri dy goes, Morfudd fach, ddim yn dy oedran di,' ychwanegodd Mair Elen.

Roedd Morfudd wrth ei bodd yn gwylio'r drudwy'n ymladd yn erbyn ei gilydd yn y bath adar, gan olchi eu plu a chymryd dracht o ddŵr.

'Ma nhw'n gwmws fel y bois rygbi o'n i'n nabod yn nghlwb Cwmafan,' meddai Brian, gan wenu. 'Hwpo'i gilydd o'r neilltu ar eu ffordd i'r bar ar ddiwrnod gêm ryngwladol.'

Chwarddodd Brian mor frwd nes y bu'n rhaid iddo fynd i'r tŷ bach ar ôl codi pelen o fustl i'w geg. Dioddefai o aflwydd i'w afu ac roedd gwyn ei lygaid yn felyn llachar, fel pe bai rhywun wedi'u lliwio. Roedd ganddynt i gyd eu hanhwylderau. Byddai Pauline yn gorfod craffu â'i llygaid gwan, gan wthio'i phen reit lan i'r gwydr er mwyn gweld unrhyw beth. Hyd yn oed â chymorth sbectol, fyddai hi ond yn gweld rhyw amlinelliad bras o'r adar. Yn raddol ond yn hollol sicr, roedd hi'n mynd yn ddall. Er bod Mair Elen yn ymddangos fel ei bod yn llawn bywyd, oherwydd ei chalon wan byddai'n rhaid iddi hithau fynd i orffwys ar ei gwely'n aml. O'i gymharu, doedd clyw diffygiol Morfudd ddim mor wael â hynny.

Ond wrth gwrs, roeddent i gyd yn dioddef i wahanol raddau o ddirywiad yn eu cof. Dechreuasai cof Morfudd waethygu sawl blwyddyn yn ôl ond gallai gofio i'r union eiliad pryd y gwnaeth hi ypsetio'n lân am y tro cyntaf yn ei gylch. Dim ond tair blynedd 'nôl oedd hynny, ym maes parcio Morrisons ym Mangor, wedi iddi ddod ar draws Elinor, gwraig Aneurin. Bu'n rhaid iddi ddychwelyd i'r siop i brynu rhywbeth ond roedd hi wedi anghofio beth. Wrth iddi geisio disgrifio'r llysieuyn i Elinor, yn ei rhwystredigaeth ffurfiodd siâp â'i dwylo, gan fwmian 'y peth oren... tu fewn'. Â mymryn o embaras, gan ysgwyd ei phen mentrodd Elinor ddweud 'moron', a hyd yn

oed 'melon', er yn amlwg nad oedd hwnnw'n llysieuyn.
Ceisiodd Morfudd ei gorau i ysgafnhau'r digwyddiad,
gan chwerthin hyd yn oed. Ond yna, wedi i Elinor fynd,
fe ruthrodd draw i'r adran ffrwythau a llysiau a darllen y
geiriau syml o flaen y llysieuyn tramgwyddus: *butternut
squash*. Cywilydd y peth a frifai hi i'r byw. I fod mor ddi-
glem, mor dwp, o'i blaen *hi* o bawb.

Yn anffodus, yn weddol glou ar ôl digwyddiad 'y peth
oren', bu farw ei ffrind, Gwyneth, yn sydyn o drawiad
ar y galon. Bu hi'n faciwî yn yr ardal adeg yr Ail Ryfel
Byd a dychwelodd yno i fyw fel oedolyn, gan ddysgu
Daearyddiaeth yn yr ysgol uwchradd ym Methesda.
Byddai'r ddwy yn aml yn mynd ar wyliau haf gyda'i gilydd,
gan amlaf i Ffrainc. Hi oedd yr unig berson i Morfudd
gyfaddef wrthi ddyfnder ei theimladau tuag at Aneurin,
un noson yn ardal Provence yn yr wythdegau cynnar. Fe'i
synnwyd hi â'i hymateb.

'Doedd dim rhaid i ti ddweud dim, Morfudd. Mae'n
amlwg i bawb bod ti'n 'i addoli fe. Prin bod ti'n siarad am
unrhyw un arall.'

Wedi marwolaeth Gwyneth byddai Aneurin yn gwahodd
Morfudd yn amlach i ddigwyddiadau cymdeithasol, gan
synhwyro bod yna berygl iddi ynysu ei hun yn dilyn colli
cystal ffrind. Er clod iddi, croesawai Elinor hyn. Roedd
ganddi hyder person a oedd yn gwybod ei bod hi'n gwneud
y peth iawn, yn gwybod bod ei gŵr yn ei hanfod yn ddyn
da a oedd yn ei charu.

Ar ddechrau'r flwyddyn 2012 torrwyd y newyddion
iddi gan Aneurin bod ganddo ganser y coluddion. Roedd e
wedi lledu'n rhy sydyn i organau megis yr afu i allu cynnig
llawdriniaeth. Rhoddwyd rhyw chwe mis iddo fyw, ond
yn y pen draw wnaeth e prin bara chwe wythnos.

Gyda dau o'i heneidiau hoff cytûn wedi mynd, a'i hiechyd ei hun yn prysur ddirywio, roedd yn rhaid i Morfudd asesu ei sefyllfa ar fyrder. Byddai Elinor yn mynnu galw bob dydd i weld ei bod hi'n olreit, gan ddod â dysglaid ar ôl dysglaid iddi o'i chawl cartref. Nid oedd Morfudd yn amau am eiliad nad oedd cymhellion Elinor yn rhai caredig, llawn consýrn amdani. Gwyddai nad oedd gan Morfudd deulu agos, er nad oedd hynny'n fanwl gywir. Roedd ganddi lyschwaer yn Abertawe rhywle a hanner chwaer yn Aberaeron, er prin ei bod hi wedi torri gair â nhw o gwbl. Dim ond cwta frawddeg neu ddwy, llawn tyndra, yn angladd ei thad bradwrus.

Roedd hi'n glir bod Elinor a Morfudd ill dwy'n gweld eisiau Aneurin yn ofnadwy, a'r cyfuniad o'i chlyw gwael a'i thorcalon yn gwneud Morfudd yn ddwl bared. Rhaid fyddai iddi wneud rhywbeth, a hynny ar fyrder.

A dyna sut y canfu ei hun yn rhyw biffian chwerthin o flaen y panel gwydr wrth i Pauline ddisgrifio sut yr arferai Brian saethu cerrig o'i gatapwlt at wiwer lwyd a fu'n aflonyddu'r adar yr haf diwethaf.

Gwenodd Brian. 'Gath e'r neges. Welon ni ddim o' fe wedyn. Er, sa i'n siŵr beth wnawn ni os daw e 'nôl,' ychwanegodd yn brudd. 'Wnaeth yr Octopws fynd â 'nghatapwlt i!'

Ar y cychwyn roedd Morfudd yn glir yn ei phen ei bod hi wedi gwneud y penderfyniad iawn i ddod i Cartref. Byddai hi'n chwerthin, yn gwmws fel y byddai hi'n arfer chwerthin ar brynhawniau llwyddiannus yn y labordy gydag Aneurin.

Yn raddol, fodd bynnag, bron yn ddiarwybod, fel henaint ei hunan, newidiodd pethau yn Cartref. Dechreuodd Mair Elen fynd o dan ei chroen â'i rhagfarnau cul, yn syth o dudalennau'r *Daily Mail*. Ei siomi wnaeth Pauline hefyd yn y pen draw, bob tro'n troi'r sgwrs tuag at ei gallu ar y cwrs golff ac yn siglo'i breichiau o gwmpas bob cyfle, fel metronom dynol. A dechreuodd Morfudd hyd yn oed alaru ar ymdrechion beunyddiol Brian i fod yn ddigri. Doedd slochian eich te'n swnllyd jest ddim yn ddoniol.

Ar ben hynny, dechreuodd ddanto at agwedd y staff. Oherwydd ei bod hi ychydig yn drwm ei chlyw byddent yn rhyw hanner bloeddio arni, a hynny mewn ffordd araf a nawddoglyd, fe pe bai'n blentyn. Hefyd ataliwyd y teithiau misol a addawyd, am y gaeaf cyfan, ar sail peryglon iechyd a diogelwch. Ymddengys bod Sandra yn un arw am gadw at reolau.

Ond er gwaethaf y mân siomedigaethau, roedd bywyd yn Cartref yn rhygnu yn ei flaen. Fel arfer ar ôl cinio byddai Morfudd a Pauline, Mair Elen a Brian yn ymgynnull ym mhellafion yr ystafell chwaraeon, ger y panel gwydr. Efallai y gwnaent hynny o gwrteisi i Morfudd ond roedd Brian fel pe bai â gwir ddiddordeb yn yr adar erbyn hyn. Holodd iddi beth yn gwmws oedd y nicos yn ei fwyta ac eglurodd hi eu hoffter o hadau amrywiol. Ar yr achlysur hwnnw soniodd Morfudd yn frwd am yr amrywiaeth o nicos oedd ganddi yn ei gardd un haf.

'Wy'n cofio un Mehefin o'dd 'da fi ddeg o gywion bach yn bwydo 'na,' meddai, yn gwrido'n llawn cynnwrf.

'Ma nhw'n bethe bach pert, whare teg,' meddai Brian. A bron fel pe baent wedi clywed ei eiriau daeth pâr o nicos i lanio ar y bwrdd bwydo a'r pedwar ohonyn nhw'n eu gwylio'n pigo'u ffordd trwy'r hadau.

'Y gwryw a'r fenyw,' sibrydodd Morfudd, cyn sylweddoli'n sydyn hurtrwydd y distawrwydd yn ei llais, gan na allai'r adar ei chlywed hi trwy'r gwydr trwchus.

'Mae'r ddau'n edrych yr un peth i mi.' Pauline y tro hwn, yn ymuno yn y sgwrs.

'Odyn,' cytunodd Brian. 'Sut wyt ti'n gallu dweud y gwahaniaeth?'

'Mae'n anodd gweld o fan hyn, ond os edrychi di'n ofalus mae wyneb coch y gwryw yn ymestyn rhywfaint tu ôl i'r llygad,' atebodd Morfudd, yn ei helfen.

Er i Brian roi gwên ddigon dymunol iddi, trodd Mair Elen i edrych arni a dweud mewn llais croch, crac, 'Sneb yn lico *know all*, Morfudd. Falle 'na beth o'dd Gwyn ddim yn lico 'mbytu ti.'

Yn arwyddocaol, ni ddywedodd Brian na Pauline air i amddiffyn Morfudd. Esgusodd Brian astudio'r nicos a rhwbiodd Pauline ei thrwyn. Roedd hi'n amlwg bod y ddau ohonynt yn deall y cyd-destun yn barod. Mor raslon ag oedd yn bosib, cododd Morfudd a cherdded i'w hystafell.

Yno agorodd y wardrob a thynnu ffrog briodas sidan wen allan. Daliodd y ffrog o'i blaen ac edrych ar ei hun yn y drych. Roedd ganddi lond pen o wallt cwrs o hyd, y cochni wedi hen fritho erbyn hyn, a llygaid gwyrdd treiddgar. Pan oedd hi'n iau byddai hi weithiau'n meddwl ei bod hi'n edrych fel môr-forwyn. Prynwyd y ffrog yn unswydd ar gyfer ei phriodas, a oedd i fod i ddigwydd yn Ebrill 1958, ond ni wisgwyd hi erioed. Dywedodd ei dyweddi, Gwyn, cynorthwyydd labordy yn yr ysbyty, wrthi ei fod e wedi gwneud camgymeriad a gorffennodd y berthynas wythnos cyn y briodas. I ddechrau fe gadwodd hi'r ffrog am ei bod hi'n ei hoffi, yn wir yn ei thrysori, gan deimlo tosturi drosti. Yna fe'i rhoddwyd o'r neilltu mewn bocs ac wrth i'r blynyddoedd ddiflannu aeth hi'n galetach a chaletach i'w gwaredu, yn rhannol oherwydd iddi ei dewis gyda'i hannwyl fam.

Am y pythefnos wedyn fe gadwodd Morfudd o'r neilltu. Roedd hi'n dda iawn am wneud hynny. Gwyddai o'r gorau sut i fod ar ei phen ei hun. Gwrandawodd ar ganeuon Édith Piaf ar ei iPod. Darllenodd un o nofelau Dickens ar ei Kindle a chofiant newydd o Rosalind Franklin, y gwyddonydd benywaidd a chwaraeodd ran mor allweddol yn narganfyddiad DNA. Cofiai amdani hi'n rhannol oherwydd bu hi farw'n 37 oed yn ystod yr wythnos pan oedd Morfudd i fod i briodi, ond yn bennaf oherwydd y byddai Aneurin yn sôn cryn dipyn amdani.

Roedd Mair Elen yn iawn, fodd bynnag. Dianc i'r Gogledd mewn cywilydd wnaeth hi. Ond ar ôl wythnos o chwilio am waith yno llwyddodd i gael swydd mewn labordy yn Adran Batholeg yr ysbyty ym Mangor. Gwyddai rhyw fymryn am y maes hwnnw trwy ei chysylltiad â Gwyn. Yn ffodus roedd ymgais gref ar y pryd i gael mwy o fenywod i ymddiddori mewn gwyddoniaeth ac un o'r dynion tu ôl i'r fenter oedd cyw-wyddonydd yn y Brifysgol o'r enw Aneurin Rowlands. Ychydig flynyddoedd yn ddiweddarach roedd Aneurin yn hel tîm at ei gilydd i ymchwilio o ddifri i mewn i'r mwydyn, y *Lumbricus rubellus* yn enwedig, a'r ffordd y medrai wrthsefyll cynefinoedd gwenwynig. Ymgeisiodd Morfudd am un o'r swyddi ymchwilwyr cynorthwyol ac roedd y gweddill fel petai'n hanes, neu'n hytrach yn fioleg. Ac nid yn y labordy'n unig chwaith. Aeth Morfudd braidd yn wyllt yn ei hugeiniau hwyr, gan gysgu gyda dynion fel pe bai'r byd yn dod i ben gyda'r wawr. I ddechrau meddyliodd hi taw ymateb i sen cael ei gwrthod gan Gwyn oedd hyn. Sicrhaodd na fyddai'n dod yn rhy agos at unrhyw ddyn, rhag iddi syrthio mewn cariad ag ef. Cafodd gryn dipyn o *one-night stands* arwynebol. Flynyddoedd yn ddiweddarach ceisiodd ddadansoddi ei hymddygiad gwallgo yn y cyfnod hwnnw. Sylweddolodd nad oedd ganddo unrhyw beth i'w wneud â Gwyn – a phopeth i'w wneud ag Aneurin. Roedd hi mewn cariad â'r Aneurin priod, anrhydeddus, y gŵr a wnaeth ei chymell hi, Morfudd Howells, na fu'n agos at unrhyw brifysgol, i wneud gradd meistr yn y gwyddorau, yn seiliedig ar ei hymchwil hi iddo fe.

Roedd edrych ar ei lun ar ei chabinet erchwyn gwely, yn edrych yr un ffunud â Robert Mitchum, yn dod â dagrau i'w llygaid. Roedd hi'n glawio tu allan, a gwyliai resi hir o ddŵr, fel mwydod bach tryloyw, yn rasio ei gilydd i lawr y ffenest. Clywai sŵn taranau yn y pellter. Pan oedd Morfudd yn fach byddai ei mam yn dweud taw Duw'n symud y celfi oedd taranau. Wrth syllu ar wyneb cyfarwydd Aneurin roedd ei phen yn chwyldroi yn ei gorffennol. Aeth 'nôl i Ionawr 1967 pan aeth y ddau ohonynt i gynhadledd yng Ngholeg Birkbeck yn Llundain, seiat ar y mwydyn cyffredin. Yn ystod prynhawn rhydd roedd Aneurin yn awyddus i weld arddangosfa o waith Millais yn yr Academi Frenhinol. Cofiai Morfudd eu sgwrs, air am air, wrth iddynt sefyll o flaen yr *Ophelia* godidog. Edrychai Aneurin yn olygus iawn yn ei siaced o frethyn cartref gwyrdd tywyll.

'Dwi wrth fy modd ei fod o wedi mynd i'r fath fanylder efo'r blodau. Ac mae ganddyn nhw i gyd rhyw arwyddocâd symbolaidd, wsti. Mae'r dail poethion fan'ma yn cynrychioli poen; a'r llygad y goediar, tristwch; y pabi, marwolaeth, ac yn y blaen.'

Roedd e'n gwmws fel cael tywysydd personol yn yr oriel. Syllodd Morfudd yn llawn edmygedd ar y darlun, gan geisio'i gorau glas i beidio syllu'n llawn edmygedd ar Aneurin yn ogystal.

Fel pe bai'n ddoe, cofiai am Aneurin yn taflu cipolwg

arni â deigryn yn ei lygad. Soniodd am ei hoff flodyn, y pansi syml, a sut roedd e'n hoffi'r disgrifiad Cymraeg ohono, sef 'caru'n ofer'.

'Jest ystyria am eiliad y lefel o angerdd gwallgo roedd Ophelia'n ei deimlo ar ei ffordd i'r afon. Ac mae gyda ni ein dynes flodau ein hunain hefyd, 'toes. Blodeuwedd, un arall a yrrwyd yn wyllt gan angerdd dwfn.'

Sylwodd ei fod wedi defnyddio'r gair 'angerdd' ddwywaith mewn dwy frawddeg, gan edrych i fyw ei llygaid hi wrth siarad. Bu'n rhaid iddi ganolbwyntio'n galed iawn ar atal ei hun rhag ysgwyd, cymaint oedd ei chyffro. Roedd hi'n benderfynol o gael yr oslef iawn â'i hateb, i beidio dangos maint ei hemosiwn yn ei llais. Yn y diwedd, y cyfan ddywedodd hi, mor syml ag y gallai, oedd 'Mae'n llun hardd, nag yw e. Ond mae'n drueni ei bod hi wedi gorfod lladd ei hunan yn y diwedd, chi ddim yn meddwl?'

Amneidiodd Aneurin yn bwyllog. Diflannodd yr eiliad. Er tegwch iddo, y noson honno rhoddodd ail gyfle iddi, fel petai, wrth swpera yn y gwesty. Unwaith yn rhagor defnyddiodd y gair 'angerdd', yng nghyd-destun caru'n ofer. Oedd e'n siarad amdano fe'i hunan? Oedd e'n golygu nhw ill dau? Unwaith eto, gwrthododd Morfudd ildio i'r demtasiwn i'w gwrso, i ofyn y cwestiynau angenrheidiol, fflyrtlyd, dros ei *salmon en croûte*. Dewisodd beidio croesi rhyw linell anweledig. Yn y pen draw, wedi meddwl am y daith yna i Lundain droeon, daeth i'r casgliad, pe baent wedi dod yn gariadon, taw dagrau fyddai diwedd y cwbl. A byddai'n ergyd marwol iddi golli eu cyfeillgarwch. Yn raddol, tyfodd Aneurin i fod yn llai o ffigwr ffantasi iddi ac yn fwy o ffigwr brawdol.

Yn dilyn marwolaeth Aneurin bu Morfudd yn ddiweddar yn meddwl mwy am eu taith i Lundain ac yn casáu ei llwfrdra yn y cyfnod. Yn llawer rhy hwyr yn y dydd, sylweddolodd ei bod hi'n cymryd math angenrheidiol o ddewrder i ddilyn eich calon. Er iddi weld y dinistr a'r boen a ddioddefodd ei mam pan wnaeth ei thad ei gadael hi am fenyw 20 mlynedd yn iau o'r un Adran Gynllunio, daeth hi, yn groes i'r graen, i ddirnad bod rhyw fath o ddewrder yn hynny ac nid jest hunanoldeb. Cusanodd ffoto Aneurin a'i roi 'nôl ar ben ei chwpwrdd erchwyn gwely. Wrth iddi glywed taran arall synnodd ei hunan wrth ddechrau sgwrsio ag ef.

'Wy'n gallu profi "angerdd gwallgo" hefyd, Aneurin bach,' meddai. Yna ebychodd ac anadlu i mewn yn sydyn wrth iddi glywed cnoc swnllyd ar ei drws. Heb symud galwodd, 'Pwy sy 'na?'

'Brian,' oedd yr ateb.

Dywedodd Morfudd wrtho am ddod i mewn a daeth yn syth at y pwynt. Roedd Pauline ac yntau'n becso amdani. Yn amlwg, roedd hi'n ynysu ei hunan wrth gadw i'w hystafell. Roedd hynny'n ddwl. Doedd dim taten o ots gyda nhw os na ddaeth ei dyweddi i'w phriodi. Roedd gan bawb eu cyfrinachau, a diolch amdanynt. Ond nid oedd hynny'n rheswm digonol i gadw draw o'i ffrindiau newydd. Dyna oedd byrdwn ei neges.

Roedd gan y dyn yma, a oedd yn edrych mor ddifrifol arni, wyneb caredig, meddyliodd Morfudd. Person oedd wedi rhoi blynyddoedd lawer o'i fywyd i berffeithio'r amlen hunanludo. Gwenodd.

'Wy'n gwerthfawrogi eich consýrn chi'ch dau, ond bydda i'n iawn, wir.'

'Os felly, ga i ofyn am ffafr, Mwydyn?'

Ochneidiodd Morfudd wrth amneidio ac aeth Brian yn ei flaen i sôn ei fod e'n gobeithio cymryd rhan yng nghyngerdd Nadolig Cartref. Roedd hi'n arferiad i'r rhan fwyaf o'r preswylwyr wneud rhywbeth, hyd yn oed os taw jest darllen cerdd fyddai hynny, neu daro tambwrîn fel cyfeiliant i ryw gân. Tynnodd Brian nifer o ddarnau o bapur o'r ffeil oedd ganddo yn ei law. Deuawd oedd ganddo, allan o opera Dr Joseph Parry, *Blodwen*.

'Basen i wrth fy modd pe baet ti'n canu hon gyda fi. A fyddet ti'n fodlon bod yn Blodwen i'n Hywel i?'

'Wy'm yn un da iawn am ganu,' atebodd Morfudd yn ofalus.

Nid oedd hyn yn wir. Pan fyddai mewn hwyliau da yn y dafarn byddai Aneurin yn canu cân werin Gymraeg, yr un un bob tro, gan ei fod yn gwybod y geiriau i gyd, sef 'Bugeilio'r Gwenith Gwyn'. Tyfodd Morfudd hefyd i hoffi'r gân syml am gariad a wrthodwyd a byddai hi'n aml yn ei chanu, y tri phennill cyfan, gan amlaf yn y bath.

'Dere 'mlaen, Mwydyn. Wnei di edrych arni o leia?'

Derbyniodd Morfudd y dalennau cerddoriaeth yn gwrtais, gan wybod ym mêr ei hesgyrn na allai feddwl am lawer o bethau gwaeth i'w gwneud na chanu o flaen ei chyd-breswylwyr.

O leiaf roedd cocsio Brian wedi llwyddo i'w chael hi allan o'i hystafell. Sylwodd ar y gymysgedd gref o arogl iwrin a diheintydd yn y coridorau. Roedd hi'n siŵr nad oedd e mor gryf o'r blaen, bron fel pe bai'r storm wedi swyno gwir arogl Cartref i'r wyneb, yn ddigon tebyg i'r ffordd y byddai'n cymell malwod a mwydod allan, wedi'u cynhyrfu gan ddryswch trydanol. Ymddiheurodd Mair Elen am godi Gwyn o'r gorffennol. Eglurodd Morfudd yn garedig ond yn gadarn wrth Brian nad oedd nodau Blodwen yn y raddfa leisiol iawn iddi hi. Fel mae'n digwydd, fe drodd pethau allan yn lled dda, gan fod Pauline yn awyddus i roi cynnig

ar ran Blodwen p'run bynnag. Yn wir, roeddent i gyd fel pe
baent yn edrych ymlaen at y cyngerdd Nadolig. Ond cyn
hwnnw, yn ystod ail wythnos Rhagfyr, byddai dwy fenyw
dan fantell band o'r enw Angylion yn ymweld â Cartref i
ganu caneuon tymhorol. Roedd un ohonynt, menyw o'r
enw Eirian, yn dipyn o seren yn sîn roc y saithdegau, mae'n
debyg, ac wedi rhyddhau dau LP.

'Maen nhw'n wych. A menywod ffein hefyd,' meddai
Brian yn frwd. 'Talentog iawn â'u gitarau, a lleisiau
anhygoel, yn enwedig Eirian. Maen nhw'n mynd rownd
cartrefi'r henoed trwy'r flwyddyn ac yn ymweld â
chylchoedd meithrin hefyd, yn trio cadw'r hen ganeuon
Cymraeg yn fyw.'

Nid oedd Morfudd yn edrych ymlaen at eu clywed,
ond fe geisiodd ymuno yn ysbryd yr ŵyl orau y gallai hi.
Er hynny, fe wrthododd hi'n blwmp ac yn blaen wisgo
unrhyw het bapur wirion. Gwisgodd ei hoff ffrog felfed, un
las tywyll, ynghyd â chlustdlysau aur a gawsai gan Aneurin
fel anrheg wrth ymddeol. Byddai'n gwneud pethau felly yn
weddol reolaidd. Mae'n rhaid bod hynny wedi gwylltio ei
wraig, Elinor, yn ddirfawr, er na ddangosodd arlliw o hynny
ar unrhyw adeg. Fe wnaeth Aneurin hyd yn oed gyflwyno
ei lyfr ar y mwydyn i Morfudd, 'fy nghyd-weithiwr, am ei
help amhrisiadwy wrth wireddu'r gyfrol hon'.

Roedd yr ystafell chwaraeon dan ei sang, gyda Sandra
a'i chynorthwyydd penfelen Yvonne yn prysur gario mwy
o gadeiriau i'r ystafell. Daeth mwyafrif y preswylwyr yn
gynnar i'r cyngerdd, er mwyn cael sedd dda, gan gofio
safon y band ers y flwyddyn flaenorol. Byddai'n well gan
Morfudd fod wedi eistedd yn ddisylw yn y cefn, ger y paneli
gwydr, ond roedd Brian a Mair Elen wedi cadw sedd iddi
yn agos i'r blaen. Wrth iddi eistedd daeth y ddwy fenyw

i mewn, yn cario'u gitarau ac yn derbyn cymeradwyaeth wresog. Roedd un yn ferch bryd tywyll hardd iawn a wisgai grys denim ac esgidiau cowboi. Hon oedd Eirian, tybiai Morfudd, yn edrych yn rhyfeddol o siapus, er mae'n rhaid ei bod hi yn ei chwedegau hwyr. Hoeliwyd sylw Morfudd, fodd bynnag, ar ei phartner. Wedi'i gwisgo'n weddol debyg, mewn crys denim, roedd hi'n iau, yn ei phumdegau hwyr o bosib, â llygaid trawiadol brown golau a gwallt cwta lliw mwd. Roedd ganddi wyneb ceriwb, bochau awyr agored coch a gwefusau chwyddedig, nid yn annhebyg i'r bardd Dylan Thomas.

Yn sydyn, teimlai Morfudd yn benysgafn, fel pe bai ar fin llewygu. Doedd dim dwywaith amdani. Ei llyschwaer Luned oedd hi. Er nad oedd hi wedi gweld Luned ers angladd ei thad bron 20 mlynedd yn ôl, byddai hi'n adnabod ei hwynepryd trawiadol unrhyw le. Cadarnhaodd Eirian ofn pennaf Morfudd wrth iddi gyflwyno'i hunan 'a fy mhartner â'r llais alto melfedaidd, Luned'.

Roedd yn rhaid i Morfudd feddwl yn gyflym. Gwrandawodd ar y gân gyntaf, fersiwn weddol *jazzy* o 'Ar Hyd y Nos', a phenderfynodd adael yn ystod y gymeradwyaeth. 'Wy jest yn mynd i 'nôl glased o ddŵr. Fydda i ddim yn hir,' sibrydodd wrth Mair Elen. Ond roedd hon yn dacteg beryglus. Wrth godi ar ei thraed byddai perygl iddi dynnu sylw at ei hunan. Gallai deimlo llygaid Luned yn craffu arni wrth iddi sleifio allan o'r ystafell. Os gwnâi hi ei hadnabod yna byddai'n creu'r ffwdan ryfeddaf ac am wybod pam roedd hi yno. Byddai hynny'n gwneud iddi deimlo'n euog am y degawdau o dawelwch oer.

Doedd dim ond un peth amdani. Byddai'n rhaid iddi weithredu ei chynllun yn gynt na'r disgwyl.

Ar un wedd, roedd hi'n noson berffaith ar ei gyfer.

Gallai weld y llwydrew yn codi'n fyglyd o'r gwair disglair dan olau lampau'r iard o'i ffenest, fel iâ sych. Roedd naws eira iddi. Roedd hi wedi slipio i mewn i'w ffrog briodas, a hithau'n pwyso'n union yr un peth ag roedd hi ym 1958 – wyth pwys a dau bownd. Gwisgodd got drom dros ei ffrog a defnyddiodd olau darllen gwan ei Kindle i'w harwain, nad oedd yn ddelfrydol o bell ffordd. Yn araf deg ymlwybrodd trwy'r goedwig, gan ddilyn yr afon, heibio i'r tŷ a edrychai fel potel inc. Ymfalchïodd drwyddi wrth sylweddoli nad oedd y ffordd wedi newid bron o gwbl mewn 70 mlynedd. Roedd e'n anhygoel sut gallai gofio ambell beth 70 mlynedd yn ôl ond yna anghofio rhywbeth a ddigwyddodd wythnos diwethaf. Cofiodd am y rhuthr o adrenalin a gawsai wrth iddi ddod ar draws cae gerllaw yn orfoleddus orlawn o glychau'r gog, yn siglo'n fregus yn y gwynt, fel pe baent yn cwrtais foesymgrymu ar ddiwedd perfformiad. Hithau a Mair Elen ac eraill yn stwffio mwyar duon i'w cegau trachwantus ar eu ffordd adref o'r Pwll, a chnau cyll hefyd. Aeth dros y sticill ger y Pwll a dychmygu'r afon yn y gwanwyn. Pwll Potel Inc yn ei holl ogoniant oedd yr uchafbwynt. Yn gyfrin dawel, ei lannau wedi'u gorchuddio gan lygaid y dydd gwyllt a'i ymylon wedi'u lapio gan lili'r dŵr. Tyfodd i fod yn *den* iddynt, eu cuddfan arbennig ar gyfer tawelwch yn ogystal â sblasio a dycio unwaith y byddent yng nghanol y dŵr oer. Rhaeadr Aberdulais, ychydig filltiroedd i ffwrdd, fyddai'n cael y sylw i gyd. Roedd yn ddigon trawiadol ac wedi hen sefydlu ei hun fel atyniad i ymwelwyr. Ond i blant Cefn Dulais fel Morfudd a Mair Elen, Pwll Potel Inc oedd y trysor go iawn. Eu cuddfan arbennig.

A nawr, os byddai hi'n ddigon dewr, byddai hi'n cuddio am byth.

Clywodd rywbeth a swniai'n debyg i hwtian tylluan a meddwl yn syth am Blodeuwedd, yn ei gwahodd i'r dŵr. Cofiodd am ddisgrifiad Aneurin o 'angerdd gwallgo' Ophelia. Gallai hithau hefyd arddel angerdd gwallgo, ei mwydod sidanaidd yn cofleidio'r dŵr rhewllyd, fel cannoedd o gusanau bach statig, trydanol. Roedd hi'n bwrw eira nawr, a hwnnw'n syrthio'n ysgafn ond yn gyson, yn hongian fel eisin ar ganghennau moel y coed. Gallai deimlo curiad ei chalon. Teimlai'n orfoleddus. Roedd hi eisoes wedi tynnu ei chot ac yn glou iawn gwyddai y byddai'n teimlo'n rhyfeddol o dwym, gan ddilyn rhesymeg bioleg celain. Byddai hypothermia yn twyllo ei chorff i feddwl ei bod hi'n dwym. Dychmygodd goflaid y dŵr oer, yn iachusol o glaear ar ei gwisg hynafol. Hoffai pe bai caru'n ofer yno, neu ei bod hi'n medru gwisgo mwclis o lygaid y dydd fel Ophelia. Ie, gwna fe, parhaodd i ddweud yn ei phen. Gwna fe. Am unwaith, croesa'r llinell, dangos dy fod tithau hefyd yn gallu mentro i'r dwfn.

Tynnodd ei hesgidiau'n frysiog a rhuthro'n droednoeth ar hyd yr eira at lan yr afon. Plymiodd yn sydyn i'r dŵr a theimlo rhyw oerfel rhyfedd fel ergyd trwy'i chorff. Roedd ganddi boen mwyaf sydyn yn ei phen, fel pe bai wedi bwyta hufen iâ'n rhy glou. Gwelai octopws wedi'i wisgo'n drwsiadus mewn siaced frethyn cartref gwyrdd tywyll yn ei chymell i'r dyfnderoedd, ei dentaclau'n gafael ynddi'n dyner. Safai Robert Mitchum yno yn y dŵr claear, yn gwenu arni. Sylwodd fod ganddo ruban glas ar ei frest noeth a daeth môr-forwyn rhyngddi hi ac ef, yn cynnig cawl cartref iddi.

Yn ei phenysgafnder cododd ei phen uwchlaw'r dŵr a throi i weld angel yn rhedeg tuag ati, ei hwyneb ceriwb ar ben ysgwyddau yn sgleinio ag eira, fel adenydd. Pan oedd hi'n fach byddai ei mam yn arfer dweud wrthi taw plu adenydd angylion oedd eira. Ond gwyddai Morfudd o'r gorau bod eira'n gyfuniad cymhleth, hardd o atomau hydrogen ac ocsigen, rhywbeth llawer mwy rhyfeddol. Hanfod bywyd ei hun.

Gweld y Golau

WRTH IDDO OLCHI ei ddwylo yn y baddondy sylwodd Ryan fod y cwt wedi dechrau gwaedu eto. Roedd ochr finiog y garreg a ddefnyddiodd wedi torri i mewn i'r llinell fywyd hir a ymestynnai o waelod ei law dde. Doedd dim angen pwythau. Roedd e jest mewn lle lletchwith, 'na i gyd. Pe bai rhywun yn digwydd sylwi yn y parti yna gallai ddweud iddo fod yn esgeulus ag un o'i raserau siafio. Agorodd y cwpwrdd ar y wal ac roedd yn falch i ganfod blwch bach o blasteri wedi'u seilio ar gymeriadau cyfres deledu *The Simpsons*. Gwasgodd fola cwrw Homer i'r clwyf cyhuddgar.

'Ryan! Ti sy mewn 'na?'

Llais ei dad. Dyna roedd arno ei angen – cysur y cyfarwydd.

'Ie, fydda i ddim yn hir.'

'Ma Anthony 'ma'n gofyn amdano ti.'

Hen ffrind ysgol oedd Anthony, wedi cyrraedd yn gynnar er mwyn cynnig help yn y gegin. Wrth i Ryan ddod i mewn tynnodd Anthony ei goes yn ôl ei arfer.

''Co fe o'r diwedd. Gwyddonydd mwya enwog Llanbleddyn! Yn edrych yn deneuach bob tro wy'n gweld ti, y diawl bach!'

Sylwodd Ryan ar ei fam, Gaynor, yn crychu'i thalcen wrth drefnu *vol-au-vents* ar blât, danteithion a baratowyd ar gyfer ei pharti'n drigain oed.

'Wy'n credu bo ti'n iawn, Anthony,' meddai hi. 'Sdim

syniad 'da fi shwt ma fe'n neud e. Ma fe'n bwyta fel ceffyl.'

'Ma'n nhw'n rhoi llond sach o wair i fi a hongian e lan yn fy stafell i,' meddai Ryan, gan weryru'n ysgafn wrth helpu ei hun i botel o Peroni.

'Ti ddim yn dal i yfed y rwtsh lager trendi 'na, wyt ti?' gofynnodd Anthony.

''Na beth ma byw yn y Swistir yn neud i ti,' meddai ei dad, wrth iddo frasgamu i'r ystafell yn cario hambwrdd yn llawn gwydrau siampên.

'Ma Anthony wedi dod â llond bocs o'i gwrw fe'i hunan, whare teg iddo fe,' parhaodd ei fam. 'Y peth lleia alli di neud yw treial un.'

Wedi iddo weithio mewn banc am ddeng mlynedd fe gychwynnodd Anthony ei fragdy bach ei hunan gwpwl o flynyddoedd 'nôl. Rhoddodd ddwy botelaid ar y bwrdd o flaen Ryan. Darllenodd Ryan y broliant ar y cefn. 'Enjoy the silky aroma of hops and honey rounding off with a long smooth finish.'

'A long smooth finish?' ailadroddodd Ryan. 'Ma fe'n neud iddo fe swno fel paent.'

'Wel, galla i dy sicrhau di dyw e ddim yn blasu fel paent,' meddai ei dad, gan daflu gwên gefnogol at Anthony.

'Mae'r pynter yn disgwyl gwbod am beth ma'n nhw'n talu dyddie 'ma, twel Ryan,' meddai Anthony, yn ei wylio'n ofalus wrth iddo yfed ychydig o'r cwrw. 'Wel? Beth ti'n feddwl?'

'Blasus iawn. Yn cyflawni'r disgrifiad manwl, bob gair!'

'Ma 'na'n bwysig, twel. Ma pobol yn lico sicrwydd,' meddai Anthony yn bendant.

Nodiodd Ryan, gan yfed mwy, yn ymwybodol bod ei rieni ac Anthony yn dal i'w wylio.

'Ma fe'n wir am dy waith di hefyd, nag yw e?' parhaodd Anthony. 'Ti'n gwbod, y gronyn arbennig chi 'di bod yn chwilio amdano fe yn CERN. Ma pobol yn falch clywed bo chi 'di dod o hyd iddo fe o'r diwedd.'

'Y gronyn Duw!' cynigiodd ei dad yn llon, gan arllwys mwy o win iddo'i hun, â'i wraig yn ei wylio â llygaid barcud.

'Licen i 'se nhw ddim yn galw 'na arno fe. Dyw e ddim yn swno'n iawn i fi,' meddai hi, gan gymryd cwdyn llawn napcynau lliw hufen o ddrâr.

'Dim ond gweud beth 'ma'r ffisegwyr yn galw'r *Higgs boson* w' i. Wy'n reit, Ryan?'

'Ti ddim yn rong!'

Gwenodd y tad a'r mab ar ei gilydd, gan gydnabod defod eiriol oedd yn ymestyn 'nôl dros sawl blwyddyn. Byddai Lloyd, tad Ryan, cyfreithiwr ym Mhen-y-bont, bob amser yn cynnig y llinell 'Wy'n reit, Ryan?' gan ragweld ateb ei fab. I ddechrau, gwelai'r teulu cyfan y peth yn ddoniol, bach o hwyl ddiniwed. Ond fel nifer o ddefodau teuluol eraill, roedd Ryan wedi dechrau blino arni erbyn hyn.

Gan synhwyro seibiant lletchwith, gofynnodd Anthony sut roedd Dan y dyddiau yma. Roedd rhwyddineb camu'n feddyliol o'r 'gronyn Duw' i Dan wedi aflonyddu Gaynor. Anadlodd yn ddwfn yn reddfol, gan esgus bod angen golchi'r gyllell yn ei llaw ar fyrder. Holodd Anthony oedd Dan, brawd iau Ryan, yn dod i'r parti heno. Unwaith eto, hoeliodd ei rieni eu llygaid ar Ryan, gan aros am ymateb yn llawn tyndra.

'Doedd e ddim yn teimlo'n ddigon da,' atebodd Ryan. Gan sylwi ar siom ei fam, cyffyrddodd â'i hysgwydd yn dyner. 'Wedodd e 'se fe'n ffonio nes 'mla'n, i ddymuno pen blwydd hapus.'

'O wel, wna i edrych mla'n i 'na, 'te,' meddai hi, gan sychu'r gyllell sgleiniog.

Ceisiodd Ryan ddyfalu a oedd ei fam yn dal i gymryd tabledi ar gyfer iselder. Roedd salwch Dan wedi bod yn ergyd iddi. Ildiodd ei gwaith fel athrawes ran-amser yn yr ysgol gynradd leol ar sail ei hiechyd. O weld bod suro hyd syrffed ar y soffa a llefain y dŵr ddim yn mynd i wella pethau roedd Lloyd wedi'i pherswadio i weithio ychydig o ddiwrnodau bob wythnos mewn siop elusen yn y Bont-faen. Roedd e wedi gwneud rhywfaint o les iddi hefyd, doedd dim dwywaith am hynny. Ni fyddai wedi dychmygu cynnal parti iddi'i hun yn y tŷ, hyd yn oed ychydig fisoedd 'nôl.

Nid oedd ei dad ar dabledi iselder, er bod ganddo fochau coch wedi iddo yfed cymaint o'i hoff win Bwrgwyn. Ei ffordd o ymdopi â Dan oedd parhau fel pe bai e ddim yn sâl o gwbwl. Teimlai Ryan gryn gydymdeimlad tuag ato. Roedd hi'n amlwg bod y sefyllfa'n peri cryn benbleth i Lloyd. Er iddo astudio amryw o'r gwefannau ME a'r cylchgronau a thrafod y salwch â nifer o feddygon, doedd e fawr callach. Gwyddai Ryan fod ei dad, ym mêr ei esgyrn, am ysgwyd Dan 'nôl i'r hyn oedd e, fel pe na bai ond yn fater o dynnu ei hun at ei gilydd. Roedd e'n dal i weld Dan y chwaraewr rygbi, yn gryf fel ceffyl, yn hytrach na realiti'r ffigwr bychan, blinedig.

Yn hytrach na becso am ei rieni, penderfynodd Ryan gymysgu â rhai o'r gwesteion oedd newydd gyrraedd. Cariodd hambwrdd o *vol-au-vents* i'r ystafell ffrynt. Cofiodd fod ei dad wedi gofyn iddo osod mwy o gardiau pen blwydd, felly rhoddodd yr hambwrdd ar y ford goffi a mynd allan i'r cyntedd, lle'r oedd wedi gadael rhai yn nrâr y stand gotiau. Wrth ruthro fe darodd i mewn i'w fam, oedd ar ei ffordd i ateb y drws ffrynt. Hedfanodd gwydr bron yn wag o win trwy'r awyr gan dorri'n deilchion ar y llawr teils Fictorianaidd.

'Sori. Gad e i fi. A' i 'nôl pan a brws,' meddai Ryan.

Pan ddychwelodd sylwodd fod ei fodryb, Glenys, chwaer Gaynor, yn rhoi ei chot i Shelley, y ferch drws nesaf, oedd yn gyfrifol am fagiau a chotiau pawb. Ar ôl cusan frysiog rhwng y ddwy chwaer pwyntiodd Gaynor at y chwalfa wydr ar y llawr, gan godi ei haeliau a thaflu cipolwg ar Ryan.

'O'dd e wastad yr un peth, hyd yn oed yn grwt bach, wastad ar hast.'

Cododd Ryan ei ysgwyddau, gan fethu gwadu'r peth.

'Cer di i fwynhau,' meddai hi, gan gymryd y pan a'r brws oddi arno, 'wna i glirio dy annibendod.'

Penderfynodd Ryan ymuno ag Anthony yn yr ardd ac wrth iddo agor cwrw arall iddo'i hun yn y gegin tapiodd ei dad ef yn ysgafn ar ei ysgwydd, un arall o'i arferion hynod.

'Driodd e gael ti i "weld y golau"?' holodd ei dad.

Nodiodd Ryan yn ddwys, gan gadarnhau awch efengylaidd ei frawd.

'Sdim gymaint o ots 'da fi nawr, gan 'i fod e i weld yn 'i neud e'n hapus. Ma'n nhw'n bobol ddeche, whare teg, a ma fe wedi ymuno â'r côr a phob dim. Wedodd e hynny wrtho ti?'

Ysgydwodd Ryan ei ben. 'Tria b'ido becso gormod amdano fe, Dad,' meddai.

Erbyn hyn roedd hi'n hanner awr wedi saith, a golau llachar yr ardd gefn yn taflu'i belydrau dros gelfi'r ardd a'r dail amryliw a ddisgleiriai ar y *decking* pren. Roedd yn rhaid i Ryan gyfaddef bod yna rywbeth hudol, cyfrin hyd yn oed, yn yr amrywiaeth o siapiau a lliwiau wedi'u gwasgaru ar y llawr. Byddai Dan yn gweld eu harddwch fel arwydd o bresenoldeb Duw. Dyna fu achos y gynnen ynghynt y prynhawn hwnnw, cyn i'r meddyg alw. Ceisiodd Ryan beidio meddwl am hynny ac eisteddodd gyferbyn ag Anthony wrth y ford yn mwynhau ffag. Penderfynodd dynnu'i goes am ei siorts hafaidd.

'Dal ffaelu fforddio trowsus hir, 'te?'

'Ti'n nabod fi. Rhaid neud i'r siorts bara, reit lan at funud ola British Summer Time.'

Atgoffodd hyn Ryan y byddai'n rhaid troi'r clociau 'nôl awr heno. Byddai'n Nadolig mewn dim o dro. Roedd e'n wir, yr hyn ddywedai pobol, bod amser yn symud yn gynt wrth i chi fynd yn hŷn. A dim ond 31 oedd e.

'Dim ond jest dala dy goesau blewog wnes i, 'te,' meddai Ryan.

'Shwt ma'r tegan newydd yn mynd, mas yn Genefa? Gaethoch chi bach o drafferth ar y dechrau, do fe?'

'Do. Ond ma sbel ers 'ny. Mae'r LHC, y Large Hadron Collider, yn dal i wneud i fi agor 'y ngheg fel pysgodyn aur, wedi'n syfrdanu. A wy 'di bod yn gweithio arno fe ers bron i ddwy flynedd nawr.'

'Mae'r pwyse arno chi, boi,' meddai Anthony'n chwareus. 'Well i chi ddechre profi bod e'n werth yr holl arian, neu bydd hi'n amen arno chi!'

'Wnelen nhw ddim o 'na,' atebodd Ryan yn hyderus.

'Paid bod rhy siŵr. Dyw'r byd yn ffaelu fforddio bastards clefer fel ti rhagor, yn enwedig dyddie 'ma. Drycha beth ddigwyddodd i'r teithiau i'r lleuad. A Concorde.'

Nodiodd Ryan yn brudd. Ac yntau'n ymwybodol bod ei dynnu coes wedi suro'r awyrgylch rhyw fymryn, tynnodd Anthony yn galed ar ei sigarét.

'O'dd yn ddrwg 'da fi glywed am dy ffrind yn y gwaith. Sophie, ife?'

'Sophia,' meddai Ryan, gan amneidio'n gynnil i gydnabod y cydymdeimlad.

Yn sydyn clywyd cerddoriaeth swnllyd o'r gegin – Frank Sinatra yn canu 'New York, New York'. Yna gwnaeth ffôn Anthony sŵn bach i ddynodi ei fod e wedi derbyn tecst. Taflodd gipolwg ar y sgrin.

'Sara. Ma hi tu fas. Bydda i 'nôl nawr.'

Roedd yn gas gan Ryan drafod marwolaeth Sophia mewn modd mor ffwrdd â hi. Prin eiliad mewn sgwrs. Bron yr un amser ag y cymerodd i'w hysgyfaint gael eu trywanu gan ei hasennau yn y gwrthdrawiad â lori ar ryw hewl rhwng Cluses a Genefa ar noson heulog o Orffennaf. Yn ôl y gyrrwr lori, fe gollodd hi reolaeth am ennyd wrth gael ei dallu gan yr haul. Fel ffisegwr bu Ryan yn astudio gwrthdrawiadau ar hyd ei oes, mewn graddfeydd o nano-eiliadau. A'i ffrind gwaith, a fu'n llawer mwy na ffrind gwaith pe bai'n onest, wedi'i cholli. Wedi'i malu mewn eiliadau, a hithau ond yn 29 oed. Ffisegydd o Eidales hardd y bu Ryan yn ceisio magu'r hyder i ofyn iddi ddod allan ar ddêt, ond heb lwyddo i fynd amdani, rywsut.

Rhyddhaodd ei hun o'r llif meddyliol dinistriol hwn gan lyncu mwy o gwrw Anthony. Ymlaciodd rywfaint, a gwenu hyd yn oed, wrth feddwl nad oedd neb wedi sylwi ar y plaster bach Homer Simpson ar ei law. Oedd e wedi llwyddo? meddyliodd. Roedd wedi cael dwy alwad ffôn gan ei frawd, wedi'r cwbwl. Neges leisiol hefyd, er na chawsai'r gwroldeb i wrando arni, ac roedd wedi diffodd ei ffôn erbyn hyn. Roedd yn mwynhau'r profiad o fod ar ffo ac roedd rhyw wefr o ddicter cyfiawn wedi'i wthio i dorri'r gyfraith. Teimlai wedi'i fywiocáu a chawsai sioc bod un weithred dreisgar fympwyol yn gallu peri cymaint o orfoledd.

Nawr roedd angen iddo gadw'i ben. Ond sut gallai wneud hynny, ac yntau'n cael ei atgoffa trwy'r adeg o'i frawd absennol? Anti Bethan, cymdoges nad oedd yn fodryb go iawn, oedd y ddiweddaraf i slipo mas am fwgyn.

'Ma'n neis i dy fam, dy ga'l ti gartre, bach. Paid â 'nghamddeall i, ond ma Dan, wel, ma fe'n gallu bod yn eitha pell. Ti'n deall beth wy'n dweud?'

'Dyw Casnewydd ddim mor bell â 'ny. A ma fe i weld yn lico hi 'na.'

'O'n i ddim yn meddwl pell yn ddaearyddol. Ti'n gwybod, pell yn seicolegol. Dierth.'

'Ie, wy'n gwybod,' meddai Ryan, gan nodio'n gynnil.

'Ma'n straen aruthrol, yn enwedig ar dy fam druan.'

Roedd Frank wedi dechrau canu 'Moon River' a meddyliai Ryan am Paul Robeson, arwr ei dad. Roedd taerineb rhai o'u dadleuon gwleidyddol fel teulu fel pe baen nhw'n perthyn i ryw oes arall erbyn hyn. Er ei fod ddwy flynedd yn iau, Dan fyddai'r cyfrannwr mwyaf ymosodol, yn codi'i lais a phwyntio'i fys, gan wisgo crys-T un o'i hoff fandiau ar y pryd, Limp Bizkit neu Linkin Park, er taw'r Manics oedd ei ffefryn.

Arogleuodd Ryan wynt lemwn cryf a throdd i wynebu Sara, gwraig Anthony. Priododd y ddau pan aeth Sara'n feichiog yn y chweched dosbarth. Sylwodd fod Anthony yn dal ei llaw a phwysodd ymlaen i roi cusan ysgafn ar ei boch.

'Ma Anthony 'di bod yn gwthio'i gwrw arno ti, 'te?' meddai hi wrth weld y botel fach yn ei law, gan ogwyddo ei phen tuag ato.

Efallai taw'r ffordd roedd golau llachar yr ardd wedi

creu sglein ar wallt Sara, neu hyd yn oed y ffordd y daliai ei phen ar ongl, oedd wedi atgoffa Ryan o Sophia. Wrth gwrs, yr arogl lemwn hefyd. Mwy na thebyg bod y ddwy'n defnyddio'r un siampŵ. Atebodd ei chwestiwn â chwerthiniad nerfus, gan esgusodi ei hun a dweud ei fod am fynd i'r oergell i nôl mwy o gwrw ei gyfaill.

Roedd presenoldeb Sara wedi'i daflu braidd, oherwydd ei thebygrwydd i Sophia. Y peth rhyfedd oedd nad oedd e wedi sylwi ar hynny erioed o'r blaen. Aeth â'i botel ffres o gwrw allan gydag ef i du blaen y tŷ y tro hwn, i gael ychydig o dawelwch rhag miri'r dorf. Ystyriodd a ddylai ffonio Dan, ond penderfynodd beidio.

Pan alwodd Ryan i'w weld e'r prynhawn hwnnw yn ei fflat yn hen ardal y dociau yng Nghasnewydd, mynnodd Dan eu bod nhw'n rhannu potied o de camomil ac afal sbeislyd. Cafodd rybudd gan ei dad bod Dan wedi mynd yn fwy penderfynol yn ei ymgais efengylaidd i gael pobol i ganfod Duw. Roedd hefyd wedi dweud wrtho am beidio â'i wthio'n ormodol i fynychu parti pen blwydd ei fam, felly codwyd calon Ryan wrth iddo sylwi ar ychydig o ffotograffau wedi'u fframio o hen arddangosfa ar y wal. O leiaf gallai ddechrau eu sgwrs mewn cywair cadarnhaol.

'Ti wedi bod yn fisi ers i fi fod 'ma ddwetha,' meddai, gan amneidio i gyfeiriad y wal, oedd yn blastar o luniau o'r môr oddi ar arfordir Sardinia.

'Wel, o'dd e'n ddwl bo nhw jest yn hel dwst mewn cwpwrdd,' meddai Dan yn dawel hamddenol. Siaradai mor dawel y dyddiau hyn nes bod yn rhaid i Ryan bwyso draw i'w glywed yn iawn.

'Werthes i dipyn bach o'r arddangosfa 'na,' ychwanegodd, gan hoelio'i sylw ar un ffoto arbennig.

''Na'r rhai ddangoses di ym Mryste, ife?'

Nodiodd Dan yn araf, gan ddal i syllu ar lun lliwgar o'r heli, ond gydag un smotyn du yn ei ganol, fel cannwyll llygad.

'Wy'n cofio hwnna. *Llygad* alwes ti fe.'

Nid atebodd Dan. Yn hytrach, aeth lawer yn nes at y llun, gan ystumio ar ei frawd i wneud yr un peth.

'Os edrychi di'n ofalus galli di weld dwsenni o fân flewiach bach o amgylch y du. Anemoni môr yw e. Ma fe'n bert, nag yw e?'

'Ody, ma fe,' atebodd Ryan yn ofalus, gan geisio peidio swnio'n rhy frwd.

'Y golau'n bwrw'r dŵr. A'r dŵr mor lân, mor glir. Wna i byth anghofio'r daith 'na i Sardinia.'

Nodiodd Ryan, ac roedd yn falch clywed ymateb mor bositif ganddo, er yr awgrym lleiaf o rwystredigaeth hefyd, wrth iddo gofio mai ar y daith honno y gwelwyd Dan yn ei anterth am y tro olaf. Dri mis yn ddiweddarach cafodd ei fygio, ymosodiad ffiaidd, yng Nghasnewydd. Dywedodd un arbenigwr niwrolegol y gallasai'r ymosodiad fod wedi sbarduno salwch Dan. Yn sicr, fu Dan byth yr un peth wedi'r digwyddiad. Enciliodd i'w gragen, yn annodweddiadol fewnblyg. Derbyniodd ergyd cas i'w ben a bu bron iddo golli'i lygad chwith. Y cyfan i ddwyn y £30 oedd ganddo yn ei waled a'r cerdyn credyd a ganslwyd yn hawdd o fewn ychydig oriau. Ni ddaliwyd yr ymosodwr. Fel ei dad, credai Ryan fod gan yr arbenigwr bwynt. Roedd dioddefwyr ME yn aml yn gallu cyfeirio at un digwyddiad ar amser penodol pan ddechreuodd pethau newid er gwaeth. Nid o anghenraid newid cyflym, ond dirywiad pendant serch hynny.

'Wrth gwrs, ti yw'r arbenigwr ar olau,' meddai Dan yn chwareus, gan droi i wynebu ei frawd. 'Wy'n cofio ti'n gweud bod treial dod o hyd i bresenoldeb niwtrinos bach fel defnyddio fflachlamp i dynnu llun o fflach fach o olau yng nghanol dydd.'

'Rhywbeth fel'na, ie.'

'Felly ti'n cyfadde, jest achos bo ti'n ffaelu gweld rhywbeth dyw e ddim yn meddwl nag yw e'n bod?'

'Nage jest cyfadde. Dyna sail fy ngwaith bob dydd!'

Roedd Ryan wedi ceisio ysgafnhau'r sgwrs yn fwriadol, gan synhwyro beth oedd i ddilyn. Yn anffodus, dim ond fe oedd â gwên ar ei wyneb.

'Wy'n credu bo ni'n dau yn yr un lle, mewn gwirionedd. Jest bod ti'n ffaelu cael dy hunan i gyflawni'r naid o ran ffydd,' meddai Dan, yn dawel ond yn benderfynol, â'r tinc lleiaf o dosturi yn ei oslef.

'Beth wy'n galw yn ymyl yr anhysbys, beth ddigwyddodd adeg sbarc y Big Bang, wy'n gwybod bod ti, dyddie 'ma, yn galw'n Dduw,' ymatebodd Ryan, braidd yn drahaus. 'Wy'n ofni bo fi ddim yn cytuno â ti, Dan. Allwn ni jest ddim cytuno i anghytuno?'

Er mawr siom i Ryan, sylweddolodd ei fod wedi codi'i lais erbyn hyn. Gafaelodd Dan yn ei fraich.

'Dyddie 'ma,' meddai Dan, gan ddynwared cywair nawddoglyd ei frawd i'r dim, 'wy'n ffeindio cywair llais rhywun yn llawer mwy diddorol na'r hyn sy'n cael 'i ddweud. Roedd dy *Higgs boson* di bron mor anodd i ddod o hyd iddo fe â'r dystiolaeth feddygol i brofi'n ME i,' ychwanegodd yn ysgafn. Yn obeithiol; roedd hyd yn oed rhyw fflach o wên yn ei lygaid suddedig.

Sut gallai e fod mor dawel, mor ddigynnwrf? meddyliodd Ryan. Roedd e moyn i'w frawd udo at y lleuad, i ruo yn erbyn diffodd ei olau. Annhegwch y blydi peth! Fel pe bai'n darllen llif ei feddwl, dywedodd Dan ei fod yn credu bod pawb ar brawf gan Dduw, yn cael eu gwthio i'w hymylon eithaf, er mwyn canfod eu hunain go iawn.

Nodiodd Ryan yn gwrtais, yn benderfynol o beidio llyncu'r abwyd. Yna sylwodd ar ryw fath o ddogfen, holiadur meddygol, ar y bwrdd. Gan ddilyn ei lygaid, mor siarp ag erioed yn hynny o beth, cydiodd Dan yn y ffurflen.

'Ma fe'n rhywbeth o'dd rhaid i fi'i lenwi, i gadw fy Lwfans Anabledd. Wnes i gopi i'n hunan, rhag ofn. Ma meddyg fod galw i 'ngweld i unrhyw funud.'

Teimlodd Ryan ei gynddaredd yn cynhesu esgyrn ei fochau. Y tro hwn methodd gnoi ei dafod.

'Ma nhw moyn torri dy arian di?!'

Sylwodd ei fod e wedi codi'i lais eto, a'i fod yn gweiddi y tro hwn.

'Ma rhaid iddyn nhw brofi bo fi ffaelu gweithio, 'na i gyd. Jest rwtîn.'

'Rhoia i rwtîn iddyn nhw. Ar ôl popeth ti 'di diodde.'

Canodd cloch y drws. Aeth Dan draw i'r ffenest, yn hollol ddigynnwrf, i weld pwy oedd yno.

'Wy'n credu bod y doctor 'na nawr.'

'Eistedda i 'da ti. I neud yn siŵr bod e ddim yn cymryd mantais ohonot ti.'

'Na, ma'n iawn. Wir. Fydd e ddim yn hir, siŵr o fod. Dyle popeth fod yn OK.'

Ond nid oedd Ryan am symud modfedd. Canodd y gloch unwaith eto. Gwasgodd Dan y seiniwr a gofyn pwy oedd yno.

'Dr John Azaki, to see a Dan James.'

'OK, come up to the second floor,' meddai Dan, gan daflu cipolwg ar Ryan, oedd yn dal yn gynddeiriog. 'Ma *Western Mail* heddi ar y gwely. Os ti moyn neud rhywbeth defnyddiol â dy amser, newida'r ffiws ar y lamp sy wrth ymyl y gwely a darllena'r papur.'

Wrth ddweud hyn, pasiodd Dan becyn o bedwar ffiws 3 amp iddo, a sgriwdreifar bach. Agorodd Dan y drws ac i mewn daeth Dr John Azaki, meddyg locwm llond ei groen o Nigeria, wedi'i hurio gan Lywodraeth Prydain i ganfod twyllwyr Lwfans Anabledd, gan gyflwyno'i hun. Gwrthododd y doctor yn gwrtais y cynnig o de. Yn anfodlon, ymlwybrodd Ryan i ystafell wely Dan, ond roedd yn ddigon hirben i beidio cau'r drws yn dynn ar ei ôl.

Agorodd gefn y plwg a cheisio canolbwyntio ar yr orchwyl dan sylw. Gallai glywed y ddau ddyn yn sgwrsio, er doedd eu geiriau ddim yn eglur. Cododd yr hen ffiws allan o'i rych a gwthio'r un newydd i'w le cyn rhoi'r plwg 'nôl yn y soced. Cyneuodd y lamp ond wnaeth hi ddim goleuo. Mwy na thebyg bod angen newid y bwlb, meddyliodd. Tynnodd y bwlb, un o'r rhai bach ffasiynol, prin fodfedd mewn hyd. O Ikea fe dybiodd, wrth sylwi ar y llythrennau bychain a stampiwyd ar y bwlb, 'Osram Halopin'. Gosododd y bwlb 'nôl ac yn sydyn fe glywodd chwerthin o'r ystafell fyw, rhyw wichian anghydnaws o uchel, yn dod o du'r doctor. Yn llawn chwilfrydedd, aeth Ryan at y drws a cheisio clustfeinio ar eu sgwrs.

Ond heblaw am ambell air hwnt ac yma, doedd ganddo fawr o glem. Clywodd y gair *'exhaustion'*, a *'medication'* hefyd. Man a man iddyn nhw fod yn trafod yn Rwseg. Yna, yn glir fel grisial, cododd Dr Azaki ei lais.

'I see. So do you play rugby these days then, Dan?'

Teimlodd Ryan ryw wayw yn ei frest, fel pe bai holl gynddaredd ei gorff wedi ymgasglu mewn un man. Tybiai iddo glywed Dan yn ateb nad oedd wedi chwarae rygbi ers nifer o flynyddoedd nawr.

Allai e ddim dioddef hyn am eiliad arall. Rhuthrodd i'r ystafell fyw, gan edrych yn ddig i fyw llygaid y meddyg. Roedd Dan yn edrych yn hollol ddigynnwrf.

'Fyddwn ni ddim yn hir nawr, Ryan,' meddai.

'I'm sorry, but I couldn't help overhearing you asking my brother if he still plays rugby? Don't you understand? He's got ME! Most of the time he can hardly get out of bed, or have the strength to lift a biro to fill your stupid forms! Why on earth would you expect him to be able to play rugby?!'

'Ma'n iawn, wir, Ryan,' meddai Dan, gan daflu gwên i gyfeiriad y doctor.

'I'm sorry, sir. I was just asking,' dechreuodd Dr Azaki, ond torrodd Dan ar ei draws.

'It's fine, doctor, honestly. We both understand that you're just doing your job.'

Gan ddirnad nad oedd e'n ymdopi'n dda â'i ddicter sydyn, sylweddolodd Ryan taw'r peth gorau fyddai iddo adael.

'Fyddwn ni'n dy weld di? Nes 'mla'n?' llwyddodd i ofyn i Dan.

'Wy ddim yn teimlo cweit digon da. Sori. Gwed wrth Mam wna i ffonio.'

Nodiodd Ryan ac yna fe drodd i wynebu Dr Azaki.

'He's too weak to come to his own mother's sixtieth birthday party. Why don't you put that down on your form?'

Wrth sylwi bod Dan yn codi, trodd Ryan i wynebu ei frawd.

'It's OK. I'll see myself out.'

Yn syth wedi iddo adael y fflat a hyrddio'i hun i'r pafin, gan addasu ei lygaid i'r golau oren hydrefol, teimlai don o rwystredigaeth. Roedd wedi dymuno gwneud safiad ar ran ei frawd ond wedi codi cywilydd arno yn lle hynny. Ond roedd llonyddwch digynnwrf Dan yn troi arno. Onid oedd e'n cofio'r misoedd lawer a gymerodd hi i'r gymuned feddygol hyd yn oed dderbyn bod ganddo ME? Roedd yn rhaid i bawb fod mor ofalus. Byth ei ffonio yn ystod y dydd, rhag ofn ei fod yn cysgu. Gwylio ei ddeiet. Ceisio peidio â'i demtio wrth yfed alcohol yn ei gwmni. Roedd gan bob dim y potensial i'w wthio dros y dibyn, a nawr dyma'r meddyg haerllug hwn yn gofyn oedd e'n dal i chwarae rygbi. Roedd anghyfiawnder y peth mor eithafol nes ei fod bron â bod yn chwerthinllyd.

Ond doedd Ryan ddim yn chwerthin wrth i don o egni ei yrru yn ei flaen. Pan welodd gar Renault y meddyg wedi'i barcio ger llinell felen, â darn o bapur â'r geiriau 'Doctor On Call' yn y ffenest flaen, daeth yn ymwybodol bod yn rhaid iddo fanteisio ar y cyfle. Wrth ei ymyl sylwodd ar sgip bach melyn yn gorlifo â cherrig trymion o'r hyn a fu unwaith yn wal.

Â'r ergyd cyntaf llwyddodd i wneud i'r ffenest flaen ffurfio siâp pluen eira oedd, er yn berffaith, eto'n echrydus o annigonol. Yna, gyda thrawiad arall cryfach â'r garreg, chwalodd hi'n deilchion, yn ddwsenni o ddarnau gwydr. Rhewodd Ryan, heb sylwi bod y darn siarp o garreg wedi torri'i law gan dynnu gwaed, nac ychwaith ar frefu hurt larwm y car.

Ni allai ond gweld edrychiad syfrdan Sophia trwy'r ffenest flaen.

Ochneidiodd yn dawel, yn gyntefig o ofnus, wrth i rywun ei daro'n ysgafn ar ei ysgwydd. Bysedd tyner, cyfarwydd ei dad.

'Ti'n dod mewn? Ni'n cynn'u rhai o'r canhwyllau ar y gacen. Ac wy'n mynd i weud ychydig eiriau.'

Trodd Ryan yn ei unfan a blincio'i lygaid er mwyn osgoi dangos ei benbleth ddryslyd.

'OK,' dywedodd, 'wrth gwrs. Oes rhywbeth ti moyn i fi neud?'

'Alle ti weud gair hefyd, os ti moyn. I neud lan am absenoldeb Dan.'

Sylwodd Ryan fod geiriau ei dad yn dew yn barod, gyda 'absenoldeb' yn swnio fel 'asenoldeb'.

Mae'n rhaid bod ei fam wedi sylwi hefyd, gan ei bod hi wrthi'n paratoi *cafetière* o goffi i'w dad yn y gegin. Daliodd Ryan hi'n gwthio'r plynjar i lawr trwy'r hylif tywyll yn annodweddiadol o ffyrnig. Sylwodd Lloyd ar ei golwg syn.

'Mae'n grac achos dyw Dan heb ffonio,' mwmialodd.

'Gyda ti wy'n grac,' hisiodd ei fam. 'Fydde'n well 'da fi 'se ti ddim yn dweud gair. Ti 'di cael gormod i yfed.'

'Beth sy arno ti, fenyw? Wy'n sobor fel sant. Wy'n reit, Ryan?'

'Ti ddim yn rong!'

''Na fe, twel, paid creu ffwdan heb fod eisie.'

Sylwodd Ryan ar Glenys, oedd yn gosod canhwyllau ar y gacen yn y cornel, yn taflu cipolwg llawn cydymdeimlad at ei fam. Roedd rhywun wedi dewis albwm gan y Manics ar yr iPod oedd yn chwarae'n dawel yn y cefndir, 'Postcards from a Young Man'. Tapiodd Ryan ei droed yn nerfus i guriad y bas.

Wedi iddo gwpla'i goffi hebryngodd Lloyd bawb i mewn i'r ystafell ffrynt fel rhyw gi defaid deheuig. Fel ffafr fach pen blwydd i'w fam, eisteddodd Ryan wrth y piano gan chwarae 'Pen Blwydd Hapus', ac ymunodd y gwesteion yn y canu. Wnaeth hi hyd yn oed lwyddo i chwythu pob un o'r chwe channwyll allan â'i hymgais gyntaf, i'r gymeradwyaeth fonllefus a lenwai'r ystafell. Pitsiodd Lloyd mewn â'r gân 'Ma Hi yn Berson Arbennig' a chanwyd hyn gydag arddeliad am ychydig eiliadau cyn i'r gân stopio'n ddisymwth, fel pe bai sain yr ystafell wedi'i ddiffodd. Trodd Ryan rownd ar stôl y piano a sylwi ar Dan wrth y drws.

'Pen blwydd hapus, Mam,' meddai.

'Diolch, bach,' atebodd hi, gan fynd ato a'i gofleidio'n wresog.

'Wel, gwell hwyr na hwyrach, sbo,' meddai Lloyd, gan wincio ar ei fab ieuengaf.

Doedd e ddim cweit fel dychweliad y Mab Afradlon ond am yr hanner awr nesaf roedd pawb yn ffwdanu o gwmpas Dan fel pe bai wedi dychwelyd o'r lleuad. Dywedodd Gaynor drosodd a throsodd bod y ffaith bod Dan wedi gallu dod wedi'r cwbwl wedi gwneud ei phen blwydd hi'n un arbennig iawn. Roedd Glenys yn meddwl bod Dan yn edrych yn dda iawn. Yn yr un modd, er nad oedd Sara wedi ei weld ers amser hir a'i bod hi wedi cael sioc o'i weld mor denau, roedd yn rhaid iddi gydnabod bod hynny yn ei siwtio i'r dim.

Gan arllwys cwrw arall iddi yn y gegin, gofynnodd Ryan oedd hi o ddifri.

'Odw. Wy'n gwybod bod e 'di colli pwysau, ond ma fe'n edrych lot gwell oherwydd hynny, nag yw e?' meddai. 'Achos bo ni ddim yn gyfarwydd â gweld Dan fel'na, 'na i gyd yw e. 'Se fe'n rhywun dierth fydden ni'n meddwl bod e'n fodel neu rywbeth.'

'I gylchgrawn *Halloween* falle,' meddai Anthony.

'Paid bod yn dwp, Ant. Wy'n meddwl e. Hidiwn i ddim cael *cheekbones* fel'na, galla i weud 'tho ti!'

Erbyn hyn roedd Glenys wedi dod trwyddo. 'Gwell i ti

ddod 'nôl i'r stafell ffrynt. Ma dy fam yn mynd i weud gair bach.'

Roedd presenoldeb Dan fel pe bai'n hwb i hyder Gaynor ac fe roddodd hi araith ddigon derbyniol, er yn llawn o'r ystrydebau arferol wrth groesawu pawb, a taw 60 oedd y 50 newydd ac yn y blaen. Roedd hi'n arbennig o falch bod Dan wedi llwyddo i fod yno, a'i chwaer Glenys hefyd. Wnaeth hi hyd yn oed wneud rhyw sylw ysgafn am edrych ymlaen at ddefnyddio ei thocyn bws newydd rhad ac am ddim. Trwy gydol ei llith, fodd bynnag, roedd Ryan yn ymwybodol iawn bod Dan yn edrych tuag ato'n ddwys bob hyn a hyn. Doedd Ryan ddim cweit yn ei osgoi, ond doedd e ddim moyn bod ar ei ben ei hun gyda'i frawd chwaith.

Wedi'r gymeradwyaeth frwd ac wrth i bobol wasgaru, yn bennaf i'r gegin, ymlwybrodd Ryan i'r baddondy. Wedi eistedd ar sedd y tŷ bach, trodd ei ffôn symudol ymlaen ond methodd dderbyn signal. Trwy wydr barugog y drws roedd yn ymwybodol bod rhywun yn aros i ddod i mewn. Fflysiodd y toiled a gadael, dim ond i ganfod Dan yn aros amdano.

'Dere gyda fi,' meddai Dan, yn bryderus o frysiog.

Dilynodd Ryan ef i'r ystafell wely sbâr yng nghefn y tŷ.

'Wrandawes di ar fy neges?' gofynnodd Dan.

'Dries i, jest nawr. Ffaeles i gael signal. Sori.'

'Welodd y ddau ohonon ni ti, yn rhedeg bant o'r car.'

Am eiliad ystyriodd Ryan y posibilrwydd o wadu popeth. Yn lle hynny, gofynnodd beth oedd ymateb Dr Azaki.

'Shwt wyt ti'n disgwyl iddo fe deimlo? Beth godd yn dy ben di, Ryan? Wy'n becso am y dicter sydd tu fewn i ti,' ychwanegodd, gan roi ei law ar ysgwydd ei frawd.

Roedd hi fel pe bai popeth o chwith. Ryan oedd yr un i'w bitïo nawr. Ryan, mae'n amlwg, oedd yn dost.

'Wnaeth e ddim ffonio'r heddlu, do fe?' gofynnodd.

'O'dd e moyn, ond wedais i 'sen i'n cael gair 'da ti. A bydden ni'n talu am y difrod.'

'Da iawn,' meddai Ryan, gan nodio'n synfyfyriol. 'Er, dyw e ddim yn haeddu hynny,' ychwanegodd yn grac.

'Pan o't ti'n gwrthod ateb fy ngalwadau i, wel...'

'Beth?'

'Wel, do'dd e ddim yn bles iawn. Daeth y bobol i drwsio'r gwydr yn weddol glou, diolch byth. Ond sa i'n credu taw dyma ddiwedd y stori...'

Yn sydyn, sylwodd Ryan ar gysgod ger y fynedfa i'r ystafell. Tynnodd y drws ar agor yn llawn i ganfod ei dad yn sefyll yno'n stond a'i wyneb yn welw.

'Wy newydd gael galwad ffôn ryfedd iawn oddi wrth Gerallt,' meddai. Cyfaill iddo oedd Gerallt, uwch swyddog yn yr heddlu. 'Ma angen i Ryan fynd i brif orsaf yr heddlu yng Nghasnewydd bore fory. Rhywbeth am ymosodiad hiliol, difrodi car?'

Chwarddodd Dan. Cynddeiriogodd hyn Ryan. Nid am ei fod yn bychanu'r sefyllfa, gan fod yr elfen hiliol yn amlwg yn hurt. Na, roedd e'n grac oherwydd bod Dan yn ymddangos mor hunanfeddiannol ddigyffro, yn wir wedi ymlacio'n llwyr. O leiaf daeth ei chwerthin ag ychydig o liw 'nôl i fochau Lloyd, fodd bynnag, wrth i hwnnw fwrw'i lid ag arddeliad.

'Nage jôc yw hyn. Beth wyt ti 'di neud, Ryan? Gallai hyn ddistrywio ti. Difetha ni i gyd fel teulu!'

Dywedodd Ryan y gwir wrth ei dad a chafodd gefnogaeth Dan. Er i Lloyd hefyd gael ei wylltio gan yr ymchwiliad diangen i gais Lwfans Anabledd ei fab, tyngodd y tri ohonyn nhw lw na fydden nhw'n sôn gair wrth Gaynor am yr hyn ddigwyddodd. Yn wir, rhuthrodd y tri 'nôl lawr sta'r yn weddol handi. Cytunodd Dan i aros y nos yn ei hen ystafell wely hyd yn oed. Wedi i bawb adael, heblaw am Glenys, oedd yn aros yn yr ystafell gefn, chwaraeodd Ryan rai o ffefrynnau ei fam ar y piano. Daeth y noson i ben wrth i'r pump ohonynt ganu 'Yesterday' y Beatles, â Gaynor yn datgan iddi gael y pen blwydd gorau erioed.

Ar ôl i'w rieni fynd i'r gwely, â'i feddwl yn dal i chwyrlïo â holl ddigwyddiadau'r dydd, dechreuodd Ryan dacluso'r gegin, gan wagio'r golchwr llestri a rhoi llwyth arall i mewn ynddo. Yna fe aeth mor ddistaw â phosib trwy'r holl ystafelloedd ar y llawr, gan edrych am boteli gwag a'u rhoi'n dawel yn y cwdyn ailgylchu gwyrdd priodol. Trodd olau allanol yr ardd ymlaen a chario'r cwdyn i lawr i'r lôn gefn, gan ei glymu'n gadarn a'i osod wrth ymyl y lleill. Ar y ffordd 'nôl i'r tŷ fe drodd i edmygu'r goeden corn carw ar waelod yr ardd, a ymddangosai bron yn herfeiddiol o iachus. Roedd ei dail yn galeidosgop o felyn, coch ac oren, bron fel pe bai ar dân. Gwenodd, gan syllu'n llawn syndod ar y trwch o gonau clared a gyhoeddai eu ffrwythau'n hy i'r byd. Cofiodd eu cyffwrdd am y tro cyntaf, flynyddoedd yn ôl, a chael ei syfrdanu gan feddalwch tyner eu gwead, fel teimlo'r carped Indiaidd coethaf.

'Godidog, nag yw e?'

Roedd Dan wedi cripian lan tu ôl iddo.

'Ody,' meddai Ryan yn syml, gan gadw ei lygaid wedi'u hoelio ar y goeden.

'Harddwch Duw wnaeth fy argyhoeddi yn y diwedd,' parhaodd Dan. 'Ym mhob maes, o'r microsgopig i fannau pellaf y bydysawd. Wy ddim yn credu gallith neb wadu bod ôl rhyw gynllun mawr ar y peth. A'r cwestiwn ti'n gorfod gofyn i dy hunan wedyn yw "Pam?" O ran esblygiad, does dim angen harddwch ar y lefel yna.'

Gwrandawodd Ryan yn astud ar lais meddal, cysurlon Dan, wedi blino gormod i ddadlau.

'Jest rhag ofn bo ti wedi camddeall, doedd e'n ddim byd i wneud â'n salwch i, na'r ymosodiad arna i chwaith. Weles i'r golau yn y môr yn Sardinia. Ym manylder anemoni syml.'

'A'r Eglwys Babyddol?' gofynnodd Ryan, wedi'i synnu bod ganddo'r fath chwilfrydedd am epiffani honedig ei frawd.

'Wy'n lico'u symlrwydd a'u defodau a'r ffaith eu bod nhw fel un teulu byd-eang. Bo fi'n gallu cynn'u cannwyll yn Barcelona neu Fedwas a gwybod bo fi'n rhan o gymuned real. Ma fe wedi neud fi'n well person.'

Roedd Ryan am grybwyll yr holl offeiriaid gwyrdroëdig a'u hanes trist o gam-drin plant. Beth oedd mor hardd am Auschwitz neu gynlluniau mawr hil-laddiadau hwyrach yn Rwanda neu Srebrenica? Ond sticiodd y geiriau yn ei wddwg. Gallai weld y perlesmair yn llygaid dwys ei frawd, yn frawychus o ddiffuant yn eu credo syml. Byddai'n ddwl gwadu nad oedd Dan wir yn well person erbyn hyn, er gwaethaf ei salwch truenus. Uwchlaw murmur tyner y golchwr llestri, yn sydyn clywsant rat-tat-tat sŵn cnocio ar ffenest y gegin. Safai Lloyd yno yn ei ŵn wisgo, yn gwasgu potel dŵr poeth yn dynn i'w frest, yn union fel y magodd ef hwythau flynyddoedd 'nôl. Cododd Ryan ei law ac ystumio eu bod ar eu ffordd 'nôl i'r tŷ.

Wrth aros i'r tegil ferwi, gofynnodd Lloyd beth oedd pwnc trafod y bechgyn tra oedden nhw yn yr ardd, gan fecso braidd y gallai Glenys eu clywed o'r ystafell wely gefn.

'Wnaethon ni ddim sôn am gar y doctor,' meddai Dan, am roi tawelwch meddwl i'w dad mor glou â phosib.

'Wy heb allu meddwl am unrhyw beth arall,' meddai Lloyd.

'O'n ni'n trafod y goeden, y corn carw, fel ma'n digwydd,' meddai Ryan, yn awyddus i newid y pwnc.

'Ma'r dam peth yn tyfu 'nôl trwy'r adeg, yn gryfach bob tro. Wy ddim yn cofio faint o weithiau wy wedi torri hi 'nôl. Bydd y goeden 'na'n dal yna yn bell ar ein hôl ni i gyd.'

'Chi ddim yn lico hi 'te, Dad?' gofynnodd Dan, wedi'i synnu.

'Ma'n gas 'da fi hi. Wastad wedi bod. Wy 'di treial 'y ngore glas i gael gwared arni, ond ma hi wedi 'nhrechu i. Ma'n ddirgelwch llwyr i fi shwt mae hi'n gallu para cystal.'

Sylwodd Lloyd ar Dan a Ryan yn edrych ar ei gilydd.

'Beth?' meddai, gan arllwys yr hen ddŵr o'r botel i'r sinc.

'Y peth hardda gallwn ni ei brofi yw'r cyfrin. Dyna yw tarddiad pob gwir gelfyddyd a phob gwyddoniaeth. Ma'r sawl sy'n ddieithr i'r emosiwn hwn, na all oedi ac ystyried mewn edmygedd a pharchedig ofn, fwy neu lai wedi marw. Mae 'i lygaid ar gau.'

Er ei waethaf, edrychodd Ryan yn llawn edmygedd ar ei frawd. Ebychodd ei dad yn anghyfforddus.

'Ti ddim yn cytuno 'te, Dad?' holodd Dan.

'Sori boi, ond sa i mewn hwyl i wrando ar dy rwtsh *happy-clappy* di heno.'

Taflodd Ryan gipolwg ar Dan, yn gwylio'i ymateb. Cadwodd Dan ei urddas. Roedd hyd yn oed gwên o ryw fath yn ei lygaid.

'Nage Iesu o'dd hwnna,' meddai Dan.

'Albert Einstein o'dd e,' cadarnhaodd Ryan, gan wylio'i dad yn arllwys y dŵr berwedig yn ofalus o'r tegil i'r botel rwber.

'Ti'n oer, 'te?' gofynnodd Dan, gan gyfeirio at y botel dŵr poeth.

'Na. Rhywbeth i neud o'dd e. Sa i'n gweld fi'n cysgu rhyw lawer heno.'

'Ond ma angen i ti neud,' meddai Dan, cyn hoelio'i lygaid ar Ryan. 'Chi'ch dau angen bod ar eich gore yn y bore.'

'Beth ddywedi di wrth Mam?' gofynnodd Ryan.

'Feddylia i am rywbeth, sbo. Dweda i ein bod ni'n slipo draw at Dan, i helpu codi rhyw silffoedd. Fydd ddim ots 'da hi, bydd Glenys gyda hi, ta beth.'

Nodiodd Ryan. Ond doedd e ddim yn edrych ymlaen at y bore o gwbwl.

'Beth fydd y cyhuddiad?' gofynnodd yn nerfus, gan edrych i fyw llygaid ei dad.

'Fydd 'na ddim un, gobeithio,' atebodd.

Doedd dim angen i Ryan boeni. Nid oedd wedi sylweddoli gwerth cysylltiadau ei dad o fewn Heddlu De Cymru. Tarwyd ar fargen. Oherwydd yr amgylchiadau anodd a arweiniodd at sefyllfa lawn straen, yn enwedig i Dan, rhybudd swyddogol yn unig gafodd Ryan. Ni fyddai'n gorfod wynebu cyhuddiad o ddifrod troseddol. Yn wir, byddai'r dystiolaeth camerâu cylch cyfyng yn cael ei dileu. Cytunwyd y byddai'n ysgrifennu ymddiheuriad i Dr Azaki a thalu'r £200, sef cost trwsio'r ffenest flaen, yn llawn.

Gwahoddodd Dan Ryan 'nôl i'w fflat, er mwyn mynd am wâc ganol pnawn, i lawr wrth y Bont Gludo. Ond pan alwodd i weld ei frawd sylwodd Ryan ar yr olwg wan, gyfarwydd ar ei ffrâm esgyrnog wrth i'r clefyd afael ynddo a'i lethu. Ei gosbi am feiddio mynd i barti pen blwydd ei fam.

'Sori, Ryan,' sibrydodd. 'Helpa dy hunan i bach o de. A'r papurau Sul. Wy'n ofni bod rhaid i fi fynd i orwedd lawr. Bydda i'n ffaelu mynd i'r gwasanaeth heno, nac i'r ymarfer côr wedi 'ny.'

Doedd dim arlliw o ddicter yn ei lais, er y byddai'n gweld eisiau ei ffrindiau newydd, roedd Ryan yn sicr o hynny. Cymerodd gyngor ei frawd a gwnaeth ychydig o de iddo'i hunan, yr un camomil ac afal eto. Tynnodd ei esgidiau, gan roi ei draed i fyny ar y *pouffe* ger y soffa a cheisio ymgolli yn y papurau Sul. Ond daeth Ryan 'nôl dro ar ôl tro at yr hyn ddywedodd Dan am yr Eglwys fel cymuned fydeang. Mewn ffordd od, dyna fel y teimlai Ryan am ei gydwyddonwyr, yn enwedig ffisegwyr gronynnau. Weithiau, ar drywydd y Theori Popeth fondigrybwyll, roedd angen rhyw ffydd ddall arnyn nhw hefyd. Efallai nad oedd e mor wahanol i'w frawd wedi'r cwbwl.

Wedi iddo wneud mwy o de, cofiodd Ryan am y pecyn bach ym mhoced ei got. Roedd wedi prynu'r bwlb cywir i'r lamp ger y gwely. Ymlwybrodd yn ysgafn droed yn nhraed ei sanau i gyfeiriad ystafell wely Dan. Gallai ei glywed yn anadlu'n dawel, nid chwyrnu yn hollol, ond yn bendant yn cysgu'n sownd.

Wrth i Ryan slipo mewn i'r ystafell sylwodd ar yr awyr lliw pwmpen trwy'r ffenest a chael ei synnu gan y pelydrau oren niferus wedi'u hanelu at wyneb Dan. Roedden nhw'n dod o seren oedd yn darfod 93 miliwn milltir i ffwrdd.

Meddyliodd am olau yr un haul yn dallu Sophia yn ei heiliadau olaf tyngedfennol.

Ac yntau'n ddiolchgar am y golau i'w arwain, sicrhaodd

fod y lamp bant yn y prif switsh cyn sleidio'r bwlb bychan yn ddeheuig o'i slot. Gosododd y bwlb newydd yn ei le gan geisio penderfynu a ddylai ei brofi ai peidio. Trodd y prif switsh ymlaen yn y soced ac yna gwasgu switsh bychan y lamp ei hun. Daeth golau llachar melyn ymlaen. Gan sylwi ar Dan yn ystwyrian rhyw fymryn, diffoddodd y golau'n syth. Mae'n rhaid bod Dan wedi synhwyro'r golau, er bod ei lygaid ar gau.

Y Teulu Arall

DIM OND MIS sy ers i mi eu gweld nhw ddiwetha. Am y tro cynta, fy mam a fy mrawd. Brawd cyflawn. Daeth hynny fel sioc. A siom. Albanwyr o Glasgow! Mor wahanol i mi, a gafodd ei magu'n ferch o'r wlad yn y Bala. Merch y swyddfa bost aeth i'r Brifysgol i ennill gradd yn y Gymraeg. Cyfieithydd llawrydd am ugain mlynedd ac yn fam i ddwy ferch. Mae'n swnio'n dda pan dwi'n ei ddeud o fel'na, fel rhyw CV bach yn fy mhen, wrth wylio'r wynebau eraill ar y trên efo mi, yn y cerbyd tawel ar y 6.55 o Gaerdydd i Glasgow.

Pwy ydy'r bobl yma, tybed? Myfyriwr penfelyn sy gyferbyn â mi decini, yn gwrando ar gerddoriaeth ar ei iPod, ei lygaid glas o'n rowlio i bît y gân, er na alla i glywed dim o'i beiriant bach chwaith, chwara teg. *Quiet carriage.* Syniad rhyfedd. Annog pobl i gadw'n dawel. Dyn arall i'r chwith i mi, yn groes i'r eil, yn darllen y *New Statesman* o glawr i glawr. Golwg ddifrifol iawn. Trwsiadus. Banciwr ella. Tipyn o bishyn, a deud y gwir, rhyw fymryn bach o Daniel Craig yn ei gylch o, yn ei ddeugeinia cynnar, 'run fath â fi, ddeudwn i. Dynes mewn gwth o oedran gyferbyn ag o, yn trio ond yn methu cysgu. Helpu ei hun i *Polo mints* bob hyn a hyn. Pawb yn eu bydoedd bach eu hunain, yn byw yn eu penna a'r trên yn ein hyrddio i fyny tua gogledd ynys Prydain.

Adeg gyffrous yn yr Alban y dyddia yma. Wnaethon ni gadw'n weddol glir o wleidyddiaeth y tro diwetha, diolch i'r drefn. Wedi deud hynny, mi ges i'r argraff glir fod Edith (fedra i ddim yn fy myw â'i galw hi'n 'Mam') a Ben fy mrawd (rhyfeddach fyth i ddeud 'brawd') ill dau yn erbyn annibyniaeth i'w gwlad. A minnau newydd fod yn canfasio'n frwd i'r Blaid ar gyfer isetholiad yn Ne Caerdydd. Roedd petha amgenach gynnon ni i'w trafod, fel pwy oeddan ni, sut dylen ni ymateb i'n gilydd a'r ffordd ymlaen. Er, wnes i ddim meiddio gofyn yr unig gwestiwn o bwys chwaith. Pam fy rhoi i ffwrdd yn fabi bach prin deufis oed?

Edwina Agnes Henderson. Dyna'r enw oedd ar fy nhystysgrif geni. Cyfenw fy mam waed. 'Father: unknown.' Roedd yn gas gen i'r gair yna, yr *unknown*. Doedd o ddim yn wir, nag oedd? 'Father: doesn't want to know' fysa'n agosach ati. Dyn priod parchus, cyfrifydd yn Adran Addysg Cyngor Dinas Glasgow, mae'n debyg. Wedi cael merch ysgol i drafferth. I fagu mân esgyrn. Fy mân esgyrn i.

Ond eto, o fewn tair blynedd i'm diflaniad roedd y ddau'n briod, efo Ben, fy mrawd, ar y ffordd. Ella mai dyna pam galwodd hi fi'n Edwina, oherwydd mai dyna o'n i i fod i'w wneud. Edwino. Diflannu. Mynd yn angof.

Er iddi ddeud, wrth gwrs, ei bod hi wedi meddwl amdana i bob dydd am dros ddeugain mlynedd. Tarodd y geiriau hynny fi'n ystrydebol rywsut. Ffug. Er, roedd dagrau digon real yn cronni yn ei llygaid bach gwyrdd, cofiwch, pan ddeudodd hi nhw.

Fy mam iawn, y fam a'm magodd i, Gwawr, yn y pen draw a'm hanogodd i'w cyfarfod nhw. Roedd Dad, Emlyn Evans, cyn-bostfeistr, cyn-gynghorydd sir, cannwyll fy llygad, wedi'n gadael ni flwyddyn ynghynt. Trawiad wrth wylio *The X Factor* a Mam yn beio'i hun am wythnosau am orfodi ail ddysglaid o bwdin bara a chwstard arno yng nghanol *Strictly Come Dancing*.

Ni fu rhyw chwilfrydedd mawr am 'y teulu arall' erioed. Mwy fel rhyw bloryn oedd angen ei grafu, ei archwilio, rhag iddo droi'n rhwbath mwy sinistr yn nhreigl amser. Wedi'r cwbl, ro'n i'n gwybod 'mod i wedi fy mabwysiadu ers pan o'n i'n ddim o beth. A bod yn onest, ro'n i'n reit gyfforddus â'r *novelty* am nifer o flynyddoedd. Ro'n i'n wahanol, doeddwn? A pha hogan fach sy ddim isio bod yn wahanol i'w ffrindia? Yn sicr, nid Rhian Emlyn.

Ond roedd Mam yn iawn. Faswn i byth bythoedd wedi mynd i chwilota tra oedd Dad yn fyw, rhag i mi frifo'i deimlada. Er tegwch i Mam, mi wnaeth ei sefyllfa'n glir i mi. 'Mi faswn i'n disgwyl i chdi ymchwilio rhyw ddydd. Waeth i chdi wneud hynny tra fy mod i'n dal yma ddim,' meddai wrth gnoi *egg fu yung* tec-awê hwyr efo mi yn y tŷ 'cw un noson, a hitha lawr am benwythnos o siopa. Deallais yn reit handi ei bod hi'n chwilfrydig am yr hanes ei hun. A pham lai, ynte?

Bu'r gwaith papur yn rhyfeddol o ddidrafferth ac ar ôl rhyw ddiwrnod o bendroni'r posibilrwydd na fyddai hi isio fy ngweld i, dyma drefnu cyfarfod fy mam fiolegol. Glanio yn ei thŷ teras Fictorianaidd, digon tebyg i fy un i, yn ardal Scotstoun o Glasgow. Wna i ddim gwadu nad oedd o'n emosiynol. Digonedd o ddagrau o'r naill ochr a'r llall. Ond dagrau greddfol, anesboniadwy bron. Dagrau rhodresgar, sbiwch arnon ni, er yn ddiwerth, yn hollol ddealladwy hefyd.

Wedi'r cofleidio mecanyddol, trwsgl yn ei hystafell ffrynt, cafwyd paned o de, mewn cwpan a soser cofiwch, a phlatiad llawn bara ceirch Albanaidd. Roedd Edith druan yn trio'n llawer rhy galed i blesio, yn hisian ei geiriau fel gŵydd llawn cyffro, efo'r ddwy ohonon ni, mor gynnil â phosib, yn edrych yn fanwl ar ein hallanolion. Er ei bod hi'n fychan o ran corff roedd hi'n ddynes smart ac yn dal ei hun yn osgeiddig, urddasol. Roedd Ben, ar y llaw arall, i'w weld yn flêr, fel tasa popeth amdano ar ei hanner: hanner barf, carrai ei esgidiau wedi'u hanner clymu, hyd yn oed ei falog hanner ar agor. Ac roedd ganddo datŵ bach o neidr ar ei wddf a chlustdlws seren arian yn ei glust dde. Dim ond un peth oedd yn gyffredin i'r tri ohonon ni, sef ein dannedd cribyn, yn ymwthio blith draphlith i bob cyfeiriad. 'How cute, you've got Henderson teeth' oedd un o'r petha cynta ddeudodd hi wrtha i.

Maes o law aethon ni ein tri am dro i barc gerllaw, efo Edith erbyn hyn ddim yn siŵr beth i'w ddeud. Ben fyddai'n torri ar y tawelwch annifyr, drwy bwyntio at nifer o fannau pwysig yn y pellter, gan gynnwys rhyw stadiwm fyddai'n cael ei defnyddio yn ystod Gemau'r Gymanwlad yn 2014. Bwydwyd hwyaid niferus mewn llyn bychan â mwy o'r bara ceirch ac mewn dim o dro roedd hi'n bryd i mi ddal y trên 'nôl i Gymru. Dilynwyd cyngor doeth swyddogion yr asiantaeth drwy beidio cael cyfarfod cyntaf rhy hir. Wedi tair awr yng nghwmni ein gilydd roedd hi'n anodd i'r tri ohonon ni ganfod unrhyw eiriau, heb sôn am y geiriau iawn. Ond fe drefnwyd cyfarfod arall. Yn bendant, fe wnes addo hynny, a bod yn ffrind Facebook. Cafwyd coflaid drwsgl arall gan Edith cyn cael lifft 'nôl i'r orsaf drên yn nhacsi Ben.

Rŵan, dyma fo unwaith eto, yn ei dacsi crand BMW du, yn dod allan i'm cyfarch a rhoi fy mag ym mŵt y car. 'How are ya, sis?' meddai, yn llawer rhy hy, yn rhy gyflym, er yn ffeithiol gywir. A minnau'n ateb 'mod i'n iawn, diolch, a bod y siwrna wedi mynd fel watsh. Yn tician, tic toc, fel bom, dylwn fod wedi ychwanegu.

Roedd yna arogl lledr cryf yn nhacsi Ben a rhaglen yn

trafod moderniaeth, a'r flwyddyn 1922 yn benodol, ar ei radio. Llais awdurdodol Andrew Marr. Deudodd Ben 'i fod o wrth ei fodd yn gwrando ar Radio 4, fel pod-lediad fel arfer. Roedd rhai gyrwyr tacsi yn mynnu siarad efo'u cwsmeriaid, ond yn ei brofiad o roedd yn well gan y pyntars hel meddyliau neu wrando ar y radio. Radio 4 oedd hi bob tro iddo fo, nid rhyw rwtsh canu diddiwedd neu ryw ffyliaid gwirion yn ffonio i fynegi eu rhagfarnau cul. Wrth iddo wenu'n gyfeillgar arna i sbies allan trwy'r ffenest flaen ac uwchlaw'r traffig sylwais fod yr haul Albanaidd wedi dod allan i'm cyfarch. Er ei bod hi'n fis Hydref roedd yn haul melyn go iawn efo awyr las yn gefnlen ac ambell gwmwl gwyn isel, fflwfflyd a diniwed, fel pe baent wedi'u harlunio gan blentyn.

Wrth nesáu at y tŷ sylwais fod Ben yn aflonyddu yn ei sedd, fel tasa gynno fo gynrhon yn ei din. Holais oedd pob dim yn iawn ac ysgydwodd ei ben. Deudodd o na fasa fo byth yn maddau i'w fam am beidio sôn gair wrtho amdana i.

'Cadw cyfrinach fel yna iddi hi ei hun. Hollol hunanol. Un fel'na ydy hi,' medda fo, gan daflu cipolwg rhyfedd arna i. 'Dan y corff ymddangosiadol eiddil mae yna ddynes gadarn, solet, sy'n mynnu cael ei ffordd ei hun,' meddai drachefn. 'Paid cael dy dwyllo gan y ddelwedd gartrefol, hamddenol. Pan gaiff hi ei chrafangau yndda chdi mae ei gafael hi'n dynn, fel feis.'

Tarodd hyn fi fel rhwbath rhyfedd iawn i'w ddeud am eich mam. Ond wrth i'r car stopio tu allan i'r tŷ, diolchais iddo am ei rybudd. Trodd ata i a gwenu, gan ddeud ei fod o'n licio fy nghlustdlysau yn fawr. Ffliciais y gorchudd haul drosodd i ryddhau'r drych bach a rhoi 'chydig o lipstic oren yn ofalus ar fy ngwefusau. Edrychais ar fy nghlustdlysau, rhai emrallt mawr, siâp deiamwnt, a wnâi i mi edrych rhyw fymryn fel cymeriad o ffilm *sci-fi* erbyn meddwl. Ond roedd hi'n rhy hwyr i'w newid nhw rŵan. Roedd Edith eisoes ar garreg y drws ffrynt, yn gwylio ei mab yn fy ngwylio i.

Ar ôl coflaid drwsgl arall eglurodd Edith fod ganddi gynllun. *Itinerary* oedd y gair ddefnyddiodd hi, ar gyfer fy arhosiad cynta â nhw yn Glasgow. Y prynhawn yma roedd yn rhaid mynd ar fyrder am bicnic ar lan Loch Lomond. Heno, byddai Ben yn dangos y ddinas i mi, mynd â mi i ryw glwb nos lle roedd o'n adnabod y bownsars yn bersonol. Fory byddai Edith yn mynd â mi am dro ar hyd yr afon a galw i mewn i weld yr amgueddfa newydd a gynlluniwyd gan y pensaer enwog o Irac, Zaha Hadid. Yna pryd bwyd gyda'r nos yng ngorllewin y ddinas mewn tŷ bwyta lle roedd rhai o ffrindia gorau Ben yn bownsars. 'He likes to talk to bouncers,' sibrydodd Edith wrtha i'n ddwys a minnau'n ateb 'mod i wedi dirnad hynny eisoes. Chafodd fy sylw ddim rhyw lawer o ymateb, cofiwch. Ro'n i'n dechrau dod i nabod Edith. Doedd ganddi fawr o synnwyr digrifwch.

Fodd bynnag, cawson ni bnawn digon dymunol ar lan Loch Lomond. Wyau Albanaidd, sosejys oer, brechdanau cig eidion a bisgedi *shortbread* blasus iawn. Roedd hi wedi dod â photelaid o win gwyn efo hi hefyd, ond deudais wrthi nad o'n i wedi yfed alcohol ers dros chwe blynedd.

'Wyt ti'n alcoholic?' gofynnodd Ben, ei lygaid o'n tanio.

'Dwn i'm,' meddwn i. 'Deffrais i un diwrnod â phoen yng ngwaelod fy nghefn a phen fatha bwced, a phenderfynu rhoi'r gorau iddi.' Dyna oedd y gwir. Heb ddifaru o gwbl chwaith. Dylwn i fod wedi rhoi'r gorau iddi'n gynt o lawer. 'Baswn i'n dal â diddordeb mewn mynd i'r clwb nos,' ychwanegais, o weld y siom yn llygaid Ben.

Cofiais fod fy nhad gwaed yn gyfrifydd ac roedd hi'n amlwg bod Ben wedi etifeddu genyn yr ystadegydd. Yn wir, roedd o'n ymylu ar fod yn obsesiynol, yn mynnu deud wrtha i bob manylyn am lyn mwyaf Prydain. Iawn, roedd y llyn yn bedair milltir ar hugain o hyd a rhyw bum milltir o led. Ond a oeddwn i isio gwybod bod ei arwynebedd yn saith milltir ar hugain sgwâr neu ei gyfaint yn bwynt chwech dau o filltiroedd ciwbig? Ar ôl canfod bod gen i frawd, daeth fel sioc braidd ei fod o'n gystal *geek*.

Mae'n rhaid bod Edith wedi sylwi arna i'n godda hynodrwydd ystadegol ei mab gan iddi ddeud wrtha i 'mod i'n dda iawn efo fo. Doedd lot o bobl ddim yn ei ddallt, yn ôl Edith. Doedd yna ddim byd cas yn ei gylch. Weithia byddai'n mynd yn rhwystredig, dyna i gyd.

'Fel ni i gyd,' meddwn i, ac Edith yn nodio'n frwd. Yna, wedi i Ben fynd i 'nôl hufen iâ (ym mis Hydref!) dechreuodd Edith sibrwd yn gyfrinachol unwaith eto. Deudodd hi ei fod o'n dipyn gwell dyddia yma, ond ei bod hi ond yn deg i mi wybod i Ben gael *nervous breakdown* rhyw ddwy flynedd cynt, pan fu'n agos iawn iddo golli'i swydd fel gyrrwr tacsi.

Pan ddaeth Ben 'nôl â'i hufen iâ deudais i 'mod i'n meddwl mai *reòtagan* oedd hufen iâ mewn Gaeleg. Sbiodd y ddau arna i fel 'swn i wedi dod o Mars, ac nid y clustdlysau oedd yn gyfrifol y tro hwn. Deudodd Edith nad oedd fawr o alw am Aeleg yn yr Alban. Er ei bod hi'n gwybod 'mod i'n gyfieithydd doedd dim lot o ddyfodol i'r math hwnnw o waith yn Glasgow. A bod yn onest, roedd hi'n meddwl bod cadw ieithoedd lleiafrifol yn fyw yn wastraff arian. Yn sydyn, yn rhannol er mwyn ategu barn ei fam, dyma Ben yn gwenu'n hurt a deud bod yn gas gynnyn nhw Alex Salmond a'i fod o'n ei atgoffa fo o lyffant – llyffant hyll, peryglus, ychwanegodd. A hithau am gadw'r ddysgl yn fwy gwastad, sibrydodd Edith ella fod petha'n wahanol yng Nghymru – roeddan nhw i weld yn bobl glên iawn, heb unrhyw awydd gadael y Deyrnas Unedig, er enghraifft.

Ar y ffordd adra cynigiodd Edith ddangos bedd fy nhad gwaed, Malcolm, i mi. Roedd y fynwent ar y ffordd, p'run bynnag, mae'n debyg. Gwrthodais yn gwrtais, gan ddeud nad o'n i'n un da am fynd i fynwentydd, sy'n wir, fel mae'n digwydd. Edith yn gwgu. Ben yn gwenu. Dwi wedi gweld lluniau o Malcolm yn y tŷ p'run bynnag, ffotos wedi hen felynu o ŵr ifanc dwys yr olwg â mwstash rhech a llygaid diog. Rhyfeddol o debyg i'r cyn brif weinidog Harold Macmillan.

Ar ôl cyrri digon dymunol ym mwyty Indiaidd arferol Ben, lle tywyll heb fawr o olau a elwid yn eironig yn Light of Asia, cafodd Edith ei gollwng adra mewn tacsi. Yna aeth y ddau ohonon ni i glwb nos o'r enw Buster. Roedd Ben yn mynnu 'nghyflwyno i i'w ffrindia ar y drws, Hamish, Bob, Gus a Jim, hogia 'tebol, solat mewn siwtia tywyll a dici-bôs. Roedd gynnyn nhw lond bws o hogia ar noson *stag*, wedi'u gwisgo mewn dillad golff, i gadw golwg arnyn nhw, felly chafodd Ben fawr o sylw, na finnau chwaith. Dechreuodd Ben yfed rhyw goctels do'n i ddim wedi clywed amdanyn nhw, enwa rhyfedd fel 'Shady Lady' a 'Good Ness'. Roedd ei anadl o'n drewi o whisgi ac roedd ganddo wên barhaol ar ei wyneb wrth iddo edrych yn llawn edmygedd ar y criw bownsars. Datgelodd iddo gael ei datŵ er mwyn creu argraff ar yr hogia yma. Roedd Ben â'i fryd ar fod yn fownsar, ond gwrthododd Edith ystyried y syniad, gan fygwth ei dorri allan o'i hewyllys hyd yn oed.

Wrth sôn am yr ewyllys, deudodd nad oedd gwahaniaeth gynno fo rannu pob dim â mi rŵan 'mod i'n rhan o'r teulu.

Do'n i ddim isio trafod y fath beth a do'n i ddim yn disgwyl unrhyw beth ond roedd Ben yn benderfynol. 'This is my sister, Rhian,' mynnodd ddeud wrth bawb oedd o'n eu cyfarfod. Yn sydyn gofynnodd i mi sut brofiad oedd o i fod berchen eich cartra eich hun a daeth hi'n amlwg fod Ben wedi byw efo'i rieni erioed ac yntau'n 39! Syllais ar ei glustdlws, y tatŵ, ei wyneb blêr a'i ben moel tra holai o'n ddiddiwedd wrth i'r coctels lacio ei dafod. Cwestiynau boncyrs fel beth oedd fy hoff liw.

'Glas,' meddwn i.

'A finnau,' medda fo. 'Beth yw dy hoff fwyd?'

'Pysgod,' meddwn i.

'A finnau,' medda fo.

Roedd o wedi clywed ar y radio bod pysgod yn magu brêns. Yna rhoddodd ei fraich o 'nghwmpas a deud yn reit ddagreuol mai fi oedd y rhan oedd ar goll yn y jigso tu fewn i'w ben o.

Tynnodd declyn o boced ei grysbas gan wasgu ffrwd o nwy i'w geg a dal ei anadl am hydoedd. Yna anadlodd allan a deud 'i fod o'n diodda o asthma. Ro'n innau'n diodda'n arw o asthma pan o'n i'n iau ac mae gan y merchaid 'cw 'chydig o ecsema, sy'n perthyn i'r un teulu o afiechydon, medda nhw. Cysylltiad arall, 'lly. Yn y tiwbia sy'n 'mestyn i'r 'sgyfaint, yn yr aer 'dan ni'n anadlu.

Fedrwn i ddim diodda cael sudd mango arall a phan ddechreuodd Ben fwydro fy mhen â mwy o gwestiynau gwirion, fatha 'Beth ddigwyddith i Radio 4 dan Alban annibynnol, oes rhywun wedi gofyn hynny?' rhoddais fy nhroed i lawr a mynnu 'mod i'n mynd adra.

Roedd Ben yn nabod y gyrrwr tacsi Asiaidd, rhywun o'r enw Asif oedd ag acen Albanaidd gryfach nag o hyd yn oed. Yng nghefn y tacsi dechreuodd baldaruo am ei jigso eto ac mai finnau oedd y rhan oedd ar goll. Roedd yn bwrw fel o grwc tu allan a doedd fawr ddim i'w weld rhwng y gwyll a'r gola heblaw ambell giang o enethod meddw yn eu dillad lliwgar a'u sodla uffernol o uchel yn ceisio dod o hyd i dacsi. Rhaid bod fy sylw wedi crwydro am ennyd, oherwydd yn hollol ddirybudd rhoddodd Ben ei wefusa drewllyd ar fy rhai i a rhoi ei law rhwng fy nghoesa. Tynnais ei law oddi arna i ag un llaw a gwthio 'mys yn ei lygad dde efo'r llaw arall – bys efo ewin hir iawn, yn finiog fatha llafn cyllell. Dyna roedd y diawl yn ei haeddu ac roedd Asif yn gwenu'n braf yn y drych wrth weld Ben yn gwingo a sgrechian fel dyn hanner call a dwl.

Wrth iddo dalu am y tacsi sylwais ar ei lygad gwaetgoch ac ar olau yn cael ei droi ymlaen yn ystafell wely Edith. 'Chydig funudau'n ddiweddarach croesawodd ni yn y gegin yn ei gŵn wisgo a holi beth ddigwyddodd i Ben. Ro'n i'n rhy gynddeiriog i egluro a dymunais 'nos da' brysiog a'i throi tua'r llofft.

Gorweddais yn fy ngwely mewn lle dieithr yn gwybod na faswn i'n cysgu am sbel, fy ngwaed yn dal i gorddi fel injan sy'n gwrthod stopio. Bues yn reit anlwcus efo dynion dros y blynyddoedd. Trodd Aled, tad y ddwy ferch 'cw, i fod yn llinyn trôns go iawn. Un o'r dynion hynny fysa wastad yn gohirio pob dim – wnaiff fory'r tro. Isio'i ysgwyd o. Ond wnes i ddim, dyna 'nghamgymeriad i. Yntau'n deud dros ei uwd un bora bod o isio bywyd gwahanol, efo Kim, dynas trin gwallt o Chwilog. Hedydd yn dair ar y pryd, a Heledd yn chwe mis. Bywyd gwahanol? Tydan ni i gyd isio hynny? Es i oddi ar y rêls am 'chydig, digon bodlon cyfadda hynny. Es efo sawl dyn, gan deimlo dim ond 'chydig iawn o agosatrwydd atyn nhw. Daeth Arnold yn agos, am wn i. Cwrdd ag o mewn dosbarth ioga. Chwyswr heb ei ail ac un sâl am wneud panad, nid jest te'n rhy wan ond coffi'n rhy gry, fel mwd, ac yn chwerw fel hosan ddrewllyd. Petha bach bob dydd fel'na sy'n chwalu perthynas yn y diwedd, nid y petha mawr.

Yr un peth efo Ieuan, mewn ffordd wahanol. Methu cysgu yn yr un gwely ag o. Nid fod o'n chwyrnu – fedra i ddiodda chwyrnu – na, dal ei anadl am hydoedd oedd tric Ieuan. Tawelwch llwyr, ac yna, o'r diwedd, anadlu eto. Ond erbyn hynny baswn i'n fwndel o nerfa, yn meddwl ei fod o'n *gonner*, wedi cymryd ei anadl ola. Na, rhowch i mi chwyrnwr bob tro cyn dyn sy'n dal ei anadl. Parodd o ryw chwe mis, os cofia i'n iawn. Cofio Hedydd, mae'n rhaid bod hi tua saith oed ar y pryd, yn deud y drefn wrtha i am beidio sôn bod Yncl Ieuan draw am *sleepover*.

Ia, Aled, Arnold ac Ieuan, a sawl *sleepover* un noson, 'swn i'n onest. Ond mae heno 'ma'n goron ar y cwbl. Fy mrawd fy hun yn ceisio cael ei facha budron arna i!

Ac yna, wrth i mi ysgwyd fy mhen mewn anghrediniaeth, sylwais fod Ben yn sefyll yn noethlymun wrth y drws ac yna'n ceisio sleifio i mewn fel neidar wrth fy ochr yn llawn llysnafedd ei drachwant. Am ddeud ei fod o'n sori am yr hyn ddigwyddodd yng nghefn y tacsi oedd ei eglurhad tila. Minnau'n troi'r prif olau ymlaen a gweiddi nerth fy mhen iddo adael f'ystafell. Diolch i'r drefn, cyrhaeddodd Edith o fewn eiliada a hel Ben oddi yno â'i gynffon, neu rwbath go debyg, rhwng ei goesa. Gafaelodd yn llythrennol yn ei glust a'i arwain oddi yno yn ei wisg ben blwydd, y ddau'n rhythu'n ffyrnig ar ei gilydd, y neidar a'r ŵydd.

Llwyddais i gysgu rywsut a hyd yn oed codi gwên wrth ddihuno a chofio'r darlun yn fy mhen o ŵr yn ei oed a'i amser yn cael ei arwain gerfydd ei glust gan ddynes hanner

ei faint. Oedd, roedd o'n iawn am ei fam. Fy 'mam' innau.
Dynes a hanner.

Bore trannoeth roedd yn rhaid iddi ddefnyddio tactegau
gwahanol. Blacmêl emosiynol y fam fach eiddil gefais i,
yn torri'i chalon 'mod i am ddychwelyd i Gaerdydd ar fy
union. Mynd adra dros ddiwrnod yn gynnar.

'Plîs, paid gneud hynny,' meddai. 'Bydd o'n ddigon i
wthio Ben druan dros y dibyn.' A finnau'n meddwl ei fod
o wedi mynd ymhell dros y dibyn yn barod. 'Dwyt ti ddim
yn dallt,' meddai drachefn. 'Doedd o'm yn bwriadu neud
unrhyw niwed i chdi.'

'Wn i'n iawn be oedd o'n bwriadu neud i mi,' meddwn
innau, yn teimlo fy ffroena'n ffromi.

Yna adroddodd rhyw stori rech ei bod hi'n straen iddo
fo yn y tacsi i weld cypla yn ei sedd gefn yn canŵdlo byth
a beunydd.

'Dwi'n chwaer iddo fo!' meddwn innau, gan godi fy
llais.

Edith wedyn yn sbio ar nenfwd y gegin, ei danedd yn
sticio allan dros y lle i gyd fel cerrig beddi yn dilyn storm.
Yn ymbil arna i beidio gweiddi, rhag i mi ei ddeffro fo.
Awgrymodd wedyn iddo gael ei *nervous breakdown* wedi
iddo gael ei gyhuddo ar gam o focha efo rhyw stiwdant
wrth iddi ei dalu, ger bŵt y BMW.

Ond doedd gen i ddim cydymdeimlad. Rhyfedd hefyd,
mewn ffordd, a nhwythau'n 'deulu' i mi. Ro'n i eisoes
wedi pacio 'mag a doedd dim troi 'nôl. Ceisiodd Edith fy
stopio wrth i mi anelu am y drws ffrynt. Ymbiliodd arna
i i gadw cysylltiad â hi. Hithau wedi gobeithio siarad ar y
ffôn efo Hedydd a Heledd gan ddeud eu bod nhw i weld
yn enethod hyfryd a thlws yn y llunia ar Facebook. Minnau
am ddeud bod gynnyn nhw *braces* i sythu'u danedd

anystywallt, diolch byth, ond yn troi i'w hwynebu a deud rhwbath pwysicach o lawer. Deud wrthi fod bai arni am gadw rhywun fel Ben mor agos ati a'i fod o'n gywilydd bod o, sy bron yn ddeugain oed, yn dal i fyw efo'i fam.

Tarodd fy ngeiria hi fel ergydion o ddryll. Diflannodd y gwaed o'i hwyneb a simsanodd, gan orfod eistedd ar y gadair fach ger y ffôn, dan un o ffotos ei gŵr, fy nhad gwaed, Malcolm Finlay.

'Ti'n iawn, dwi'n gwybod,' meddai hi. 'Ond fedri di ddim gweld bod gen i ofn ym mêr fy esgyrn ei roi o i ffwrdd?'

Methai edrych arna i wrth ddeud y geiria gan fod ei chydwybod yn dal i'w brathu.

'Ti'n iawn, gwell i chdi fynd,' meddai'n dawel wrth y wal, gan daflu cipolwg ar y ffoto. Ei llais yn drist a'i hosgo'n llipa mwya sydyn, fel gŵydd cyn y Dolig, yn derbyn ei thynged.

Ar y siwrnai adra i Gaerdydd tecstiodd Ben fi'n ddibaid. Ymddiheuro eto ond deud na fedra fo ddim help. Ei fod o'n rebel! Wastad wedi bod. Soniodd iddo fynd i fyny i Loch Lomond un noson a nofio'n noeth yn y tywyllwch. Deud ei fod o'n dal i 'smygu sigaréts weithia', er gwaetha ei asthma, ac iddo fod yn fownsar sawl tro, heb i'w fam wybod. Byrdwn ei neges oedd nad oedd isio i mi boeni amdano fo'n byw efo'i fam, gan nad oedd o'n poeni am hynny o gwbl.

Pendronais am hyn ar y trên wrth wibio trwy gyrion hydrefol oren a melyn gorllewin Lloegr, yn edrych 'mlaen i gyrraedd adra. Dyna ydy Caerdydd i mi bellach, cofiwch. Wastad wedi cyfri'r Bala yn adra go iawn, ond yn ddiweddar stopiais ei alw o'n adra. Gwneud synnwyr, tydi, a finnau wedi byw yn y brifddinas ers dyddia coleg.

Gwreiddia. Gwaed. Genynna. Ydy'r ffaith 'mod i'n rhannu'r clefyd asthma a bod gynnon ni ddannedd tebyg yn golygu y dylwn i garu rhywun? Baswn i'n berson hollol wahanol 'swn i wedi aros dan aden fy mam waed, wedi fy mygu nid fy magu, fel fy mrawd druan. Na, mae hynny'n annheg. Mi fasa Edith hefyd yn wahanol ella, 'sa hi heb fy rhoi i ffwrdd. Am y tro cynta yn fy mywyd, ro'n i nid yn unig yn hollol gyfforddus 'mod i wedi fy mabwysiadu, ond yn wirioneddol falch. Cefais fagwraeth heb ei hail, a hiraethwn yn sydyn am fy nhad, Emlyn. Ro'n i'n falch o arddel ei enw yn fy enw i. Hap a damwain. Edwina'n troi'n Rhian, yn llythrennol dros nos. Ar noson wlyb o Chwefror ym 1970. 'Damwain a hap yw fy mod yn ei libart yn byw.' Yr holl gybolfa yn fy nrysu a fy nghorff call yn fy ngyrru i gysgu am awr ola'r siwrna.

Yn y tacsi 'nôl i'r tŷ crwydrodd fy meddwl eto. 'Rhian' wedi'i dalfyrru gan rai o'm ffrindia gwaith i 'Rhi' ers blynyddoedd, er bod yn gas gen i hynny. Wastad wedi bod yn 'rhy', yn ormodedd, yn rhy swnllyd yn fy niod, yn rhy swil (o bopeth) yn y coleg, yn rhy saff rŵan, ers blynyddoedd, rhy *predictable*. Dyna oedd wedi fy synnu. 'Mod i wedi gallu bod mor bendant. Gadael y tŷ teras Fictorianaidd yn Scotstoun heb feddwl ddwywaith.

Cyrhaeddais adra a Mam allan yn yr ardd gefn yn sgubo dail. Isio gwybod pam ro'n i 'nôl mor fuan. Finnau'n deud yn chwareus bod gen i hiraeth amdani, cofiwch, sy'n rhannol wir. Ar ôl coflaid gynnes, groesawgar sbiais arni â llygaid gwerthfawrogol. Roedd ei hwyneb esgyrnog mor gyfarwydd i mi a'i llygaid gleision yn cwestiynu, yn gofidio. Minnau'n ceisio lleddfu ei phryder, yn deud yn onest nad o'n i'n difaru mynd i Glasgow. Roedd o'n rhwbath roedd yn rhaid i mi neud, ond yn brofiad angenrheidiol yn hytrach nag un i'w fwynhau, fel pasio prawf gyrru neu rwbath felly.

'Mae o i fyny i chdi, wrth gwrs,' meddai, yn gall, ond dwi'n siŵr imi deimlo rhyw ryddhad yn ei llais. Siawns nad oedd hi'n ofni y baswn i'n troi fy nghefn arni hi, fy mam go iawn?

Dychwelodd Hedydd a Heledd o dai eu ffrindia a minnau'n llwyddo i'w darbwyllo fod pob dim wedi bod yn iawn. Yn deud y byddwn i'n cadw mewn cysylltiad â 'nain Alban' (fel maen nhw'n mynnu galw Edith), ond ro'n i'n amau a fyddai hynny'n wir.

Dyna chwyrlïodd yn fy mhen wrth i mi lanhau fy nannedd y noson honno. Ddylwn i gadw cysylltiad, hyd yn oed un lled braich? Neu ddylwn i dorri'r cortyn, fel y gwnaeth hi efo mi, wrth gwrs. Talu'r pwyth yn ôl. Edrychais arnaf fy hun yn y drych, y past dannedd ar ochra fy ngwefusa, fel tasa gen i *rabies*. Ro'n i'n dal i fod yn gynddeiriog efo hi ar ryw lefel. Tydi'r dannedd Henderson ddim yn giwt o bell ffordd, er ei bod hi'n rhy hwyr i mi gael *brace* bellach, siawns. Ond waeth i mi ofyn ddim. Dylswn fod wedi neud rhwbath yn eu cylch nhw ers blynyddoedd.

Mae'r genod isio cadw cysylltiad ar Facebook. Ond mi eglura i wrthyn nhw nad yw rhyw hanner cysylltiad o bell yn mynd i olygu fawr ddim yn y pen draw. Ia, dyna fyddai orau. Mi fysai'n cymryd llai nag eiliad, clic llygoden. Mor gyflym â sberm yn treiddio wy, mor araf ag esgyrn yn ffurfio.